浙江文献集成

主　　编　刘正伟　薛玉琴
本卷主编　刘正伟　龚晓丹

第二卷　文艺

夏丏尊全集

浙江大学出版社
ZHEJIANG UNIVERSITY PRESS

在浙江官立两级师范学堂任教
时期（1909）

湖上呈哀公　丙尊

遠峯寒碧夕陽殷　妲翠空冥
西子縈敧去住，有餘意晚红
新月霧中山
數是燈火漾踈村　四处梵鐘破
暮痕爲向風流半學士可添
畫意与詩魂

在浙江高等学堂任图画助教员
（1910）

在浙江省立第一师范学校创办的《白阳》诞
生号发表《湖上呈哀公》（1913）

在浙江省立第一师范学校创作的
篆刻作品（1914）

在立达学园任教时编辑的《一般》
（1926）

在白马湖平屋前与叶圣陶、胡愈之、章锡琛等合影（右一为夏丏尊）（1928）

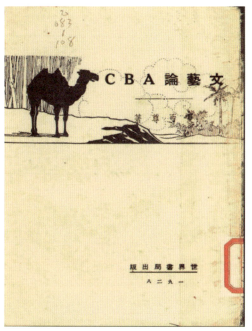

《文艺论ABC》由世界书局出版（1928）　　《平屋杂文》由开明书店出版（1935）

中国文艺家协会在上海成立，被推举为执行主席（左三为夏丏尊）（1936）

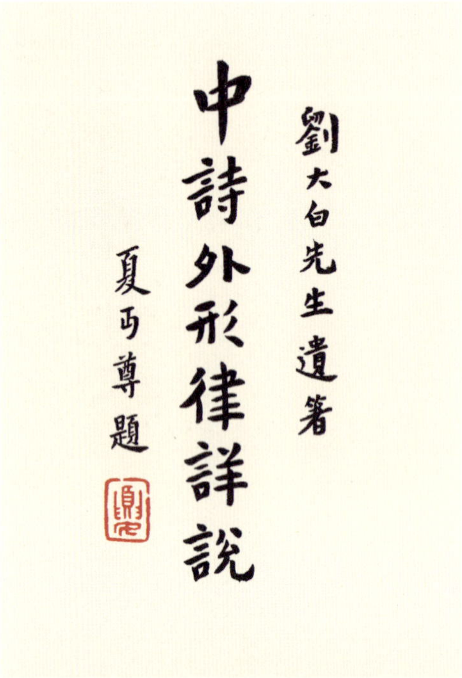

为刘大白《中诗外形律详说》题签（1943）

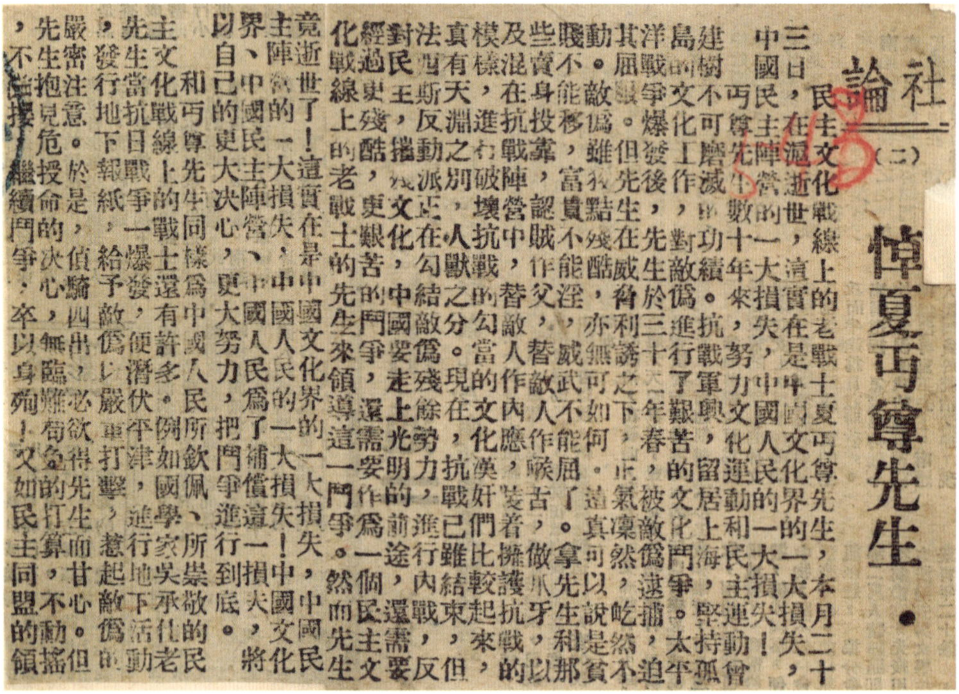

重庆《新华日报》发表社论《悼夏丏尊先生》（1946年4月27日）

本卷说明

　　本卷收录夏丏尊的文艺类作品，包括古体诗文、白话新诗、小说、散文、文艺评论（包括发刊词、书序）等。上起 1913 年，下迄 1946 年。所收文章按照发表的时间顺序编排。

目　录

1913

湖上呈哀公

远峰寒碧夕阳殷,烟翠空冥西子鬟。
欲去依依有余恋,晚红新月雾中山。

数星灯火漾疏村,四起梵钟破暮痕。
为问风流李学士,可添画意与诗魂。

(原载《白阳》诞生号,1913 年 5 月,署名:丙尊)

诗两首

谒张苍水墓

读公遗集吊公魂,今日南屏拜墓门。
石马无言山色紫,夕阳衰草欲黄昏。
半壁东南竟不支,茫茫无意究何如。
吾乡虞邑平冈地,道是尚书首驻师。

暮春感怀

意兴萧条久闭关,谁知景物已阑珊。
花开花落参生死,潮去潮来误往还。
憾染绿杨烟黯淡,愁闻新燕絮呢喃。
一声杜宇春归去,又是今年三月三。

（原载《浙江省立第一师范学校校友会志》第 1 号,1913 年）

《浙江省立第一师范学校校友会志》序[1]

　　癸丑岁莫,浙江第一师范校友会文艺部第一期会志成,乃缀数言于卷首而为之序曰:

　　文学有解脱苦闷涵养兴趣之功,于学校生活,为此种良好优美事业,使有余之精神有所归宿,亦"行有余力,则以学文"之意,大可救学窗干燥无味之苦,则斯志诚现在之急需也。抑更言之,吾等对于教育前途,负担礜重,不可不有忍苦直前之觉悟。一切名利之快乐,凡俗之欲望,非吾等所应染指。青灯黄卷,暮鼓晨钟,吾等之生活也。吾等虽与一般同其天地,实与一般异其世界。吾等于是,若不于凡俗之快乐以外,别辟一境,以自慰藉,几能安土而不他适,寻是以往,则凡俗世界将人满相残,而教育王国将阗焉无人,其结果尚可问耶。吾等将来特有之快乐当不少,而文学之趣味实居其一。由斯而言,此志不特为现在之急需矣。况乎振作校风,发扬校文,条养精神,交换智识,皆可赖于是志也哉。愿吾校友勉之。

　　　　　　　　(原载《浙江省立第一师范学校校友会志》第 1 号,1913 年)

---

[1] 题目为编者所加。

浙江省立第一师范学校校歌

人人人，代谢靡尽，先后觉新民。
可能可能，陶冶精神，道德润心身。
吾侪同学，负斯重任，相勉又相亲。
五载光阴，学与俱进，磐固吾根本。
叶蓁蓁，木欣欣，碧梧万枝新。
之江西，西湖滨，桃李一堂春。

1914

高阳台　甲寅重九前夜作

益修先生怀乡不乐,相与买醉,归来赋此呈之。

　　开了芙蓉,听残蟋蟀,明朝又是重阳。相愿飘蓬,秋来一样颓唐。湖山洵美非吾土,莽天涯,何处家乡。最无聊,拍尽围栏,步尽长廊。　　连朝风雨催秋老,撼梧桐落叶,来打疏窗。怕上层楼,小园满眼花黄。相邀共入酒家去,把霜螯,陶写疏狂。醉归来,灯影瓶花,依旧荒凉。

(原载《浙江省立第一师范学校校友会志》第 4 号,1914 年,署名:丏尊)

1915

拟醵资广植花木启

学斋周围,广有隙地。地广佣惰,鞠为茂草。春夏萌动,荆莽如毛。秋冬草衰,枯寒欲死。凡百愁苦,何所慰藉。爰拟小集资金,购植嘉卉。兼以暇时,自劳培护。古人运甓,我辈灌园。居供晨夕之欢,去留永远之念。凭几则叶影上卷,行径则花气在衣。学窗韵事,惟斯为极。幸出微资,勉成雅业。此启。

(原载《浙江省立第一师范学校校友会志》第 6 期,1915 年)

削竹为菖蒲盆诩其不俗诗以宠之

昔有王徽之,使菖蒲拜竹。
我截竹为盆,植蒲根密蹙。
餐九节可仙,对此君胜肉。
伴我岁寒心,籧镫娱幽独。

（原载《浙江省立第一师范学校校友会志》第 6 期,1915 年）

金缕曲 除夜自题小梅花屋图

已倦吹箫矣。走江湖,饥来驱我,嗒伤吴市。租屋三间如艇小,安顿
妻孥而已。笑落魄,萍踪如寄。竹屋纸窗清欲绝,有梅花,慰我荒凉意。
自领略,枯寒味。　此生但得三弓地。筑蜗居,梅花不种,也堪贫死。
湖上青山青到眼,摇荡烟光眉际。只不是家乡山水。百事输人华发改,
快商量,别作收场计。毋郁郁,久居此。

（原载《浙江省立第一师范学校校友会志》第 6 期,1915 年）

1916

严州游记

丙辰四月一日，吾校校友旅行严州。学生二百八十人，职员偕行者，子渊、敬庐、赓三、破禅、病无、申甫、听泉、笆仙、公冕、子和、佐时诸君及余凡十二人。

一日，上午由江干下船，船以小轮拖带，驶行颇速。两岸皆山，山坳桃花盛发，迷离艳冶，遥望如红雾。眺览既倦，乃出酒食相与共饮。酒既不多，且少下酒物，限制饕餮，俨有约法，而味乃愈佳。饭后笆仙、病无假寐，余与申甫阅小说，敬庐写生，赓三摄影，各自为政，漫如散砂，个人主义，弥漫舟中，全舟遂无生气。佐时乃出条陈，使人各取三纸，分书某人在何处作何事三项，集而使乱，再凑合之，则离奇诡怪，无所不有。如经子渊在飞行机上骑马、徐破禅在盆凡儿考知事等。平日所不能梦想之文字，亦遽然现出，然亦有极适于即景者。病无方危坐渴睡，而句中却有徐病无在舟中做菩萨语，一舟哄笑，阳气忽生。叠为二次，又复厌倦，乃改为无酒之拇战。每一人战他十一人，胜者记圈，败者记叉。以圈叉之多寡，评定优劣。运思凝虑，如临大敌。平生所经拇战，以今日为最有精神。结果敬庐最胜，得七圈，公冕最劣，得七叉。胜者一时之荣誉，如得亚林比亚之月桂冠焉。

抵桐庐已暮。今日一路皆山，而实未尝登山。隔江有桐君山，因呼渡往游。山不甚高，上有青桐君祠，住持出茶果飨客，出祠拾级而下，暝色微黄，隔岸灯火沉水，明灭如星。渡口人喧，俨然诗境，余得诗云：

"舟行已一日，来此小登临。目断江山远，波摇灯火深。石栏纷暝色，野渡有繁音。无数青桐树，神仙不可寻。"

下舟晚餐。餐毕,巡行桐庐街市,市尚无路灯,暗不易行。就襟江楼茶肆啜茗,归舟后,未耐即寝。公约轮流说故事谐谈,以破岑寂。听泉素胆小畏鬼,乃故作鬼谈,而以听泉蒙被瑟瑟之状,共相笑谑焉。余倚枕而听,渐入睡境。仆人俞福,忽发声大叫,全舟惊起。诘其骇叫之由,则谓有所见。问其所见,则不敢答。固问之,唯摇首谓不可说而已。

二日,睡梦醒来,船灯已烬,拥被推窗,则桐君山已呈曙色,红日由水面远升,晓景佳绝。舟既解缆,乃起早餐。入七里滩,流转峰回,出人意表。水流甚急,舟人牵索而前,进行极缓,山多石少树,石皆作方形,如倪云林画中山石。唯冈峦起伏,若有常规,子渊嫌其单调,以为不如山阴道上,同游者皆以为然。十一时抵钓台下。台凡二,兀峙山腰,高数百丈,周围多怪石。此来所见之山,当以此为奇崛。由严先生祠侧,寻径登山,病无抱琴,庚三携摄影机,联袂而上。时方午,日光甚烈,中道有石壁,因就其阴小憩。病无置琴石上,试弹之,声回山谷,清越异常。上行至东台,有岩豁裂为深坑,台傍一石,自山麓兀立如石笋。高数十丈,幽险之状,不可有说。石亭一,额曰"留鼎一丝"。坐亭中属庚三摄影毕,转至西台。西台为宋谢皋羽恸哭处,石亭已圮,惟留"清风千古"一碑而已。下山入严先生祠,祠有塑像,两侧列欧阳文忠、范文正、方元英、谢皋羽四神主,壁间多碑碣及游客题诗。像前悬一联曰:"大汉千古,先生一人。"余谓病无,此联语须互易为"先生千古,大汉一人",始通。病无以为然。守祠者出苦茗粉饼,自云为先生七十四代裔孙。知予等自杭州来,为道知事某横取该祠石材事,意若有甚冤郁者。怜其贫弱,概然而已。一座共谈严先生遗事,子渊别有怀抱,即席成一诗,中有云"不为天子友,安见客星高"。出祠下舟,向严东关进发。余以体倦睡休,及醒知距东关已近。子渊、子和、庚三、敬庐、听泉皆上陆步行前往,忽闻呼舟子声,移舟近岸,子渊、子和携鱼及溪石来矣。鱼为鳜,大尺许。子渊谓在途中目睹渔人得此而购归者。桐江鱼素有名,舟子谓迟一月,可得鲥鱼云。未几舟抵东关,东关为金华徽州必经之处,商舶辐凑。江水分黄白二色,左黄右白。一流之中,界线分明,数里不乱。盖因兰江水浊,徽江水清。二流突于东关相汇,流急不及混合,故呈此奇象也。舟既抵岸,听泉、庚三、敬庐已在埠招呼。旧友之任事于第九中学者,亦出城相候。登岸握手,坚邀当晚入城,约明晨往而别。略巡游街市,名产唯五加皮酒,各买若干,归舟晚餐。酒不及杭产,而鱼味佳绝。夜仍赴茶肆啜茗。肆中歌妓成群,布衣乡装,抱琵琶往来卖曲。见余等入座,即呈曲目请选曲。余位适在通路,拒之使去。他妓又来,不堪其扰,乃指病无示绯衣雏妓以自脱焉。一座大笑,病无窘甚。乃笑出小龙圆与之,戒勿唱。妓欢谢而去,他妓亦不再来。以一小龙圆,退去娘子军。余甚佩病无处置之得体也。归舟后卧前仍共谈鬼怪,笑戒俞仆今夜勿再狂叫,扰人清梦。舟泊砲船侧,更鼓鼕鼕,岸上犹有歌声。枕上成即景诗,以示诸君:

"琵琶江上激繁弦,更鼓鼕鼕客未眠。难得人生有奇夜,渐多哀乐已中年。且谈海外东坡鬼,小泊浔阳司马船。荡气回肠不可说,拥衾倦听已茫然。"

三日,晨命舟开至南门。偕学生由东关步行入城,参观第九中学。东关距城约五里,该校职员有在中途相候者。由东门入,城不甚高,雉堞圆而不方,如梅瓣状。亦平生所未见也。街市颇长,入城行二里许,始抵中学。此日该校欢迎余等,为停课一日。中学由学宫改设,参观既毕,学生赛球,余等入应接室,备受款待。且闻已备午宴,诚可感也。彼此畅谈间,大风振屋,气候顿冷。该校职员诸君谓余,此间时有大风,一日之间,寒暖每数变,不足奇也。子渊旋为城中某军官邀往,余与申甫亦出外巡游。家屋与杭小异,门首皆书"紫气东来"、"居仁由义"等吉祥语。行至县前,冷落如荒寺,大门外两旁植桑。通常大小衙署前,必有茶肆,而建德县署乃有桑田,宁非怪事。自大门直至大堂,荒凉满目,阒焉无人。申甫笑谓衙门有鬼,今此衙门乃并鬼而无之矣。返至中学,子渊亦回。相与入座餐宴,主宾酬酢欢甚,餐毕道谢而出。经街市至南门外下船。闻附近有南高峰北高峰诸山,余以意倦未往,仍徘徊市上。过陶器店前见一瓦灯,喜其古拙,购之以为此来纪念。携而返舟,诸友诮余幼稚,群加讪笑。而余不顾也。傍晚开舟至东关停泊,入夜至茶肆,见遍坐皆吾校学生,几无空隙。歌妓知余等非顾客,皆上楼一望即去。吾等偶然之行踪,乃为斯土维一夕之风化,诚快事也。

　　四日,料理归程,昧爽解缆,顺流而下。入七里泷,命舟子择溪石多处小泊,群上滩拾石。石不及雨化台产,驱于一时情兴,踯躅滩上,苟择贪取,执祛以承,衣兜既满,然后返舟,各示所得,互相夸耀。子渊所得不多,注目品质,选择精严。敬庐则趋重色彩而不甚论品质。听泉、子和,务在多得,大小匀称。吾等谓之水仙花主义。余则专取中石,盖镇纸主义也。笆仙、公冕、溥泉则不拘大小,不论品质,群皆称为好好先生。唯申甫所取皆逾尺巨石。或如假山,或如石笋,块磊突兀,颇有超越当识之概焉。同一拾石,而各以自己为本位,各实现其自我之一部。标准不同,调子互异。群相研究,以谓可以窥测彼此之平生云。最后各出佳石,去其雷同者,排列船板上,互相品题,就其形色,锡以名称,亦韵事也。

　　至桐庐未晚,上街巡览。申甫买小兔,余买泥壶。相将返舟。同游见之,仍许申甫奇特,笑予幼稚也。今夜约醵资在文明园小饮,病无、敬庐、佐时、子和、庚三游览未归,乃坐船尾闲眺。忽俯见下浮一物,随波上下,审视之死孩也。脐带未除,体已浮涨,产血附肤作黄褐色,余大惊骇,乃命舟改泊他处。去而上岸,入文明园独坐,无何诸友亦来。席间病无集鳊鱼骨为篆文,子渊继之。所集如“文”字、“又”字、“爻”字、“共”字、“攀”字等,皆险劲奇古,有《天发神谶碑》意。敬庐食鱼头出其骨谓为狮子,视之俨然狮象也。最后复为拇战。病无今日以发见鱼骨文,意气颇豪,所至无不胜。敬庐此来有七圈先生之威望,亦辟易焉。余以见孩尸故,感情大损,返舟后即蒙被卧矣。

　　五日早晨,改坐轮船。轮船窗户,有插柳枝者,始忆今日清明,余等坐官舱,室小不便行走,有传道者来售福音书,购若干种阅焉。相对沈寂,各无意兴,唯速望至杭州。而轮船以拖船过多,进行极缓。一过临浦,群出舱外,见武陵山色,欢喜如遇故人。抵埠已五时,学生排队返校,余乃与诸友别,驱车归寓。

　　(原载《浙江省立第一师范学校校友会志》第 9 期,1916 年,署名:夏铸)

1917

哀徐孙陈三生

雨撼碧梧落,风摧桃李零。

秋来一相顾,凄绝老园丁。

不尽浮生感,招魂来白堤。

湖山好如此,云树望中迷。

(原载《浙江省立第一师范学校校友会志》第 13 期,1917 年)

1920

长沙小诗(之一)

中年陶写无丝竹，
泽畔行吟有美人。
搜得漫天风絮去，
贮将心里作秾春。

时　计

灯下独坐，
窗外唧唧的虫声，
门外轧轧的车声，
一齐夹杂在万籁里。
在这万籁中，
最亲切，最惯听的，
算是我怀中底时计。

时计！
我心脏鼓动七十次的时候，
你也随着鼓动六十次。
自然也不见得全如我心，
但是除了你，
哪里再去找一个心心相印的！

时计！
你随我多年了！
多年来的悲欢，
都瞒不过你；
你也——默证着！

你是我生活底目击者！
将来还要目击着我底死！

九、九、二十四、于长沙

（原载《民国日报·觉悟》1920 年 9 月 30 日，署名：丏尊）

贺新郎

漂泊三千里，莽苍苍，天涯目断，故乡何处。欲问青天无酒把，尝尽离愁滋味。笑落魄，萍踪如寄，逝水年华无术驻，忒匆匆，早是秋天气。又过了，中秋矣。　　多情最是团圞月，却装成，旧时颜色，寻人羁旅。透入书窗怀里堕，来看愁人睡未。要分付，婵娟一事，今宵倘到家山去，把相思，诉入秋闺里。道莫为，郎憔悴。

雷雨以后

阵头过了！
远远地响着若有若无的雷声；
微微地糁着如雾如丝的雨花。
旧棉絮色的云底破缝里，
透出又长又斜的阳光，
和形状不规则的青空。

没有几时，
破缝渐渐地大了，
开出全碧的世界在我们头上。
微风拂拂地在树上吹着，
小鸟啄着羽毛在枝上唱着，
都好像大难后初得平安的喘息！

（原载《民国日报·觉悟》1920 年 10 月 1 日，署名：丐尊）

登长沙白骨山

牛背式的光山,满眼都是小疮似的荒冢。
全体长着短草,成了一片暗绿的包皮;
只有人踏平的黄泥路和新裂的窟窿,
被快下山的日光烧得殷红,和疮里流出的鲜血一样!

附近工场底烟筒,桅杆似地东西矗着,
卷出忽像白云忽像墨棉的烟来;
夹了夜来的温气,
把天空染成了灰色!

像个恐怕山上太寂寞了!
工场里底工人,山下底行人,
都把渠们底声音,一齐用风送上山来;
好像报告说:
也快来了!

(原载《民国日报·觉悟》1920 年 11 月 9 日,署名:丏尊)

1922

近代文学与儿童问题

"我爱我'儿童底国',这国现今还埋没在烟波里面,未曾发见,我须得用了我的船去寻求。"——尼采《察拉图斯忒拉这样说》中《文化底国土》篇

绪 言

近代两性问题,以儿童问题为归宿。儿童问题,实为两性问题底核心,一切关于政治上,法律上,经济上,道德上的两性问题,无非是由这根本问题派生的支流罢了。

"儿童是什么?"对于这问题,古来哲学者,艺术家,社会学者底见解,种类不一,实在不遑枚举,其中最古,最通行的见解,就是说:儿童是保存种族唯一的手段。这简单的解释,原含着不可动摇的真理,在无论那一时代,都应该有势力的,不过在科学精神和个人主义思潮已发达的近代人,这样简单的解释,已不能满足。特别地是近代文人,他们有的受了自己个人阅历底着色,有的因了宗教上信仰底影响,对于儿童的见解,几乎十人十色。主要的约有下面的五种:

(一)儿童是服务宗教底便宜的手段说;

(二)儿童是母的本能底偶然的产物说;

(三)儿童是自我永存底一种的手段说;

(四)儿童是人类保存和进化底唯一的手段说;

(五)儿童是性的更新作用底产果说。

以下就这五说来加以分释。

一、儿童是服务宗教底便宜的手段说

这是《枯莱者尔》,《沙那泰》(Kreutzer, Sonata)等作中所现着的托尔斯泰底意见。托尔斯泰是个禁欲主义者,他对于人生根本的态度,是人生否定的态度。他相信有第二个的理想世界——天国出现,以为人间生活如果达到了那个程度,就是没有人间生活,也不要紧。因为人间生活底目的,原在"邻人之爱",如果到了像那预言者说,一切人类,融合于爱,改刀剑为犁锄的理想境,当然没有再继续生活的必要了。人类溺于男女的爱的时候,所谓来世,不能出现,所以人应绝对地避去肉体的爱,男女大家都像兄妹的交际一样。人生路上唯一的光明,就是贞洁,就是禁欲。这是他贞洁论底旨趣。

托尔斯泰于《枯莱者尔》,《沙那泰》中,很用了严肃的态度抨击着肉欲生活底丑恶。在这书底跋文上,自己表示著作此书底意趣。跋文分五节,他底两性观和儿童观,都可从里面窥测。现在撮抄于下:

第一,性交是健康上所必需,结婚不是人人可能,所以男子于金钱以外别无负担的结婚外的性交,也是自然的,也有奖励的价值:这见解是错的。何以故?因为我们没有因要保持自己的健康,非吸他人底血不可的理由,同样,因要保持自己底健康,也无使他堕落肉体和精神的必要。贞洁是可能的事,比之于不贞洁,健康上危险也少,害也没有的。

第二,性交不但是健康和享乐底必要条件,并且还是诗的,高尚的人生底幸福:这见解也是错的。做父母的或主持舆论者,应该对于青年男女,给与一种教育,使他们知道结婚前或结婚后所生的恋爱和随伴而起的肉感,是使人生堕落的动物状态,不再误认为诗的,高尚的状态。

第三,在我们底社会上,因为误重了肉的爱底结果,遂认儿童底出产是无意味的事。原来是夫妇关系底目的和道义的理由的儿童,竟认为愉快的恋爱关系底障碍物,因之受医生底助力,用避妊的手段来剥夺女子生产权的事情,也多起来了。这也是错的。第一,因为避妊是逃避肉欲底报偿的儿童底烦虑,第二,因为避妊是近于杀人的背理行为。要想避免这种罪恶,应该晓得:贞洁在独身状态是保持"人"底威严底不可缺的条件,而在结婚状态尤为必要的条件。

第四,在我们底社会上,一面把儿童认作享乐底障害物,不幸的偶发事项,一面却又认儿童在不超过预定数的时候,也是一种快乐底方便。他们底教育儿童,不向着待他们解决的人生问题方面,只以两亲自己底快乐为目的。这是错的。人间底儿童,不应该像动物底幼雏来养育,教育儿童,于养成肥美的儿童外,不应该没有别的目的。

第五,在我们底社会上,青年男女底爱,被尊崇为诗的高尚的目的,于是青年将他们生涯中最好的光阴,都用在这上面,男的用了去搜索地,发现地征服恋爱关系或结婚形式中底最优的对手,女的用了去诱惑牵引情交中或婚姻中的男子。这也是错的。不论因了结婚和不因了结婚,爱人底结合,即使美化得像诗一般,也不是值得用"人间"的名词的目的。要晓得,人间的目的,不是因了和恋人的结合就可达到的。恋爱,和恋人的结合,不但不容易达到人间底目的,倒是阻害达这目的的。

托尔斯泰不承认有灵肉一致的性爱,他眼中底恋爱,就是性欲冲动。他绝对地认异性间的接触是堕落,结婚也是一种罪恶的制度。他有一种方便论说:"结婚不可认为像现今的公然的肉欲满足,当认为应补偿的罪恶。补偿此罪恶的方法,第一,男女离掉淫欲,大家勉励实行做到非恋人的兄弟姊妹关系。第二,因了结婚,生育未来的神底奉事者——就是儿童。"

托尔斯泰对于儿童,谨与以功利的价值和方便的意义。繁殖,结婚,儿童,原无价值之可言,只因于宗教上有用,可以继续为神服务,所以才有价值。他以为有儿童的产生和养育,然后人间底一切性的生活,因被默认,因以净化,人类也得一步一步地接近于爱的大理想。如果无儿童,人世就不存在,神国也不能在世上实现了。所以他说:"儿童底出生,就是来接替自己底事情的,我若有当做未做完的事,有儿童来代做,他们会把这事情完成罢。"又说:"充分给与教育于儿童,使他们不做神底事物底妨碍者,做神底服役者。"

要之：在托尔斯泰，儿童是人间达宗教上目底手段，生育儿童，是因性欲堕落的人们底罪恶补偿法。

二、儿童是母的本能底偶然的产物说

这是俄国阿采巴希甫（Artsybashev）底小说，英国亨金等底社会剧中所表现的见解。认儿童为本能底盲目的产物，乃极端的物质的见解。他们以为世界无非盲目的残虐的自然底意志，并无所谓理想的第二世界，也并无所谓天国，只有无慈悲的"死"，在后面张了大大的口等着，一切都归于死。黑暗，破坏，死，——这就是人生底真相。真是一种绝对厌世主义。

他们一面是厌世主义者，一面是性的解放的主张者。他们底眼中，并无所谓道德，法律，习惯等一切的社会因袭制度，一任性欲本能的自然发动，不用智识，意志来加以压抑。和托尔斯泰底禁欲说，正相反对。神圣的男女关系，在他们只认为一种快乐的游戏罢了。

阿采巴希甫作中底主人公，都是本能主义兼厌世主义的人。《沙宁》（Sanin）是他底代表作：主人公沙宁底妹子利达和一军官赛尔勤关系的结果，怀妊了：苦闷得想去自杀的时候，被沙宁蹍救了，有一段晓谕他妹子的话：

"原来你怀了妊了，……这却不是好事……第一，生子是极无聊的事，是龌龊，糊涂的事，其次，因此你就要被送入墓场了，这却最苦……"

"你怎么好呢？我告诉你罢！可是你太胆怯，又不解事，所以为难。不过你死了也无济于事。……你想，你死之后，世间即使听见你曾经怀过妊的事情，那与你有什么关系？那么，你并不是因怀妊而死，只是怕世间而死。……你大概自然不是怕不认识的人，最怕的是爱你的人罢，……但是他们也不过说不是由于正式的结婚，是在林间，草原上苟合而来的罢了；他们或将处罚你，……但你有管他们的必要么？……他们都是糊涂东西，残忍而且卑怯，因为世上有这样无聊，煞风景的人在那里，你就要自杀么？……"

"……一个方法是把胎儿堕了呵,因为这个儿子是世界上谁都不要的,并且他底诞生,于苦痛以外,不给谁以甚么……"

"……自然,杀生物是残酷的事,因为他晓得生存的欢喜和死的恐怖,但是像这种毫无知觉的血肉块……"

"……罪恶?有甚么罪恶呢?母亲难产将死的时候,把已经有生命的,出来就会哭的婴儿,块块地截开,或用了钢钳把他底头钳破,不是毫不罪恶的吗?……那么,防遏毫无意识的,还不过是生理上底一种过程并不显然存在的一种化学的反应,就是罪恶了吗?……"

阿采巴希甫还有《妻》的短篇小说,篇中叙述一男子先和一女子在林间苟合,后来作了正式的家庭,觉得兴味索然,就彼此分离,过了几年,再偶然邂逅。这男子也是否定一切的虚无主义者,不认家庭,结婚,儿童底价值,在他,所谓人生底目的,不外是肉欲满足,儿童不过是肉欲本能底偶然的产物,篇中主人公对于妻底怀妊的感想一节,很可窥见这样的态度。

"妻对于怀妊的态度,我觉得很奇怪。她好像将怀妊当作有重大,深远的意义的神圣事件,时时留心。注意未来的婴儿。胎儿底是男是女?于我们有何必要?为何产生?给我们的是幸福,还是悲哀?——这种都毫不顾虑。她暗暗地在心里想像,以为:婴儿底诞生,将从别方面给光明于我们底生活,使我们底生活有新的意味和新的快乐,像朝上的太阳一样。我想:婴儿是不管我底意志如何,一定地出来的,我可以希望婴儿诞生,也可以不希望,可是他是无论如何出来的。我从前并不感到婴儿的必要,现在也没有感到。我和未来的婴儿,毫无关系。我有我底生活,我有我自己还没有享尽,谁都不能侵犯我的伟大广泛的自由生活,一想起将来,愈觉得婴儿底诞生,在我好像是一种无用的重荷,把我生活上的计划,如数搅乱了。……"

对于世间一切,都不承认何等的价值,繁殖,娠妊,儿童等性底根本事实,在抱绝对的个人主义的作者看来,无非是不可抗的,无意义的,可憎的现象罢了。

阿采巴希甫底认儿童是母的本能底偶然的产物,含有一种嫌恶的色彩。可是同是认儿童是母底本能底偶然的产物的人,也有把这本能盲目地来讴歌,尊重"误解的母性"的。英国底亨金在一九〇六年发表的《最后的特姆郎家》中,很可窥见这种见解。女主人公谢耐脱与情人关系了生了子,彼此别去;八年后二人重逢,男女彼此已没有爱可言。谢耐脱底家庭为面目计,强谢耐脱和这男子正式结婚的时候,谢耐脱提出为母底本义,来反抗她底父母和伯母:

谢耐脱　可耻? 要生子是可耻的事吗? 究竟为甚么要有女子? 伯母! 不是生子吗?

伯母　　行了婚礼才生子的呀。

谢耐脱　伯母! 女子在结婚未发明的几千年前,已经生了子的! 并且不会错,到结婚制度废止的几千年后,也是要生子的!

母　　　谢耐脱!

谢耐脱　可不是吗? 母亲! 我是这样想的,我觉得凡是健全的女子,一定谁都会这样想的,只要见解不错。我要想儿子,从人形游戏停止以后一直到现在。不是想要螟蛉子或别人底儿子,是要想自己底儿子。自然,早就想结婚的,现今,要想做母亲,结婚大概是普通的方法罢。可是时日一天一天地过去,谁都不曾来和我议婚,年纪渐渐大了,机会错过了。这当儿,我遇着他就恋爱了他。或者我那时恋爱"恋爱",也说不定。但是觉得很爽快,因为幸而遇着真想念我的人,将女子正当地当作女子的人。——不是因为我怜俐,所以和我说话,因为我强健所以大家去打庭球的人,是因为要接吻,要恋爱,所以想念我的人。是的,是要想恋我的人。

父　　　女儿! 听我底话! 自己既然这样说,这大概是你底本心罢。可是,到你年纪大了,夐尼长成了的时候,恐防要后悔罢! 对于将无父的子生在世间的事。

谢耐脱　决不,决不后悔! 保得住。无论有甚么事情,就使夐尼因我底行为来憎恨我,我对于我是母亲的事,总永远地欢喜罢! 因为我总算生活过了。那种糊涂地无谓地把一生送掉的女人们,没有感觉到母亲所觉着的欢喜和苦痛的女人们,不晓得还要怎样艳美啰! 倘然她们晓得这个,晓得这心情。——觉得这儿子是自己底儿子,是自己的一部分的心情;为儿子的原故,病,苦痛,连死也不怕的心情;这是自己底儿子,谁都不能从自己手里把他夺去,因为谁都不及自己痛感着这儿子的要求;这样想的心情。用脸颊去受柔软可爱的吹息,烦恼的时候去骗他,啼哭的时候去慰他,这是母亲的事务,并且是神圣的事务。

这段议论,很可看出妇女底性的强调和母性底权威,可是所谓"母性",在作中只是漠然的种族保存本能的意思,和爱伦凯(Allen Key)底"母性复兴论"中所谓"母性"是全不同的。作者亨金在这作中,对于一切的性的生活,都用着极原始的见解,在这里,儿童于母性底盲目的本能发动底结果以外,是没有意义的。

三、儿童是自我永存底一种的手段说

这是易卜生(Ibsen)、斯德林堡(August Strindberg)、郝卜特曼(Huptmann)等剧作中所表现的儿童观。要想因了繁殖来继续自我,比之上面的二说,显含着人生肯定,世界乐观的态度,前两说是繁殖否定,这是繁殖肯定了。

在叙述这说以先,先应说明的就是"自我"二字底意义。"自我"二字,看去好像很明白,不要何种的说明,可是一加深究,便成了一种不可捉摸的东西。梅德林克(Maeterlinck)至于将自我比作一朵星云,说是理解,定义都不可能的。

烦琐的哲学上的考察,不是本篇底目的,姑且依了英国现代思想家嘉本特(Adward Capenter)在他名著《爱与死》中所畅说的解释,将自我分析说述如下:

(甲)永久不灭的自我——这就是宇宙底生命,超越时间,脱离死亡,永远做人间生命底源泉和人性要素底根柢的。

(乙)内面的自我——这就是人间底灵魂;凡用爱情,才智,美的观念,勇气,正义心等名词所表示的人格的要素都是。

(丙)外面的自我——这是和色欲,食欲有关系的人格的要素,或称动物的自我。

（丁）肉体的自我——这就是指能目见手触的躯体。

（戊）种族的自我——这是以种族的感情为中心的人格的要素，在人间，多取了'内面的自我'底形式来发现，至于动物，是潜在的，但是自然地强烈地发动着。

自我分析起来，有上面的五种。所谓"儿童是自我永生底一种手段"底"自我"，是哪一种自我呢？在易卜生，斯德林堡，郝卜特曼等底社会剧中所表现的，是"内面的自我"，就是要想将自己底灵魂，品性，移植到自己所建设的"儿童底国"里，使他永生。

还有一件要注意的事；要使"内面的自我"永生，不但仅有繁殖的方法。康德底哲学，莎翁底文学，都可使他底"内面的自我"永生，繁殖只是"内面的自我"永生底一种的方法罢了。所以说是"一种的手段"。

要想在儿童底身上，灌注自己的底精神，思想，使他永生。这思想和近代的个人主义结合了，便成功一种悲剧，——就是夫妇间的"儿童争夺战争"。做父的要想使自己底"内面的自我"移植在儿童身上，做母的也要想将自己底"内面的自我"移植在儿童身上，彼此互相因了儿童，永生自己底"内面的自我"，彼此互相排挤了对手来占领后继者，结果就起了一种以儿童为目的的战争。这种夫妇两性间的血战，可谓近代文学上悲剧中的悲剧。

郝卜特曼在《平和祭》中，描写医生肖尔兹夫妇，因彼此争夺儿童，使二男一女都陷于悲惨的运命的事。易卜生在《约翰伽蒲里尔薄克曼》（*John Gabriel Borkman*）中，叙一好胜的妇人，因愤慨丈夫事业上底失败，要想将自己底主张，意见，灌注于独子的爱尔哈尔脱，使他立身，成名，藉此一洩丈夫底耻辱和自己底不平。以复振家声的目的，和丈夫及她底孪生妹间，大起儿童争夺的战争。

把这种家庭悲剧，描写得最深刻的，要推瑞典底斯德林堡，他的剧作如《死人底跳舞》，《父亲》，都描写着这种题材，至于《父亲》，竟是描写"儿童的争夺战争"底典型的作品了。

《父亲》是三幕的结婚悲剧，差不多可以说是近代人对于两性关系的一切苦痛,烦闷底结晶。主人公是个瑞典底骑兵大尉,热心于科学的研究,关于女儿培尔太底教育事情,和其妻罗拉,大起纷争。大尉要使培尔太到都会去受高等教育,预备作将来的教师;罗拉呢,要使培尔太留在家里做美术家,大家要想因了自己底信念,独占后继者,大尉于是拿出法律所承认的"父亲底权利"来作战争的武器:

大尉　培尔太在两礼拜以内就要到京里去寄宿。

罗拉　那么要问寄宿在甚么地方?

大尉　就是会计检察院底赛夫培尔西君的家里。

罗拉　那个无神论者那里?

大尉　照法律,子女总是因了父亲底信仰教育的。

罗拉　那末,母亲没有插嘴的权利的吗?

大尉　一点都没有! 女子是因了法律上的契约,把生得的权利卖了的,得着的报酬,就是自己和自己底儿女受男子底保护。

罗拉　因此,你就说母亲没有叫子女怎样的权利了!

大尉　当然没有,把已经卖去的东西仍旧取回,一面还要收得代价:这是不能的事。

罗拉　但是用了父母底同意……

大尉　那里可以有这样的事! 我说要叫她到京里去,你说要她留在家里,如果用数学的见解来说,培尔太就住在家里和京里中间的车站里了。

罗拉　那么,做父亲的为甚么对于子女有方才所说的权利呢?

大尉　要叫父亲负责任的时候,就生权利。只要是结婚的,对于是父亲的一层,本不容疑。

罗拉　没有疑吗?

大尉　大概没有罢!

罗拉　倘然妻不贞的时候呢?……

大尉　有这种事的吗?

罗拉是个不能反省,宽容的悍妇,大尉呢,完全是个学究,别人底片言只句,在他都做了瞑思,分辨的材料。罗拉底答辩,使大尉陷入疑惑的境地,培尔太是不是我底女儿? 我对于她可不可以主张"父亲的权利"? 这样的疑惑,支配住了大尉,再加以罗拉广布的种种疑阵底摆布,大尉遂成了狂人,结果把燃着的洋灯,向罗拉投掷,演出狂死的惨剧。

要想将儿童当作自我永生底一种手段,独占地在儿童上遗留自己底不朽性,至于赌了生死去排斥对手。这种两性相互间的血战,完全是性和个人主义冲突底表现,确是近代底悲哀的一种。

四、儿童是人类保存和进化底唯一的手段说

这是英国现代讽刺剧作家萧伯纳(Bernard Show)底意见。所谓"人类保存",就是"自我保存",萧底见解,在这点上,很和易卜生,斯德林堡,郝卜特曼等相似,不过前者所要保存的是"种族的自我",后者所要保存的是"内面的自我"罢了。

萧底繁殖观,儿童观是继承德国哲学家叔本华(Shopenhouer)底性欲哲学的。要讲萧底思想,不能不先略述叔本华思想底要旨。

据叔本华所说:世界底实体是意志,是非理性的,无意识的,盲目的意志。磁铁底相吸引,水底下奔,一切生物底用了全力保全生命,和甚至于掷了生命去图种族的繁殖:都是并无何种目的,徒然要想主张自己的努力,就是无非世界意志底发动。这世界意志在男女关系上发动的,就是性欲。性欲就是性的恋爱。所以一切的性的生活,都是盲目的努力的发现。这是叔本华底繁殖观底根本。

这叫人盲目地永远保存种族的世界意志,有一个目的,就是使具有某一定特质的新个人出生。常用了极大的势力,令特定的男女结合,"洛弥阿! 奇列脱! 你们相爱呵!"这样地发布命令,不管你承认不承认。(注:——洛弥阿、奇列脱是莎翁剧"Romio and Julet"中底男女主人公)自然要想使人将宇宙底大目的,认作自己底快乐幸福,在人底心中,种植种种的幻影。人类底本性,不是个人地生存,是种族地生存的。

要之,叔本华底性欲观底特色,可以归纳为三点。

(一)欲求种族的自我底永存不死,是世界意志底发动。

(二)世界意志并无何种目的,只是主张自己的盲目的努力。

(三)性的生活底唯一目的,是种族保存。

在这三点中,萧所继承的是(一)和(三)两项,至于(二)的一项,是萧所不取的。在萧世界意志底努力,是理性的,有意识的;是有一个伟大目的的东西。目的就在生出比较更清高的人类。萧这见解,明明受着德国哲人尼采(Friedrich Nietzsche)超人说底影响了。

儿童不但是为保存人类,并且是人类进化底唯一的手段,这是萧底儿童观。萧底剧作中常以一种深远的人生哲学为根本,他认世界意志是"生的力"(Life Force),这就是人类底本能。"生的力"本来盲目,常有自己浪费和破坏的事情,人底头脑,是看见"生的力"的眼目,用了头脑,可以使"生的力"向着正当的目的前进。我们人类曾用了思索发见世界意志,发见实行这目的的手段了,应该再使他达到目的,就是应该达到人生底哲学的自觉。萧底作剧底目的,在示现"生的力"底幽玄的步调,除去一切的人类底无自觉,无意识。

"生的力"底发展的目的是甚么? 在生超人,萧底所谓超人,就是比较更清高的人间,是近人间的超人。他以为英国人不如数成克林威尔,罗马人不如数成凯撒,德国人不如数成路德贵推,世界底进步,是没有希望的。所以我们人类在进化上面悬着唯一的希望,渴仰超人底出世,同时不得不先求超人底母,因为超人是女子底腹内诞生的。萧因了这见解,认性的生活上,女子比男子能自觉地活动,女子是追逐的,男子是被追逐的,女子是能动的,男子是被动的。

这样人生肯定的繁殖观,很多在他底作中表现着,最标本地具体化的作品,就是《人与超人》。据萧自己说:这剧是捉了"人生底哲学的自觉"底化身近代人约翰·太那,和"生的力"底化身美女子亚姆,使他们于某种程度中行一般男女之事的。

亚姆是个在结婚年龄中的无父的美少女,大为青年鲁滨生所崇拜恋爱,鲁滨生是中世纪骑士气质的人,他底爱亚姆,无非将她当作神秘底示现和幻想底本体。亚姆呢,却是本能地自觉"生的力"底命令的女子,斥鲁滨生底爱是和"生的力"毫无交涉的爱,于是改慕自己底保护者思想上的革命家约翰·太那,认为未来的夫——自己所生超人底父,不断地加以追逐。

这太那,就是萧所谓"达到人生底哲学的自觉"的人物,他深晓得亚姆底侵略的,能动的行为底动机和理由,对于亚姆,这样地观察着:

亚姆想和男子结婚,这目的决不是为她自己底幸福,或他人底幸福,只是为了自然的缘故。女子所有的活气或生力,是要生超人的宇宙底创造力底盲动。所以女子并自己也去牺牲,至于牺牲男子,那是更无所用其踌躇的了。在女子,男子不过认作达这目的的器械,——是女子因为要想最经济地实行"生的力"底命令所考案出来的器械。女子善于照顾男子,这恰和兵士底善于照顾枪砲,音乐家底善于照顾提琴一样。女子碰着男子有危险就恐虑,男子死了就哭,这是因为没有做父的男子,就没有生出超人的机会的缘故。女子底身上所现着的这世界底大目的,全然将男子作奴隶,女子用了虎求食样的热烈的爱来与男子相接,毕竟无非欲得丈夫。所以早一日也好地快想结婚,是女子底事情,反之,迟一日也好地想避结婚,是男子底事情。

这样达观着的太那,要想保全自由的自我本位的生活,对于激烈袭来的世界意志底捕捉,尽了全力逃避,到终被亚姆追究着了,做了俘虏。到了这里,太那遂恍然悟到人类原不曾遂行着自己底意志,所遂行的只是世界底意志,因为有使亚姆得夫的世界意志,所以追逐了我,逼我结婚的。太那这样觉悟了以后,就和亚姆订婚。可怜的鲁滨生呢,结果成了独身的失恋诗人。要之,两性关系是超越个人关系的。——这是剧中底结论。

萧曾自己公言,这剧底第三幕,是当作"为进化论的圣书底创世纪"而作的。这是很有意趣的话。从叔本华底世界意志说出发了,在人间底种族的使命上,显着地蒙着优生学的,理想主义的色彩,萧底见解,的确有可欢迎的地方。可是在萧,儿童仍是一种"手段",这点,和托尔斯泰,斯德林堡等底儿童观,没有两样。萧是个讽刺作家,所以把太那底烦闷,很乐天地描写着,若在托尔斯泰,斯德林堡底笔下,这事件恐防要认作自我对性欲的血战,当做近代人底精神的争斗,画出凄惨的局面了。

五、儿童是性的更新作用底产果说

这是尼采,嘉本特,爱伦,开伊等思想中所含有的儿童观。在他们,儿童本身是一个目的,并不是他目的底手段。性的恋爱底目的,不但在保存种族,也不但在自我底永远化,是在行图增进自己和种族底生命的一种高尚深远的两性间底更新作用。

嘉本特说:"爱底意义底解钥,是因了补足作用的更新";又,"男女结合底第一目的是在造子孙,这观念有不满足的地方。恋爱底目的,不但在保存种族,是要使种族完全,使种族底自己表现圆满。"

开伊说:"爱是结合。这不但为要创造新的存在,是为男女两个各因了他一个可以成功新的存在,并且比一个人的时候可以更加伟大的缘故。"

嘉本特,开伊都是性的理想主义者,他们对于儿童,不用功利的见解来看,是从对于种族的影响着想的。他们不注重于儿童底"量",而注重于儿童底"质"。鄙薄偶然的繁殖,尊重有意的繁殖。补足,更新,进化,——这三者底联络,就是到他们"性的理想乡"底必经的途径。

尼采是性的理想主义底先驱者,嘉本特,开伊底性的见解,都是继承他底思想的,他在《察拉图斯忒拉这样说》中《小儿与结婚》篇里面说:

"你年青,想生子和结婚,但是我问你:你有生子的资格吗?你是对于一切底胜利者,是克己者,是官能底支配者,是美德底所有者吗?还有,你这愿望,是被兽性或不得已的必要所驱迫而成的呢?还是因为要想解你底寂寞呢?或者还是因为你自己不满足的缘故呢?我希望你用了你底胜利与自由去求孩子,对于你底胜利与自由,建筑一活的纪念碑,不但使你底种族繁殖,还要使他向上。你要创造比你更高贵的肉体!要创造最初的运动,一个自转的车轮——就是要创造一个创造物!所谓结婚,就是因为要想创造比'创造'更伟大的东西,两个意志底合一的活动。"

这对于儿童底新意义,新价值上,可谓说尽无余了。自觉地图自己和种族底向上,男女便用了至纯的爱的结合,因了相互对等的补足作用,更新,和进化造出对于到达"伟大存在"的纪念碑——这就是性的理想主义者所谓儿童底意义和价值底全部。

嘉本特,开伊等所谓补足,更新,原基本于"性的恋爱底补足的性质"的。关于恋爱底补足的性质的考察,叔本华已有过基础,后来奥国学者卫凝格尔(Otto Weininger)又试过方程式的研究。这就是两性问题研究上有名的卫凝格尔底性的牵引底法则。卫凝格尔不承认有纯粹的男女,他以为世上所存在的无非是无限的性的中间级,所谓男性或女性,不过是理想乃至类型罢了。因之,我们底所谓男子,就是多有着男性分子的人,所谓女子,就是多有着女性分子的人。男女都是复性,一面又具备两性底性的特征的。

卫凝格尔依了这个断定,立他性的牵引底法则。说男女行性的牵引时,两方都用了自己所有的男女两性的全分子去牵引的。例如一个男子,自己备着四分之三的男性和四分之一的女性,他底最适的补足者,配偶者,就是有四分之三的女性和四分之一的男性的女子。因为这男子渴望着自己所缺乏的女性分子,那女子也同样地渴望着自己所不足的男性分子,互相牵引,其中有完全的性的亲和力的缘故。这一对男女结合了,二人上面,就现出完全的男性和女性,这样的配偶中,性的牵引力,亲和力最强。

卫凝格尔自己虽是个叔本华流亚的繁殖否定者,他这法则,却有益于性的理想主义者。有着上述伟大的性的亲和力的男女,所生的儿童,就是所谓"恋爱底儿童"。凡是两性问题底研究者,没有一个不渴仰赞美"恋爱底儿童"的,卫凝格尔也说:"恋爱底儿童必定有负担幸运的运命。"开伊说:"恋爱底儿童所以多才能,就是做最好最适的配偶者的优秀男女,大家合了一体的缘故。""恋爱底儿童"要之,就是"当作性的更新作用底产果的儿童。"尼采底所谓"超人",就是这"恋爱底儿童"底最伟大的代表者。

结　论

上五说,虽然各有各底见解,但是把他大别起来,可以归为三种:

(甲)手段的儿童观。

(乙)目的的儿童观。

(丙)认儿童为偶然的产物,目的,手段,两方都不属的儿童观。

第五说是属于(乙)的,第二说是属于(丙)的,其余如第一说,第三说,第四说,都是属于(甲)的。

还有,用了繁殖肯定和繁殖否定的分别来看,第一说和第二说是繁殖否定说,其余都是繁殖肯定说。

现在姑且依了原有的顺序,把各说来略施评断。

第一说中托尔斯泰底儿童观,于矫正近世男女将儿童认作幸福底妨碍物的谬见,很是一种有尊严的棒喝。他认生子是因性欲而堕落的人们底罪恶补偿法,对于近代妇人底因利己的欲望逃避为母的恶风,痛诫说,"圣书里说,男女都被给与一种法则,男子有劳动的法则,女子有生育的法则。"他底主张儿童底尊严,不能不说是他底长所,可是我们对于他底儿童观,究竟不能满足。

人没有将他人作达某种目的底手段的权利。持禁欲主义的托尔斯泰,不承认结婚底道德的价值,对于儿童只与以方便的价值,认为达宗教上目的底手段,这从新性的道德上说,实在是不道德的事情,并且我们不能承认人生否定的意见,所谓"第二的理想世界,"在人生肯定者的我们,不但不期待,而且并不认为必要的。我们还相信有灵肉一致的恋爱,对于托尔斯泰底认性的恋爱即是性欲冲动,也不能赞同。要之托尔斯泰底两性观,完全是立脚于原始基督教的偏见,这种偏见,原始基督教从前曾向欧洲人传道,托尔斯泰恐怕是最后的提倡者罢。

第二说中,阿采巴希甫等作品中底思想完全是一种绝望的厌世观,将一切恋爱生活当做一种享乐的游戏。颓废所至,竟要使人类男女,退化为动物底雌雄。一切都是本能,性的结合,就是本能满足的一种,儿童就是不能免的,盲目的,本能的产物,此外毫无意义,价值可说。这种无理想要求,无理知分子的两性观,当然也不是我们所能承认的。

第三说,就是将儿童认作"自我永存底一种的手段"的见解。对于前二说底繁殖否定,虽然是一种繁殖肯定的主张,可是将同类的人间,认作自己永存的手段,在这一点上,也有和第一说同样的难关,并且男女竞争地要想在子女身上移植自己底心灵,也是一种对于"大自然"的无思虑的叛逆行为,到底是不可能的事。原来男女结合了生得子女,这子女底自我,用数学的说法来说,就已成了父底自我,母底自我和子女自己底自我的总和。子女身上有父底自我,同时也有着母底自我,这是近代遗传学者所明示力说,可以认为真理的。在这分子复杂的子女身上,想图绝对的"内面的自我"底永生,已经是做不到的事,并且子女也有自己底自我,决不任父母底占据。以父或母底心情为心情,以父或母底灵魂为灵魂,这样暴虐的打算,断不是有个性的子女所甘受,并且适足引起子女底反抗。易卜生在《约翰》、《伽蒲里尔》、《薄克曼》中,明表示着这样的径路。斯德林堡底《父亲》中,培尔太也曾露出反抗的口吻了。

第四说萧底见解,比之前几说,显带着理想主义的光明的色彩,是我们可以欢迎的思想。但为种族而牺牲个人的倾向,实大有令人不能满足承认的地方。还有,只将儿童认作种族保存底手段一点,也和其他的"手段的儿童观"有同样的弱点。

第五是认"儿童是性的更新作用底产果"说。这明明是儿童自己是目的,不认作达他目的底手段的见解,认性爱底目的,不但在保存种族,还要因了高尚的更新作用谋自己和种族底向上,换句话说,就是要用了人智,去整理自然所发现的本能。这是何等勇敢的努力!有了这努力,方才人间底性的生活,可以和动物界底性的生活,异其面目。在谋永远的进化上,在尊重性的关系上,我们所赞同的,就是此说了。

附记

这篇东西,是以日本岛村民藏氏底著书为蓝本的。岛村民藏是个潜心于两性问题研究的学者,同时是个剧作者,他关于两性问题,先后出了

《现在近代文学上的两性问题》《性的理想主义》《两性问题大观》三书。我读过了这三部衔接的著作，就"烧直"成了这篇文字，其中直译的地方也有，只取大意的地方也有，至于引例，也有参考了别的书籍把它变易的处所。均望原著者和阅者谅解。

一九二一，九，一，在杭州

（原载《东方杂志》第 19 卷第 1、2 号，1922 年 1 月）

近代文学概说

一、从古典主义到浪漫主义

文艺复兴以后,因了古文艺的复活,向来做宗教奴隶的文学,也脱离了宗教的束缚。可是宗教的束缚,虽然脱离,同时却又被古文艺囚住。当时的文艺界,因为大崇拜了希腊罗马的古文艺,一切都奉古文艺为典型,结果就成功了一种古典主义(或称拟古主义)Classicism。

希腊人的人生观,原是灵肉一致的,重理知同时也重感情。但是古典主义,却偏重于理知的一方面,有主知的倾向。这也是时代使然,当时因了启蒙运动的影响,主知的方面,非常的占着势力,培根笛卡尔等学说,都在这时代中产出,因此文学上也不免带了一种主知的色彩。

古典主义排斥奔放的空想和情感,崇尚整齐,统一,均衡,认美有绝对的标准,在结构布局上都有一定的形式。剧上的"三一律"(three units)就是这个好例证。

古典主义到了末流,文学就没有生气,只晓得模仿古人的格式,在字句形式上雕琢,结果成了一种表面完整内容枯燥平板的文学。用譬喻来说,好像大理石的雕像,虽然很好看,却是冰冷的。

反抗这大势而起的,就是浪漫主义(Romanticism)。浪漫主义主张个性的权威,摆脱一切从来因袭的法则,以奔放的情感,逞奔放的空想,一反从来主知的倾向。浪漫主义的发生,也实有着时代的背景。自培根笛卡尔以后,主知的倾向,压倒一切。康德的批评哲学,在重主观的一点上，已显露他反抗时代的精神。至于直接鼓吹情感，排斥人巧，树立浪漫精神的，不能不推卢骚为先驱。卢骚"回归自然"的呼声，实是浪漫主义的晓钟。他的呼声，不但将贵族政治化为平民政治，并且也把贵族文艺化为平民的文艺了。

浪漫主义的文学，是极端的主观文学，蔑视理知和形式，重视热情和空想，不屑取眼前平凡的事实，做文学的题材。他们取材的范围，就地方论，意大利为最适，因为意大利是南欧唯一的美乡。就时代论，以中世纪为最多。因为中世纪武士的侠勇，神话的传说，对于神的虔念，和女性的神秘观，很可逗他们的情感和空想。英国批评家配他（Walter Pater）在他的《玩赏论》里说："浪漫精神的要素，就是好奇和爱美。其所以景慕中世纪，无非因为他是这种要素的代表者。暗淡的中世气风中，实有浪漫的风格和奇峭的美源。因了强大的想像力，可以在不经目见的事物中得着这种要素。"

十八世纪后半至十九世纪前半，实为浪漫主义全盛时代。德的贵推（Goethe）、西尔来尔（Schiller），英的司各脱（Scott）、沙翁（Shakespeare）、摆伊隆（Byron），俄的普希金（Puschkin）等，都是这时代的宠儿。

十九世纪末叶，因了孔德（Auguste Comte）的实证论和达尔文（Darwin）的进化论，世界为科学精神所支配，人心都呈了一种变调，这种变调，在文艺上就促成了自然主义（Naturalism）。近百年来的文学，以自然主义文学为主要部分。真的近代文学，差不多就是自然主义的文学，至少也是受过自然主义的洗礼的文学。

二、自然主义的时代的背景

文学的背后，必有时代。自然主义文学，实是近代人思想和生活的表现。要知自然主义文学，不能不晓得近代文明的基调。

（一）近代人的思想　孔德的实证论，把康德、海克尔（Hegel）的主观哲学，取而代之。达尔文的进化论，使自夸为万物之灵的人类，失了尊严。自启蒙运动以来,宗教虽失了权威,"神"的观念却还存于一般人的心中。卢骚总算是一个激烈的论客,但是他在著作上却到处赞美着神。等到了这时候,唯物说的势力大盛,信仰的基础,遂根本的摇动,思想上成了一种个人主义和怀疑的态度。又因受了科学精神的鼓荡,世人突然对于素来不甚关心的丑恶的现实界,加以注意,于是从来美善的幻梦就忽然消灭,好像在很美丽的玫瑰花中,忽然发见了毛虫,因此豫期的香色,也减损了一半以上的价值。失望,怀疑,厌世的精神,支配着人心,当时的学者称这种倾向叫做"世纪的痼疾"(LeMal du Siècle)。叔本华(Schopenhauer)的厌世哲学,就是这时代的产物。

(二)近代人的生活　因了工商业的发达和生活困难等种种原因,近代人的生活就成了都会生活,烦剧的生活和多激刺的生活。物质文明的进步,使人类减少了自然的抵抗力,身心两者,都受着从来没有的缺陷。据医学者马克斯·诺尔道(Max Nordau)说,近代人身体的各部分,已经都呈了变态了。

近代生活于烦剧以外,又带着平板干燥不比往时有丰富的变化。烦剧和平板干燥,使人分外要求强烈的刺激,烟酒消费额的激增,就可做近代人非有刺激不可的证明。近代人官能的发达,几乎成了一种的奇观。印象派的绘画,象征派的文学,除了官能发达到极度的近代人,是不能感着趣味的。

A nior, E blane, I rouge, U vert, O bleu, Vogelles. (母音呵, A黑, E白, I赤, U绿, O青。)

这是法国亚秋兰罢(Arthur Rimpaud)有名的《母音》诗,照这诗看来,官能不但发达,简直是交错了!

刺激过度,结果神经过敏,再进一步就是麻痹。近代人于普通的刺激,已经不能满足,非新奇的事物,不能引起兴味。王尔特(Oscar Wilde)所作的《萨洛美》(Salome)中有女主人公捧了血淋淋的豫言者的首级去接吻的一段,大概看客到这里,都喝彩叫好,不以为怪,这是何等的病象!王尔特自身,厌倦了女色,竟因了男色罪下狱,这种事实,都可证明近代人的痼疾。要想因了新奇的,官能的刺激,忘却身心的苦闷。

这种颓废的态度，文学上通常称为 lecadent。

三、自然主义和浪漫主义

卢骚"回归自然"的呼声，引起了浪漫主义。卢骚虽是个主张"自然"的人，但是自然主义文学的所谓"自然"，是"现实""真"等的意义。和卢骚所主张的自然状态的"自然"原是两事。自然主义的开祖，要推法国的左喇(Emile Zola)，卢骚的自然主义是哲学上的自然主义，左喇的自然主义，才是文学上的自然主义。现在将浪漫主义文学和自然主义文学的异点，列表于下：

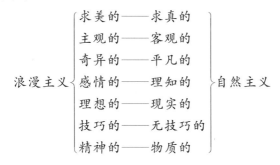

$$浪漫主义\begin{cases}求美的\text{——}求真的\\主观的\text{——}客观的\\奇异的\text{——}平凡的\\感情的\text{——}理知的\\理想的\text{——}现实的\\技巧的\text{——}无技巧的\\精神的\text{——}物质的\end{cases}自然主义$$

四、自然主义文学的作风

（一）态度上　自然主义文学是科学万能时代的产物，科学的态度，当然做他根本的特色。作者对于事象，好像科学者在显微镜检查的时候一样，自己心里不存何等的主观，平心静气，精细严密的去观察事象的"真"，他们的态度是客观的，冷静的。浪漫主义作者于文学上往往插入抒情的咏叹的分子，以自己的哭，去引观者的哭，以自己的笑，去引观者笑。但是在自然主义的作者，只将真实的事象，用了忠实的态度描写出来给人看，观者哭和不哭，笑和不笑，是不管的。观者或是哭或是笑，作者却不动声色的。

托尔斯泰的《莫泊桑论》有一段，很可做这种极端冷静态度的证明。

"有一个有名的画家,画了一张僧侣的行列给我看。画实在很好,但是作者对于这题的关系,却全没有表现。我问他:'你赞成这样仪式吗? 以为应该加入吗? 或者不是这样吗?'画家对于我朴直的质问,很殷勤的回答我:'我自己关于这仪式好不好的一点上,却毫不晓得,而且也不觉得有晓得他的必要。我只要把人生描写了就算。'我再问他:'但是对于这种人有同情吗?'画家说:'也不能说有同情。'我又问:'那么你不赞成这仪式吗?'这位近代画家对于我这样朴野的态度,好像很可怜我的样子,微笑着说:'也不是。'他不追究人生的意义。对于世象毫不动心,不插入爱憎的念头,只一味的描写人生。莫泊桑也是和这画家一样的人。"

这派作者观察事象非忠实,这派的开祖左喇对人说:"我已积了千七百页观察的记录,这就是小说的材料,只要把他写出来就是了。"他又说:"我要写上等剧场和上等饭店的光景的时候,我必先到这种地方去实地观察,到熟知这光景为止。"所以自然主义文学,可以称做人生的实录。

自然主义文学,于科学的客观的以外,还有一种机械观,宿命观的色彩。这是受了当时遗传说影响,左喇自身就是一个精于遗传研究的人。自然主义文学,所以带着绝望的情调,这也是一种重大的原因。

(二)取材上　用科学的,机械的,唯物的态度来看。世界上一切,都成了物质的盲动,人类生活,就和动物生活价值差不多了。诗人认为很美丽的花,从植物学者看来,不过是一种植物的生殖器。凡事这样看去,世界上还有什么光明的部分! 自然主义的描写人生,多半是描写黑暗面。换句话说,就是描写人的兽性,自然主义文学,差不多把世界丑化了!

肉欲在近代文学上,实占有重大的位置,自然主义文学,因为描写赤裸裸兽欲,在社会上往往引起风教问题。但是自然主义作家所描写的肉欲,实用着很严肃的态度。他们认为这是现代人生真相的一部分。他们眼中只有"真",并无浪漫派作家的所谓"美",和道德家的所谓"善"的。

因为以真实的"现实"为主,他们所描写的大半是人生的一断片,并无有从前作品的布局结构等可说。事件往往是无解决的。又因为重现实的缘故,所描写的都是日常生活,作品中的事实,极其平凡,并不如从前作品有可歌可泣的奇异的内容。自然主义作品(如托翁《战争与平和》)也描写拿破仑,但是他们所描写的拿破仑,和普通的人差不多,不过比普通人比较的英挺点就是了。至于绝代的佳人,才子和神灵,鬼怪等,都不是自然主义作品中的材料。初和自然主义文学接触的人,往往觉得干燥无味,实由于此。

因为描写实人生,在作品中赤裸裸的表出现社会的真相,并且毫不加以解决判断,近代文学往往成为问题文学,易卜生(Ibsen)的剧本如《娜拉》《群鬼》等,对于社会,都有强大的刺激力。

(三)技巧上　自然主义文学的题材,虽极简单平淡,但描写却极细密,至于"周围"的描写,尤为他的特色。原来文学有三种的要素,(一)人物,(二)事件,(三)周围(或称背景)。浪漫派文学所重视去用力描写的,主在(一)和(二)上,至于周围的描写,却极粗率,或竟忽略。自然主义派所用全力的地方,却在这(三)的周围。在自然主义的作品上,所谓周围,已经不是偶然的装饰,变了一种逼成所描写的人物和事件的空气。这也是由于机械的人生观和决定论的影响,他们认人类没有自由的意志,一切全依周围而定,事件是周围的产物,人物无非是在周围中活动的傀儡罢了。

于注重周围以外,自然主义文学又重视个性的描写。从前的文学,大概都以抽象的概念为基本,一种概念往往可以到同类的事物上去的。自然主义文学,却以直接经验为主,对于眼前的事象,用细致的观察去把捉他的特性,不是抽象的描写,是具体的描写,不是普遍的描写,是个别的描写。原来天下实无两种同样的事物。洞庭湖和西湖不同,秋天的洞庭湖和春天的洞庭湖不同,一日之中,洞庭湖因了朝夕又是不同,更进一步说,可以说是这刹那的洞庭湖和次刹那的洞庭湖也是不同。个性的精密描写,在感觉敏捷,观察精细的近代人看来,实在是应该的事。自然主义文学,好像不注意于技巧,但在这诸点上,实有前人所没有的技巧。自然主义文学的大家福禄培尔(Flaubert)说"因为世间没有全然相同的事物,作者对于事物,要先观破他的个性描写的时候,务须明晰,使读者不会看错,这样,自然人生的真相,力才能在作中活跃。最要紧的事情,就是选辞,我们应该晓得表示某事物最适当的言语,只有一个,若错用了别语,就容易和别事物混同。"看了这话,自然主义文学者的在作品上怎样苦心,大约可以推测了。

将这注重个性的态度,再进一步,自然主义就成了印象主义(Impressionism)。印象主义原是从绘画上来的名词,文学上自然主义最发达的时代,绘画上同时出了一种印象主义。这派的绘画不重线和轮廓,只重光线和色彩,以描出对于某事物的刹那间的印象为目的。法国的马耐(Manet)是这派的开祖。

自然主义文学,虽然是客观的文学,但是纯客观究是不可能的事。对于事物的观察,无论如何冷静忠实,因了作者心情,总不免带着主观的分子,极端主张客观的左喇,尚且有"所谓艺术的作品,就是通过了作者气质所看见的自然的一角"的话,可见所谓注重客观,并不是绝对的,不过是程度问题罢了。还有一层,自然主义文学虽然精密的描写个性,但是各局部的精密描写,不但不能使事物活跃,而且要犯着琐碎的毛病,所以要活跃的描写个性当然不能把事物一切的个性都来描写,有把捉事物中心和要点的必要。换句话说,就是不能不描写刹那间的印象。所以印象主义和自然主义并非二物,实是一物的两面。印象主义在重主观的一点上,是由自然主义到自然主义以后的文学的桥梁。

五、最近文学上的趋势

自然主义文学,虽然忠实的描写现实,但是除"现实"以外,却没有告诉我们别的东西。决定论,机械的唯物的人生观,虽是不可动摇的事实,但这不过是我们知的方面如此,至于情意的方面,我们决不能对于这样消极的境遇表示满足。以客观的现实为基础,再去追求主观的理想这是最近思想界的趋势。这倾向在哲学上成了新唯心论,在文学上成了新浪漫主义。

科学万能的迷信,渐次觉醒了。思想上理知的权威渐次失却位置,情意的分子渐次增加。换一句说,就是久被"肉"压抑的"灵",放出他的光芒来了。现在最新的作品上,大概都带着神秘和象征的色彩,或于题材上用着神话似的事件,或于描写上用着象征的技巧。霍普托曼(Hauptmann)的《沈钟》,安持来甫(Andreyev)的《红笑》,和梅戴林格(Maeterlinck)的《青鸟》等,都是这一类作品。

在这里所要注意的,就是新浪漫派和从来的所谓浪漫派的不同。新浪漫派虽有神秘的色彩但却受过了自然主义的洗礼的作品,和荒唐怪诞的旧浪漫派文学,是不可同日而语的。

就大体上说,十八世纪是古典主义全盛时代,十九世纪前半是浪漫主义全盛时代,十九世纪中叶至末叶,是自然主义全盛时代,最近是新浪漫派主义的时代。这不过大略的划分,其中原有互相交错的。就一作者说,也可发见这样进化的经过,易卜生早年的作品,也带着模仿前人的调子,《恋爱喜剧》却是浪漫的作品,等到著《娜拉》《群鬼》,正是他的自然主义时代,至于《海上夫人》以后的诸作,显然入了新浪漫主义的时代了。

(原载《美育》第 6、7 期,1921 年 7 月、1922 年 4 月)

艺术生活

　　宗教不只是僧侣底专职，僧侣以外的人们，也非有宗教生活不可。政治如果只是政客底专门职业的时候，真的民主政治便无从发生。同样，艺术也不是艺术家私有的生活，民众如果没有艺术生活，真的民众艺术也无从出现。

　　艺术生活，是以观照和享乐为基础的生活，是立在善恶、是非、邪正、利害底彼岸而如实感味世相的生活。浅薄的道德、法则、功利，都和艺术没有关系，并且还足使真的艺术绝灭。

　　人生固然是道德的存在，是合理的存在，但不能说这是人生底全部。生命力奔腾所至，有时可以飞出道德底轨外，可以违反理知底命令，可以无视利害的关系。我们放大了眼睛，去感味全人生的时候，早已不能再拘执甚么道德、理知、利害等局部的眼镜了。

　　古代希腊底悲剧作家，感味全人生的结果，寻出了"运命"，沙翁寻出了"性格"，易卜生寻出了"社会缺陷"，前世纪底浪漫主义者寻出了"情热"，自然主义者寻出了"性欲"。他们因了时代和个性，所寻出的都是不能用道德、理法来制御的人生底本质的事实。能如实感得这种事实，而传给民众，就是艺术家。民众因了艺术家底作品，能练磨其感味世相的能力，在道德、法则、利害以外，得着一种生活，就是艺术的生活。

　　春来花开了，秋来叶红了。这是善呢？还是恶呢？是正呢？还是邪呢？是是呢？还是非呢？是利呢？还是害呢？二亲因传染病死了，孤儿在病床啼着。这是善呢？还是恶呢？是正呢？还是邪呢？是是呢？还是非呢？是利呢？还是害呢？恐防对此事实，谁也不能下何种善恶邪正是非利害的判断罢。超出了道德、法则、功利的范围,率直地、真挚地开了心胸去感受这种世相,那就是所谓观照;浸入于这种可悲可喜的世相之中去玩味,去领略,这就是所谓享乐。观照和享乐的生活,才是艺术的生活。

阿赛罗因嫉妒,把他底爱妻杀了,自己也跟着自杀。沙翁对此可悲的事实,并不曾下着何等价值的判断。林黛玉死了,贾宝玉出家了,曹雪芹也没有说甚么道德的批评。他们只将这世间可有的大事实,揭示我们,叫我们感受玩味。立在道德、法则、利害底圈外,去感受玩味世间一切,然后对于世间一切会有同情。不羼杂何等的成心;不憎恶,不邪恶,去和流动无已的宇宙大生命共鸣,这才是人趣,才是爱,才是大道德。艺术生活,也因此才有提倡的价值,艺术作品,也因此才有存在的意味。

我们应该从艺术底作品,练习感味世相的能力,养成艺术的生活。艺术生活,不在艺术作品之中;只要有感味世相的能力,在一切世相之中,就到处都是艺术的生活了。大艺术作品和新闻纸上底社会琐闻,日常目击的家庭波澜,在有艺术趣味的能感味世相的人看来,价值是一样的。这就是所谓生活的艺术化。

世间尽有许多人们,对于世相,不知开了心胸去如实感受领略,只知用了自己底传袭的道德、法则、利害的见解去量度。甚至于将本来在道德、法则、利害以外的艺术品,也用了浅薄的道德,法则,功利的见解去看。佛不能度无缘的众生,艺术虽是救人的东西,但这种俗物,是无从救济,应该驱出艺术管领的王国以外的。

厨川白村博士底《出了象牙之塔》,是我近来爱读书底一种。此文此意多串取该书。有几处竟是直译的。

五月十六日于白马湖

(原载《浙人与世界》,1922年,署名:丏尊)

1923

悼浙一师毒案死难师生[1]

官威驱我,不听弦歌者三年。前尘梦遥,犹自难忘碧梧曲。
毒卉害群,竟殃桃李于一夜。花信风恶,那堪凄绝老园丁。

(原载《浙江省立第一师范学校毒案纪实》,1923 年)

---

[1] 题目为编者所加。

1924

《海的渴慕者》序❶

俍工将他的小说集第一辑印刷稿寄给我,要我在卷头写些甚么作序。

与俍工别,已三年多了。当我们在一处时,曾相约从事创作。自愧疏懒,兼以无谓的矜持,偶有所得,亦随作随弃,不敢示人。而俍工在这几年中,却能从多忙的教师生活里发表了这许多篇的作品,并且还不断地正在继续创作着。在新作家之中,俍工比较地可算是创作力旺盛的人了! 我很以有俍工样的朋友为荣!

集中的作品,原是我所随时见到过的。此次全体重读,觉得印象比前更深了许多。论到文艺上的意见,我和俍工原一向不甚一致,俍工是人道主义者,他的作品,也不失为人道主义的作品。记得:俍工第一篇的小说是《疯人》,过了不多几日,又发表了一篇《看出殡》。我见了那篇《看出殡》,在我的趣味上,以为远过于《疯人》,曾写信去表示我个人的赞意。这时我在杭州。《疯人》和《看出殡》相差没有几天,都可以算是俍工的处女作,里面却包孕着两种不同的文艺上的倾向的萌芽。(至少在我看来如此)。可是在这以后,俍工专向《疯人》那一方向发展,并且竟发展到像《海的渴慕者》那样地深,于是俍工遂成了一个人道主义的作家了。

故乡连年的战祸,遍地的匪难,大家庭的纠葛,爱女的夭折,爱妻的沉疾,以及种种人间社会的不幸不平,都不是婴儿性未泯的俍工所能淡然身受目睹的。俍工的归宗于人道主义,盖非无故。他的作品,简直就

---

❶ 题目为编者所加。

是他对于一切迫害的直接的叫喊与抵抗。作中自题材以至主人公的思想,无一不染着愤世不平的色彩,带着狂叫改革的调子,情绪的热烈,俨然像个说教:这在一般的人道主义的作家,虽是普通的风格,而俍工为特甚。有许多地方,很像北欧作家的作品。

因了文艺上见解的不同,一作家的作品,不能一般地被人欣赏,这是真的。但无论文艺上的见解怎样不同,作家真从肺腑中流出的作品,决不会被人鄙视,这也是真的。我相信:俍工的作品,在现在的文艺界中或许不全被人欣赏,至于被人鄙视的事,是不至于会有罢,因为是从真肺腑流出的缘故。

一九二四年三月雪夜
丏尊记于白马湖平屋

(《海的渴慕者》,民智书局,1924 年)

1925

介绍图案专家陈之佛君

　　陈君为日本东京美术学校图案科唯一的中国留学生——该科定章向不收我国留学生,陈君是破例取入的——在校时成绩已为同学所敬仰,曾获得日本农商务省展览会及日本美术协会褒奖。现在上海筹划于立达学园开办艺术专门部图案科,以资提倡,同人等以图案为工艺品之灵魂,于国民美术关系甚巨,故特商之陈君,请分其余暇,尽力于实际的改进,以促进中国工艺之进步。承陈君慨然允诺,用特介绍于各界,凡广告商标、印刷、染织、刺绣、陶磁、金工、木工、漆工,以及装饰等,各种图案陈君均可承绘。接洽处:上海小西门立达中学校。

介绍人　　刘薰宇　匡互生　丰子恺　沈仲九

　　　　　陈抱一　夏丏尊　陶载良　朱孟实

　　　　　黄鸿诏　许敦谷　关　良　周勤豪

　　　　　张作人　李墀身　朱佩弦　刘叔琴

(原载《立达季刊》第 1 卷第 1 期,1925 年 6 月)

序子恺的漫画集

新近因了某种因缘,和方外友弘一和尚(在家时姓李,字叔同)聚居了好几日,和尚未出家时,曾是国内艺术界的先辈,披剃以后,专心念佛,见人也但劝念佛,不消说,艺术上的话是不谈起了的。可是我在这几日的观察中,却深深地受到了艺术的刺激。

他这次从温州来宁波,原像备到了南京再往安徽九华山去的。因为江浙开战,交通有阻,就在宁波暂止,挂搭于七塔寺。我得知就去望他。云水堂中住着四五十个游方僧。铺有两层,是统舱式的。他住在下层,见了我笑容招呼,和我在廊下板凳上坐了,说:

"到宁波三日了。前两日是住某某旅馆(小旅馆)里的。"

"那家旅馆不十分清爽罢。"我说。

"很好!臭虫也不多,不过两三只。主人待我非常客气呢!"

他又和我说了些在轮船统舱中茶房怎样待他和善,在此地挂搭怎样舒服等等的话。

我惘然了。继而邀他明日同往白马湖去小住几日,他初说再看机会,及我坚请,他也就忻然答应。

行李很是简单,铺盖竟是用粉破的席子包的。到了白马湖后,在春社里替他打扫了房间,他就自己打开铺盖,先把那粉破的席子丁宁珍重地铺在床上,摊开了被,再把衣服卷了几件作枕。拿出黑而且破得不堪的毛巾走到湖边洗面去。

"这手巾太破了,替你换一条好吗?"我忍不住了。

"那里!还好用的,和新的也差不多。"他把那破手巾珍重地张开来给我看,表示还不十分破旧。

　　他是过午不食了的。第二日未到午,我送了饭和两碗素菜去(他坚说只要一碗的,我勉强再加了一碗),在旁坐了陪他。碗里所有的原只是些莱菔白菜之类,可是在他却几乎是要变色而作的盛馔。丁宁喜悦地把饭划入口里,郑重地用筷夹起一块莱菔来的那种了不得的神情,我见了几乎要下欢喜惭愧之泪了!

　　第二日,有另一位朋友送了四样菜来斋他,我也同席。其中有一碗咸得非常的,我说:

　　"这太咸了!"

　　"好的! 咸的也有咸的滋味,也好的!"

　　我家和他寄寓的春社相隔有一段路,第三日,他说饭不必送去,可以自己来吃,且笑说乞食是出家人的本等的话。

　　"那末逢天雨仍替你送去罢。"

　　"不要紧! 天雨,我有木屐哩!"他说出木屐二字时,神情上竟俨然是一种了不得的法宝。我总还有些不安。他又说:

　　"每日走些路,也是一种很好的运动。"

　　我也就无法反对了。

　　在他,世间竟没有不好的东西,一切都好,小旅馆好,统舱好,挂搭好,粉破的席子好,破旧的手巾好,白菜好,莱菔好,咸苦的蔬菜好,跑路好,甚么都有味,甚么都了不得。

　　这是何等的风光啊! 宗教上的话且不说,琐屑的日常生活到此境界,不是所谓生活的艺术化了吗? 人家说他在受苦。我却要说他是享乐。我当见他吃莱菔白菜时那种愉悦丁宁的光景,我想:莱菔白菜的全滋味,真滋味,怕要算他才能如实尝得的了。对于一切事物,不为因袭的成见所缚,都还他一个本来面目,如实观照领略,这才是真解脱,真享乐。

　　艺术的生活,原是观照享乐的生活。在这一点上,艺术和宗教实有同一的归趋。凡为实利或成见所束缚,不能把日常生活咀嚼玩味的,都是与艺术无缘的人们。真的艺术,不限在诗里,也不限在画里,到处都有,随时可得。能把他捕捉了用文字表现的是诗人,用形及五彩表现的是画家。不会做诗,不会作画,也不要紧,只要对于日常生活有观照玩味的能力,无论谁何,都能有权去享受艺术之神的恩宠。否则虽自号为诗人画家,仍是俗物。

与和尚数日相聚,深深地感到这点。自怜囫囵吞枣地过了大半生,平日吃饭着衣,何曾尝到过真的滋味!乘船坐车,看山行路,何曾领略到真的情景!虽然愿从今留意,但是去日苦多,又因自幼未曾经过好好的艺术教养,即使自己有这个心,何尝有十分把握!言之怃然!

正怃然间,子恺来要我序他的漫画集。记得:子恺的画这类画,实由于我的怂恿。在这三年中,子恺实画了不少,集中所收的不过数十分之一。其中含有两种性质,一是写古诗词名句的,一是写日常生活的断片的。古诗词名句,原是古人观照的结果,子恺不过再来用画表出一次,至于写日常生活的断片的部分,全是子恺自己观照的表现。前者是翻译,后者是创作了。画的好歹且不谈,子恺年少于我,对于生活,有这样的咀嚼玩味的能力,和我相较,不能不羡子恺是幸福者!

子恺为和尚未出家时画弟子,我序子恺画集,恰因当前所感,并述及了和尚的近事,这是甚么不可思议的缘啊!南无阿弥陀佛!

一九二五年十月二十八夜在奉化江畔远寺曙钟声中

(原载《文学周报》第 198 期,1925 年 11 月)

1926

丁晓先等之人权保障宣言❶

——为刘华秘密枪毙事而发

丁晓先等昨日发表"人权保障宣言",原文如下。

人之生命身体及集合结社之自由,非依法律不得侵害,是为民主国之根本法则。个人之安全与社会之秩序,皆赖此根本法则以维持。乃十二月二十日大陆报载有"罢工领袖之刘华竟被秘密杀害耶?"之新闻,谓"传闻于星期三日(十七日)在闸北秘密执行",并谓"刘系于三星期前,因中国官厅之请,由租界捕房在静安路寺逮捕,以会审公廨公文引渡。兹查此事刘于被捕后系送往上海县城,县城警署声明已送他区,而他区又否认其拘押工会职员之事,历询各署,并无踪迹"。二十一日《时事新报》译载此条。二十二日各报载总工会及少沙渡工会质问军警当局,询以刘华之所在,军警当局既未更正报载之传闻,对于质问亦未闻有确实之答覆。此种态度,不啻自认其秘密执行之举,更不啻将保障人权之根本法则,一旦破坏无余。同人等于刘华犯罪之有无,工会职员之处置,虽皆耳目不及,利害无关,于社会秩序能不维持个人生命有无保障,公理之伸缩,法律之存亡,则事属切身不容忽视。爰将此次军警当局违法之理由,及此次淞沪人民应得之保障一一陈之:

(一)依现行法律个人身体,非由合法机关依法定程序,不得逮捕。逮捕之后,并须交合法机关依法审理,即在戒严时期,军事机关权限亦有

---

❶ 此为丁晓先、夏丏尊等为上海罢工领袖刘华被杀害发表的人权保障宣言。

限制。第一司法事务以与军事有关者为限,始由戒严司令官管辖。至非关军事之司法,仍归法院,自不待言。第二人民集合结会居住交通,虽得限制或禁止,而其处罚,仍应依法为之,无论如何,断无随意捕人秘密处死之理。

(二)依现行法律,现役军人及人民犯军事上之罪者,由军事机关依海陆军审判条例审判,至非现役军人亦非犯有军事上之罪者,自仍依暂行刑律办理,若依暂行刑律,凡律无正条者本不为罪;即律有正条,构成犯罪,亦应在各该条刑罚范围内斟酌处刑。查同盟罢工,如处刑亦不过四等以下之徒刑。煽惑罢工,惟以五等有期徒刑为最重,徒刑加重,不得至死。然则罢工领袖之刘等即令应处重刑,亦决无处死之理。倘有其他犯罪,亦应交法院公开审理之,断非警署所判决。

(三)民主国根本法则承认人民有集会结社之自由。若团体无害公安,则法律应行保护。工会条例虽未颁行,和平结社亦无禁律。对外罢工,早经终止;各处工会,陆续启封;断不至因系工会职员,即认为构成犯罪。刘华之处死,此外更有何因,军警当局无妨宣布。

(四)依现行法律,刑名既定,始可执行。执行之场,应在监狱。现在军警当局,言公开则于广众之中,斩首流血,示社会以残忍之模型;言秘密则在官厅之内,毁形灭迹,予人民以阴险之教训。既违国法,复坏人心,社会前途,不堪设想。

淞沪现在军警当局有上述行为,同人等认为蹂躏人权,破坏国法,充其所至,则淞沪数十万人民身体,无日不在幽忧恐怖之中,而言论行为,无日不在钳制压迫之下。乃迭经舆论指摘,仍不于上述法律原则,加以确实之保证,是不啻表示其始终无保护地方之诚意,势将驱淞沪人民出于团结自卫之途,当局人民,两有不利。言念及此,不禁寒心,爰提出下列四款,为保障人权最小限度之要求,望军警当局有以保证之,并望淞沪人民,有以期其实现。

第一,凡非确有犯罪嫌疑之人,不得逮捕;逮捕应由法院发拘票为之,其由军警依法逮捕者,应于二十四小时内移送法院审理。

第二,凡非现役军人不受军事机关之审判。

第三,凡无害公安之集会结社应保护之,并详明宣示其理由,不得限制其活动。

第四,凡游街斩首之旧式刑罚及秘密行刑之残忍行为,应一律禁止。

签名者(以姓字笔画为序):

丁晓先	王伯祥	王壁如	朱公垂	朱云楼	何劳民
余祥森	吴颂皋	吴觉农	李石岑	李 季	汪静之
沈雁冰	周予同	周全平	周建人	周为群	周越然
胡仲持	胡愈之	徐耘阡	徐调孚	夏丏尊	常云湄
张仲友	张梓生	章锡琛	郭沫若	陶希圣	陶载良
叶圣陶	赵景深	刘心如	刘英士	樊仲云	楼建南
蒋光赤	蒋径三	郑振铎	钱智修	应修人	丰子恺
严良才	顾均正				

(原载《民国日报》,1926 年 1 月 13 日)

怯弱者

一

阴历七月中旬,暑假快将过完,他因在家乡住厌了,就利用了所剩无几的闲暇,来到上海。照例耽阁在他四弟行里。

"老五昨天又来过了,向我要钱,我给了他十五块钱。据说前一会浦东纱厂为了五卅事件,久不上工,他在领总工会的维持费呢。唉,可怜!"兄弟晤面了没有多少时候,老四就报告幼弟老五的近状给他听。

"哦!"他淡然地说。

"你总只是说'哦',我真受累极了。钱还是小事,看了他那样儿,真是不忍。鸦片恐还在吃罢,你看,靠了苏州人做女工,那里养得活他。"

"但是有甚么法子啰!"他仍淡然。

自从老五在杭州讨了所谓苏州人,把典铺的生意失去了以后,虽同住在杭州,他对于老五就一反了从前劝勉慰藉的态度,渐渐地敬而远之起来。老五常到他家里来,诉说失业后的贫困和妻妾间的风波,他除了于手头有钱时接济些以外,一概不甚过问。老五有时说家里有菜,来招他吃饭,他也托故谢绝。他当时所最怕的,是和那所谓苏州人的女人见面。

"见了怎样称呼呢?她原是拱宸桥货,也许会老了脸皮叫我三哥罢,我叫她甚么?不尴不尬的!"这是他心里所老抱着的过虑。

有一天,他从学校回到家里,妻说:

"今天五弟领了苏州人来过了,说来见见我们的。才回去哩。"

他想,幸而迟了些回来,否则糟了。但仍不免为好奇心所驱:

"是甚样一个人? 漂亮吗?"

"也不见得比五娘长得好。瘦长的身材,脸色黄黄的,穿的也不十分讲究。据说五弟当时做给她的衣服已有许多在典铺里了。五弟也憔悴得可怜,和在当铺里时比起来,竟似两个人。何苦啊,真是前世事!"

老五的状况,愈弄愈坏。他每次听到关于老五的音信,就想像到自己手足沉沦的悲惨。可是却无勇气去直视这沉沦的光景。自从他因职务上的变更迁居乡间,老五曾为过年不去,奔到乡间来向他告贷一次,以后就无来往,唯从他老四那里听到老五的消息而已。有时到上海,听到老五已把正妻逼回母家,带了苏州人到上海来了。有时到上海,听到老五由老四荐至某店,亏空了许多钱,老四吃了多少的赔账。有时到上海,听到老五梅毒复发了,卧在床上不能行动。后来又听到苏州人入浦东某纱厂作女工了,老五就住在浦东的贫民窟里。

当老四每次把老五的消息说给他听时,他的回答,只是一个"哦"字,实际,在他,除了回答说"哦"以外,甚么都不能说了。

"不知老五究竟苦到怎样地步了,既到了上海,就去望他一次罢。"有时他也曾这样想。可是同时又想到:

"去也没用,梅毒已到了第三期了,鸦片仍在吸,住在贫民窟里,这光景见了何等难堪。况且还有那个苏州人……横竖是无法救了的,还是有钱时送给他些罢,他所要的是钱,其实单靠钱也救他不了……"

自从有一次在老四行中偶然碰见老五,彼此说了些无关轻重的话就别开以后,他已有二年多不见老五了。

二

到上海的第二天,他才和朋友在馆子里吃了中饭回到行里去,见老四正绉了眉头和一个工人模样的人在谈话。

"老三,说老五染了时疫,昨天晚上起到今天早晨泻过好几十次,指上的螺也已瘪了。这是老五的邻居,特地从浦东赶来通报的。"他才除了草帽,就从老四口里听到这样的话。

"哦",他一壁回答,一壁脱下长衫到里间去挂。

"那末,你先回去,我们就派人来。"他在里间听见老四送浦东来人出去。

立时,行中伙友们都失了常度似地说东话西起来了。

"前天还好好地到此地来过的。"张先生说。

"这时候真危险,一不小心……"在打算盘的王先生从旁加入。

老四一进到里间,就神情凄楚地:

"说是昨天到上海来,买了两块钱的鸦片去。——大概就是我给他的钱罢——因肚子饿了,在小面馆里吃了一碗面,回去还自己煎鸦片的。到夜饭后就发起病来。照来人说的情形,性命恐怕难保的了。事已如此,非有人去不可。我也未曾去过,有地址在此,总可问得到的。你也同去罢。"

"我不去!"

"你怕传染吗?自己的兄弟呢。"老四瞪了目说。

"传染倒不怕,我在家里的时候,已请医生打过豫防针了的。实在怕见那种凄惨的光景。我看最要紧的,还是派个人去,把他送入病院罢。"

"但是,总非得有人去不可。你不去,只好我一个人去。——一个人去也有些胆小,还是叫吉和叔同去罢,他是能干的,有要紧的时候,可以帮帮。"老四一壁说一壁急摇电话。

果然,他吉和叔一接电话就来,老四立刻带了些钱着了长衫同去了。他只是懒懒地靠在沙发上目送他们出门。行中伙友都向他凝视,那许多惊讶的眼光,似乎都在说他不近人情。

他也自觉有些不近人情起来,自恨自己怯弱,没有直视苦难的能力,却又具有着对于苦难的敏感。身子虽在沙发上,心已似飞到浦东,一味作着悲哀的想像:

"老五此刻想泻得乏力了,眼睛大约已凹进了,据说霍乱症一泻肉就瘦落的。——不,或者已气绝了。……"

他用了努力把这种想像压住,同时却又因了联想,纷然地回忆起许多往事来:记到儿时兄弟在老屋檐前怎样游耍,母亲在日怎样爱恋老五,老五幼时怎样吃着嘴讲话讨人欢喜,结婚后怎样不平,怎样开始放荡,自己当时怎样劝导,第一次发梅毒时,自己怎样得知了跑到拱宸桥去望他,怎样想法替他担任筹偿旧债。又记到自己幼时逢大雷雨躲入床内,得知家里要杀鸡,就立即逃避,看戏时遇到《翠屏山杀嫂》等戏要当场出彩,豫先俯下头去,以及妻每次生产时,不敢走入产房,只在别室中闷闷地听着妻的呻吟声默祷她安全的光景。又记到二十五岁那年母亲在自己腕上气绝时自己的难忍,五岁爱儿患了肺炎将断气时虽嘶了声叫"爸爸来,爸爸来",自己不敢近去抱他,终于让他死在妻怀里的情形。

种种的想像与回忆,使他不能安坐在沙发上。他悄然地披上长衣,拿了草帽无目地向外走去。见了路上的车水马龙,愈觉着寂寥,夕阳红红地射在夏布长衫上,可是在他却时觉有些寒噤。他荡了不少的马路,终于走入一家酒肆,拣了一个僻静的位子坐下。

电灯早亮了,他还是坐着,约莫到了八点多钟,才懒懒地起身。他怕到了老四行里,得知恶消息,便不得消息,又不放心。大了胆到了行里,见老四和他吉和叔还未回行,又忐忑不安起来:

"这许多时候不回来,怕是老五已死了。也许是生死未定,他们为了救治,所以离不开身的。"这样自己猜忖。

老四等从浦东回来已在九点钟以后。

"你好!这样写意地躺在沙发上,我们一直到此刻才算'眼不见为净',连夜饭都还未下肚呢!"他吉和叔一进来就含笑带怒地说。

他一听了他吉和叔的责言,几乎要辩解了说"我在这里恐比你们更难过些"。可是终于咽住。因了他吉和叔的言语和神情,推测到老五尚活着,紧张的心绪也就宽缓了些。

"病得怎样?不要紧吗?"他禁不住一见老四就问。

"泻是还在泻,神志尚清,替他请了个医生来打过盐水针,所以一直弄到此刻。据医生说温度已有些减低,救治欠早,约定明晨再来替他诊视一次,但愿今夜不再泻,就不要紧。——我们要回来时,苏州人向着我们哀哭,商量后事,说她曾割过股了,万一老五不好,还要替他守节。却不料妓女中竟有这样的人。——老五自己说恐今夜难过,要我们陪他。但是地方真不像个样子,只是小小的一间楼上,便桶风炉,就在床边,一进房便是臭气。我实在要留也不能留在那里,只好硬了心肠回来。"

他吉和叔说恐受有秽气,吃饭时特叫买高粱酒,一壁饮酒一壁杂谈方才到浦东去的情形:说甚么左右邻居一见有着长衫的人去,就大惊小恐地拢来,医生打盐水针时,满房立满了赤膊的男人和抱小孩的女人,尽回覆也不肯散,以及小弄堂内苍蝇怎样多,想到自己祖父名下的人落魄至于住到这种场所,心里怎样难过。他只是托了头坐在旁边听着。等到饭毕,他吉和叔回去以后,还是茫然地坐在原处不动。

"我豫备叫车夫阿兔到浦东去,今夜就叫他陪在那里,有要紧即来报告。再向朋友那里挑些大土膏子带去。今夜大约是不要紧的,且到明天再说罢。"老四一壁说,一壁就写条子问朋友借鸦片,按电铃叫车夫阿兔。

"死了怎样呢?"他情不自禁地自己唧咕着说。

"死了也没有法子,给他备衣棺,给他安葬,横竖只要钱就是了。世间有你这样的人!还说是读书的!遇事既要躲避,又放不下,老是这样粘缠!"

老四说时笑了起来,他也不觉为之破颜。自笑自己真太呆蠢,记起母亲病危时妻的话来:

"你这样夜不合眼,饭也不吃,自割自吊地烦恼,倒反使病人难过,连我们也被你弄得心乱了。你看四弟呵,他服伺病人,延医,买药,病人床前有人时,就偷空去睡,起来又做事,何尝像你的空忙乱!"

老四回寓以后,他也就睡,因为睡不去,重起来把电灯熄了,电灯一熄,月光从窗间透入。记起今夜是阴历七月十五的鬼节,不禁有些毛骨悚然,似乎四围充满了鬼气似的。

三

天一亮,车夫阿兔回来,说泻仍未止,病势已笃,病人昨天知道老三在上海,夜间好几次地说要叫老三去见见。

他张开了红红的眼在床上坐起身来听毕车夫阿兔的报告:

"哦!知道了!"

他胡乱地把面洗了,独自坐在沙发上,拿了一张旧报纸茫然地看着。心里不绝地回旋。

"这真是兄弟最后的一会了,……但正唯其是兄弟,正唯其是最后一会,所以不忍,别说他在浦东贫民窟里,别说还有那个所谓苏州人,就是他清清爽爽地在自己老家里,到这时我也要逃开的……可惜昨天不去,昨天去了,不是也过去了吗?昨天不去,今天更不忍去了。……不过,不去又究竟于心不安。……"

这样的自己主张和自己打消,使他苦闷得坐不住,立起身来在客堂圆桌周围只管绕行!一直到行中伙友有人起来为止。

九时老四到行,从车夫阿兔口中问得浦东消息,即向他说:

"那末,你就去一趟罢,叫阿兔陪你去好吗?"

"我不去!"他断然地说。

兄弟二人默然相对移时。浦东又有人来急报病人已于八时左右气绝了。

"终于不救!"老四闻报叹息说。

"唉!"他只是叹息。同时因了事件的解决,紧张的心情,反觉为之一宽。

行中伙友又失起常度来了,大家拢来问讯,互相谈论。

"季方先生人是最好的,不过讨了个小,景况又不大好。这样死了,真是太委屈了!"一个说。

"他真是一个老实人,因为太忠厚了,所以到处都吃亏。"一个说。

"默之先生,早知道如此,你昨天应该去会一会的。"张先生向了他说。

"去也无用,徒然难过。其实,像我们老五这种人,除了死已没有路了的。死了倒有福。"他故意说得坚强。

老四打发了浦东来报信的人回去,又打电话叫了他吉和叔来,商量买棺木衣衾,及殓后送柩到斜桥绍兴会馆去的事。他只是坐在旁听着。

"棺材约五六十元,衣衾约五六十元,其他开销约二三十元,将来还要搬送回去安葬。……"老四拨着算盘子向着他说。

"我虽穷,将来也愿凑些。钱的事情究竟还不算十分难。"

他吉和叔与老四急忙出去,他也披起长衣就怅怅无所之地走出了行门。

四

当夜送殓,次晨送殡,他都未到。他的携了香烛悄然地到斜桥绍兴会馆,是在殡后第二日下午,他要动身回里的前几点钟。

一下电车,沿途就见到好几次的丧事行列,有的有些排场,有的只是前面扛着一口棺木,后面东洋车上坐着几个着丧服的妇女或小孩。

"不过一顿饭的功夫,见到好几十口棺材了,这几天天天如此,人真不值钱啊。"他因让路,顺便走入一家店铺买香烟时,那店伙自己在唧咕说。

他听了不胜无常之感。走在烈日之中,汗虽直淋,而身上却觉有些寒栗。因了这普遍的无常之感,对于自己兄弟的感伤,反淡了许多,觉得死的不但是自己的兄弟。

进了会馆门,见各厅堂中都有身着素服的男女休息着,有的泪痕才干,眼睛还红肿,有的尚在啜泣。他从管会馆的司事那里问清了老五的殡所号数,叫茶房领到柩厂中去。

穿过圆洞门,就是一弄一弄的柩厂。厂中阴惨惨地不大有阳光,上下重叠地满排着灵柩,远望去有黑色的,有赭色的,有和头上有金花样的。两旁分排,中间只有一人可走的小路。他一见这光景,害怕得几乎要逃出,勉强大着了胆前进。

"在这弄里左边下排着末第三号就是,和头上都钉得有木牌的。你自去认罢。"茶房指着弄口说了急去。

他才踏进弄,即吓得把脚缩了出来。继而念及今天来的目的,于是重新屏住了鼻息目不旁瞬地进去。及将到末尾,才去注意和头上的木牌。果然找着了,棺口湿湿的似新封未干,牌上写着的姓名籍贯年龄,确是老五。

"老五!"他不禁在心里默呼了一声,鞠下躬去,不禁泫然的要落下泪来,满想对棺祷诉,终于不敢久立,就飞步地跑了出来。到弄外呼吸了几口大气,又向弄内看了几看才走。

到了客堂里,茶房泡出茶来,他叫茶房把香烛点了,默默地看著香烛坐了一会。

"老五! 对不住你! 你是一向知道我的,现在应更知道我了。"这是他离会馆时心内的话。

一出会馆门,他心里顿觉宽松了不少,似乎释了甚么重负似的。坐在从斜桥到十六铺的电车上,他几乎睡去。原来,他已疲劳极了。

上船不久,船就开驶,他于船初开时,每次总要出来望望的。平常总向上海方面看,这次独向浦东方面看。沿江连排红顶的码头栈房后背,这边那边地矗立着几十支大烟囱,黑烟在夕阳里败絮似地喷着。

"不知那条烟囱是某纱厂的? 不知那条烟囱旁边的小房子是老五断气的地方?"他竖起了脚跟伸了头颈注意一一地望。

船已驶到几乎看不到人烟的地方了,他还是靠在栏杆上向船后望着。

(原载《小说月报》第 17 卷第 5 号,1926 年 5 月)

闻歌有感

一来忙，开出窗门亮汪汪；

二来忙，梳头洗面落厨房；

三来忙，年老公婆送茶汤；

四来忙，打扮孩儿进书房；

五来忙，丈夫出门要衣裳；

六来忙，女儿出嫁要嫁妆；

七来忙，讨个媳妇成成双；

八来忙，外孙剃头要衣装；

九来忙，捻了数珠进庵堂；

十来忙，一双空手见阎王。

十一岁的阿吉和六岁的阿满又在唱这俗谣了。阿满有时弄错了顺序，阿吉给伊订正。妻坐在旁边也陪着伊们唱。一壁拍着阿满，诱伊睡熟。

这俗谣是我近来在伊们口上时常听到的，每次听到，每次惆怅，特别在那夏夜月下，我的惆怅更甚。据说，把这俗谣输入到我家来的，是前年一个老寡妇的女佣。那女佣的从何处听来，是不得而知了。

几年前，我读了莫泊三的《一生》，在女主人公的一生的经过，感到不可言说的女性的世界苦。好好的一个女子，从嫁人，生子，一步一步地陷入到死的口里去，因了时势和国土，其内容也许有若干的不同，但总逃不出那自然替伊们豫先设好了平板的铸型一步。怪不得贾宝玉在姊妹嫁人的时候要哭了！

《一生》现在早已不读,并且连书也已散失不在手头了,可是那女性的世界苦的印象,仍深深地潜存在我心里,每于见到将结婚或是结婚了的女子,将有儿女或是已有儿女的女子,总不觉要部分地复活。特别地每次在听到这俗谣的时候,竟要全体复活起来。这俗谣竟是中国女性的"一生"!是中国女性一生的铸型!

我的祖母,我的母亲,已和一般女性一样都规规矩矩地忙了一生,经过了这些平板的阶段,陷到死的口里去了!我的妹子,只忙了前几段,以二十七岁的年纪,从第五段一直跳过到第十段,见阎王去了!我的妻正在一段一段地向这方向走着!再过几年,眼见得现在唱这歌的阿吉和阿满也要钻入这铸型去!

记得,有一次,我那气概不可一世的从妹对我大发挥其毕生志愿时,我冷笑了说:"别做梦罢!你们反正是要替孩子抹尿屎的!"

从妹那时对于我的愤怒,至今还记得。后来伊结婚了,再后来,伊生子了,眼见伊一步一步地踏上这阶段去!什么"经济独立","出洋求学"等等,在现在的伊,也已如春梦浮云,一过便无痕迹。我每见了伊那种憔悴的面容,及管家婆的像煞有介事的神情,几乎要忍不住下泪,可是伊却反不觉甚么。原来"家"的铁笼,已把伊的野性驯伏了!

易卜生在《培泰卡勃拉》中,借了培泰的身子,曾表示过反对这桎梏的精神。苏特曼在《故乡》中也曾借了玛格娜的一生,描写过不甘被这铁笼所牢缚的野性。无论世间难得有这许多的培泰、玛格娜样的新妇女,即使个个都是,结果只是造成了第三性的女子,在社会看来也是一种悲剧。国内近来已有了不少不甘为人妻的"老密斯",和不愿为人母的新式夫人。女性的第三性化,似已在中国的上流社会流行开始了!如果给托尔斯泰或爱伦开伊女史见了,不知将怎样叹息啊!

贤妻良母主义虽为世间一部分人所诟病,但女性是免不掉为妻与为母的。说女性于为妻与为母以外还有为人的事则可以,说女性既为了人就无须为妻为母,决不成话。既须为妻为母,就有贤与良的理想的要求,所不同的只是贤与良的内容解释罢了。可是无论把贤与良的内容怎样解释,总免不掉是一个重大的牺牲,逃不出一个"忙"字!

自然所加给女性的担负,真是严酷,《创世纪》中上帝对于第一对男女亚当、夏娃的罚,似乎待女性的比待男性的苛了许多。难道真是因为女性先受了蛇的诱惑的缘故吗?抑是女性真由男性的肌骨造成,根本上地位价值不及男性?

中馈,缝纫,奉夫,哺乳,教养……忙煞了不知多少的女性。在个人自觉不发达的旧式女性,一向沈没在自然的盲目的性意识里,千辛万苦,大半于无意识中经过了或正在经过着,比较地不成问题。所最成问题的是个人自觉已经发展的新女性。个人主义已在新女性的心里占着势力了,而性的生活及其结果,在性质上与个人主义却绝对矛盾。这性与个人主义的冲突,就是构成女性世界苦的本质。故愈是个人自觉发达的新女性,其在运命上所感到的苦痛也应愈强。国内现状沈滞麻木如此,离所谓儿童公育,母性拥护等种种梦想的设施,还是很远很远,无论在口上笔上说得如何好听,女性在事实上还逃不掉家庭的牢狱,今后觉醒的女性,在这条满了铁蒺藜的长路上,将甚样去挣扎啊!

叫新女性把个人的自觉抑没了来学那旧式女性的盲目的生活,减却自己的苦痛吗?社会上大部分的人们,也许都在这样想。甚么"女子教育应以实用为主",甚么"新式女子不及旧式女子的能操家政"等种种的呼声,都是这思想的表示。但我们断不能赞成此说,旧式女性因少个人的自觉,千辛万苦,都于无意识中经过,所感到的苦痛,不及新女性的强烈,这种生活,自然是自然的,可是与普通的生活界有何两样!如果旧式女性的生活可以赞美,那末动物的生活该更可赞美了。况且旧式女性也未始不感到苦痛,这俗谣中所谓"忙",不都是以旧式女性为立场的吗?

一切问题不在事实上,而在对于事实的解释上,女性的要为妻为母是事实,这事实所给于女性的特别麻烦,因了知识的进步及社会的改良,自然可除去若干,但断不能除去净尽。不,因了人类欲望的增加,也许还要在别方面增加现在所没有的麻烦。说将来的女性可以无苦地为妻为母,究是梦想。

我不但不希望新女性把个人的自觉抑没,宁希望新女性把这才萌芽的个人的自觉发展强烈起来,认为妻为母是自己的事,把家庭的经营,儿女的养育,当作实现自己的材料,一洗从来被动的屈辱的态度。为母固然是神圣的职务,为妻是为母的豫备,也是神圣的职务,为母为妻的麻烦,不是奴隶的劳动,乃是自己实现的手段,应该自己觉得光荣优越的。

"我有男子所不能做的养小孩的本领!"

这是斯德林堡某作中女主人公反抗丈夫时所说的话。斯德林堡一般被称为女性憎恶者,但这句话,却足为女性吐气的,我们的新女性,应有这自觉的优越感才好。

苦乐不一定在外部的环境,自己内部的态度常占着大部分的势力。有花草癖的富翁,不但不以晨夕浇灌为苦,反以为乐,而在园丁却是苦役。这分别全由于自己的与非自己的上面,如果新女性不彻底自觉,认为妻为母都不是为己,是替男子作嫁,那末即使社会改进到如何的地步,女性面前也只有苦,永无可乐的了。

心机一转,一切就会变样。《海上夫人》中爱丽妲因丈夫梵格尔许伊自决去留,说"这样一来,一切事都变了样了!"就一变了从前的态度,留在梵格尔家里,死心塌地做后妻,做继母。这段例话,通常认为自由恋爱的好结果,我却要引了作为心机一转的例。梵格尔在这以前,并非不爱爱丽妲,可是为妻为母的事,在爱丽妲的心里,总是非常黯淡。后来一转念间,就"一切都变了样了!"所谓"烦恼即菩提",并不定是宗教上的玄谈啊!

妇女解放的声浪,在国内响了好几年了。但大半都是由男子主唱,且大半只是对于外部的制度上加以攻击。我以为真正妇女问题的解决,要靠妇女自己设法,好像劳动问题应由劳动者自己解决一样。而且单从外部的制度下攻击,不从妇女自己的态度上谋改变,总是不十分有效的。老实说:女性的敌,就在女性自身!如果女性真已自己觉到自己的地位并不劣于男性,且重要于男性,为妻,产儿,养育,是神圣光荣的事务,不是奴隶的使役,自然会向国家社会要求承认自己的地位价值,一切问题,应早经不成问题了。唯其女性无自觉,把自己神圣的奉仕,认作屈辱的奴隶的勾当,才致陷入现在的堕落的地位。

有人说,女性现在的堕落,是男性多年来所驯致的。这话当然也不能反对。但我以为无论男性如何强暴,女性真自觉了,也就无法抗衡。但看娜拉啊! 真有娜拉的自觉和决心,无论谁做了哈尔茂,亦无可奈何。娜拉的在以前未能脱除傀儡衣装,并不是由于哈尔茂的压迫,乃是娜拉自身还缺少自觉和决心的缘故。"小松鼠","小鸟儿"等玩弄的称呼,在某一意义上,可以说是娜拉所甘心乐受,自己要求哈尔茂叫伊的啊!

　　正在为妻为母和将为妻为母的女性啊! 你们正"忙"着,或者快要"忙"了。你们在现在及较近的未来,要想不"忙",是不可能的。你们既"忙"了,不要再因"忙"反屈辱了自己,要在这"忙"里发挥自己,实现自己,显出自己的优越,使国家社会及你们对手的男性,在这"忙"里认识你们的价值,承认你们的地位!

　　　　　(原载《新女性》第 1 卷第 7 号,1926 年 7 月,署名:丏尊)

《一般》的诞生（对话）

"好久不见了,你好!"

"你好!"

"听说你们要出杂志了。真的吗?"

"真的。正在进行中。"

"现在杂志不是很多了吗? 有甚么教育杂志,学生杂志,妇女杂志,文艺杂志,还有鼓吹甚么主义宣传甚么主张的许多东西,真连记也记不清楚。"

"你喜欢看杂志吗? 在现在的许多杂志中,那几种最有兴味?"

"看呢,有时也去购几种来看看。你是知道我的,我虽然也入过学校,但并无专门知识,杂志中的洋洋大文,觉得比学校里的课本还难懂,并且似乎与我们一般人的生活上,也无直接关系,所以总不十分发生兴味。"

"那末,你在闲暇时,用什么消遣呢?"

"还不是看看小报画报与'礼拜六'等类的东西? 否则就是去叉麻雀,逛游戏场,或是甚么。"

"这也怪你不得,现在的出版物,各有门类,与一般人是不十分相干的。"

"请问你们的杂志,将来属那门类呢?"

"想并不拘于那一门类,只做成一种一般的东西。"

"毫无主张吗?"

"那也不能这样说。我们也有我们的主张。不过想比人家定能得宽大一些。"

"那末,你们的主张怎样? 说起现在的思想界,真是混沌极了,甚么国家主义,甚么社会主义,甚么甚么,在我们一般人看来,真是五花八门,无所适从。你们预备取那一条路?"

"我们也并不想限定取那一条路,对于各种主义,都用平心比较研究,给一般人作指导,救济思想界混沌的现状。"

"注重研究学术吗?"

"当然,不过我们想和人家方法不同一些。要想以一般人的实生活为出发点,介绍学术,努力于学术的生活化。"

"不知甚么缘故,我对于近来杂志上关于学术的论著,看不懂的不消说了,即使看得懂的,也感到干燥无味,觉得如看先生的讲义一样。"

"你说得对。我们将来想注重趣味,文学作品不必说,一切都用清新的文体。力避平板的陈套,替杂志界开个新生面。"

"请问,还有别的可说的特色吗?"

"大致就预备如此。此外,还想每期特设新出版物批评一栏,作读书界的顾问,出版界的刺激。"

"很好,很好,那末将来这杂志叫做甚么名称呢?"

"名称真取不出好的,甚么'青年''解放''改造''进步'等类的名目都已被人家用过了,连'新''晨'等类的单字,也被如数搜尽了。没法,就叫做'一般'罢。好在我们无甚特别,只是一般的人,这杂志又是预备给一般人看的。所说的也只是一般的话罢咧。"

"哦,'一般',新鲜得很!"

"呵! ……"

"我很希望'一般'将来成为一般人所欢迎的杂志,给一般人以许多好处。"

"我们自己也这样希望着,但这要看我们的能力了。"

"再会了,以后随时在'一般'上领教罢。"

"再会,再会。"

(原载《文学周报》第 237 期,1926 年 8 月)

长　闲

　　他午睡醒来,见才拿在手中的一本《陶》集,皱折了倒在枕畔。午饭时还阴沉的天,忽快晴了,窗外柳丝的摇曳,也和方才转过了方向。新鲜的阳光把隔湖诸山的皱折照得非常清澈,望去好像移近了一些。新绿杂在旧绿中,带着些黄味。他无意识地微吟着"此中有深意,欲辨已忘言",揉着倦肠肠的眼,走到吃饭间。见桌上并列地丢着两个书包,知道两女儿已从小学散学回来了。屋内寂静无声,妻的针线笸里,松松地闲放着快做成的小孩单衣,针子带了线斜定在纽结上。壁上时钟正指着四时三十分。

　　他似乎一时想走入书斋去,终于不自禁地踱出廊下。见老女仆正在檐前揩抹预备腌菜的瓶坛,似才从河埠洗涤了来的。

　　"先生起来了,要脸水吗?"

　　"不要。"他躺下摆在檐头的籐椅去,就燃起了卷烟。

　　"今天就这样过去罢,且等到晚上再说了。"他在心里这样自语。躺了吸着烟,看看墙外的山,门前的水,又看看墙内外的花木,悠然了一会。忽然立起身来从檐柱上取下挂在那里的小锯子,携了一条板凳,急急地跑出墙门外去。

　　"又要去锯树了。先生回来了以后,日日只是弄这些树木的。"他从背后听到女仆在带笑这样说。

　　方出大门,见妻和二女孩都在屋前园圃里,妻在摘桑,二女孩在旁"这片大,这片大!"地指着。

　　"阿吉,阿满,你们看,爸爸又要锯树了。"妻笑了说。

"这丫杈太密了,再锯去他。小孩别过来!"他踏上凳去,把锯子搁到那方才看了不中意的柳枝去。

小孩手臂样粗的树枝,拍地一落下,不但本树的姿态,为之一变,就是前后左右各树的气象以及周围的气分,在他看来,也都如一新。携了板凳回入庭心,把头这里那里地侧着看了玩味一会,觉得今天最得意的事,就是这件了。于是仍去躺在檐头的藤椅上。

妻携了篮进来。

"爸爸,豌豆好吃了。"阿满跟在后面叫着说。手里捻着许多小柳枝。

"哪,这样大了。"妻揭起篮面的桑叶,篮底平平地叠着扁阔深绿的豆荚。

"啊,这样快! 快去煮起来,停会好下酒。"他点着头。

黄昏近了,他缓饮着酒,桌上摆着一大盘的豌豆,阿吉阿满也伏在桌上抢着吃。妻从房中取出蚕筐来,把剪好的桑叶丝丝地铺撒在灰色蠕动的蚕上,二女孩都几乎要把头放入筐里去,妻擎起筐来逼近窗口去看。一手抑住她们的攀扯。

"就可三眠了。"妻说着,把蚕筐仍拿入房中去。

他一壁吃着豌豆,一壁望着蚕筐,在微醺中又猛触到景物变迁的迅速,和自己生活的颓唐来。

"唉!"不觉泄出叹声。

"甚么了?"妻愕然地从房中出来问。

"没有甚么。"

室中已渐昏黑,妻点起了灯,女仆搬出饭来。油炸笋,拌莴苣,炒鸡蛋,都是他近来所自名为山家清供而妻所经意烹调的。他眼看着窗外的暝色,一杯一杯地只管继续饮,等妻女都饭毕了,才放下酒杯,胡乱地吃了小半碗饭,衔了牙签,踱出门外去,在湖边小立,等暗到什么都不见了,才回入门来。

吃饭间中灯光亮亮的,妻在继续缝衣服,女仆坐在对面用破布叠鞋底,一壁和妻谈着甚么。阿吉在桌上布片的空隙处摊了《小朋友》看着,阿满把她半个小身子伏在桌上指着书中的猫或狗强要母亲看。一灯之下，情趣融然。

他坐下壁隅的籐椅子去，燃起卷烟，只管沉默了对着这融然的光景。昨日在屋后山上采来的红杜鹃，已在壁间花插上怒放，屋外时送入低而疏的蛙声。一切都使他感觉到春的烂熟，他觉得自己的全身心，已沉浸在这气分中，陶醉得无法自拔了。

"为甚么总是这样懒懒的！"他不觉这样自语。

"今夜还做文章吗？春天夜是熬不得的。为甚么日里不做些！日里不是睡觉，就是荡来荡去，换字画，搬花盆，弄得忙煞，夜里每夜弄到一二点钟。"妻举起头来停了针线说。

"夜里静些啰。"

"要做也不在乎静不静，白马湖真是最静没有了。从前在杭州时，地方比这里不知要嘈杂得多少，不是也要做吗？无论甚么生活，要坐牢了才做得出。我这几天为了几条蚕的缘故，采叶呀，甚么呀，人坐不牢，别的生活就做不出，阿满这件衣服，本来早就该做好了的，你看！到今天还未完工呢。"

妻的话，这时在他，真比甚么"心能转境"等类的宗门警语还要痛切。觉得无可反对，只好逃避了说：

"日里不做夜里做，不是一样的吗？"

"昨夜做了多少呢？我半夜醒来还听见你在天井里踱来踱去，口里念着甚么'明日自有明日'哩。"

"不是吗？我也听见的。"女仆羼入。

"昨夜月色实在太好了，在书房里坐不牢。等到后半夜上云了，人也倦了，一点都不曾做啊。"他不禁苦笑了。

"你看！那岂不是与灯油有仇？前个月才买来的一箱火油，又快完了。去年你在教书的时候，一箱可点三个多月呢。——赵妈，不是吗？"妻说时向着女仆，似乎要叫她作证明。

"火油用完了，横竖先生会买来的。怕甚么？嘎，满姑娘！"女仆拍着阿满笑说。

"洋油也是爸爸买来的，米也是爸爸买来的。阿吉的《小朋友》也是爸爸买来的,屋里的东西,都是爸爸买来的。"阿满把快要睡去的眼张开了说。

女仆的笑谈,阿满的天真烂漫的稚气,引起了他生活上的忧虑,妻不知为了甚么,也默然了,只是俯了头动着针子,一时沉默支配着一室。

三个月来的经过,很迅速地在他心上苏醒展开了:三个月前,他弃了多年厌倦的教师生涯,决心凭了仅仅够支持半年的贮蓄,回到白马湖家里来,把一向当作副业的笔墨工作,改为正业,从文字上去开拓自己的新天地。"每日创作若干字,翻译若干字,余下来的工夫就去玩山看水。"当时的计画,不但自己得意,朋友都艳羡,妻也赞成。三个月来,书斋是打叠得很停当了,房子是装饰得很妥贴了,有可爱的盆栽,有安适的几案,日日想执笔,刻刻想执笔,终于无所成就,虽着手过若干短篇,自己也不满足,都是半途辍笔,或愤愤地撕碎了投入纸篓里。所有的时间,都消磨在风景的留恋上。在他,朝日果然好看,夕阳也好看,新月是妩媚,满月是清澈,风来不禁倾耳到屋后的松籁,雨霁不禁放眼到墙外的山光,一切的一切,都把他牢牢地捉住了。

想享乐自然,结果做了自然的奴隶,想做湖上诗人,结果做了湖上懒人,这是他所当初万不料及,而近来深深地感到的苦闷。

"难道就这样过去吗?"他近来常这样自讼。无论在小饮时,散步时,看山时。

壁间时钟打九时。

"咿呀!已九点钟了。时候过去真快!"妻拍醒伏了睡熟在膝前的阿满,把工作收拾了,吩咐女仆和阿吉去睡。他懒懒地从籐椅子上立起身来,走向书斋去。

"不做末,早睡啰!"妻从背后叮嘱。

"呃。"他回答,"今夜是一定要做些的了,难道就这样过去吗?从今夜起!"又暗自坚决了心。

立时,他觉得全身就紧凑了起来,把自己从方才懒洋洋的气分中拉出了,感到一种胜利的愉快。进了书斋门,急急地摸着火柴把洋灯点起,从抽屉里取出一篇近来每日想做而终于未完工的短篇稿来,吸着烟,执着自来水笔,沉思了一会,才添写了几行,就觉得笔滞,不禁放下笔来举目凝视到对面壁间的一幅画上去。那是朽道人十年前为他作的山水小景,画着一间小屋,屋前有梧桐几株,一古装人儿在树下背负了手看月。题句是,"明日事自有明日,且莫负此梧桐月色也。"他平日很爱这画,一星期前,他因看月引起了清趣,才将这画寻出,把别的画换了,挂在这里的。他见了这画,自己就觉得离尘脱俗,作了画中人了。昨夜妻在睡梦中听到他念的,就是这画上的题句。

他吸着烟,向画幅悠然了一会,几乎又要踱出书斋去。因了方才的决心,总算勉强把这诱惑抑住。同时猛忆到某友人"清风明月不用一钱买,但是也不能抵一钱用"的话。不觉对于这素所心爱的画幅,感到一种不快。

他立起身把这画幅除去。一时壁间空洞洞地,一室之内,顿失了布置上的均衡。

"东西是非挂些不可的,最好是挂些可以刺激我的东西。"

他这样自语了,就自己所藏的书画中,想来想去,忽然想到了他畏友弘一和尚的"勇猛精进"四字的小额来。

"好,这个好! 挂在这里,大小也相配。"

他携了灯从画箱里费了许多工夫把这小额寻出,恐怕家里人惊醒,轻轻地钉在壁上。

"勇猛精进!"他坐下椅子去默念着看了一会,复取了一张空白稿纸,大书"勤靡余暇心有常闲"八字,用图画钉钉在横幅之下。这是他在午睡前在《陶集》中看到的句子。

"是的,要勤靡余暇,才能心有常闲。我现在是身安逸而心忙乱啊!"他大彻大悟似地默想。

一切安顿完毕,提出笔来正想重把稿子续下,未曾写到一张,就听得外面时钟丁地敲一点。他不觉放下了笔,提起了两臂,张大了口,对着"勇猛精进"的小额和"勤靡余暇心有常闲"八字,打起呵欠来。

携了灯回到卧室去,才出书斋,见半庭都是淡黄的月色,花木的影映在墙上,轮廓分明地微微摇动着。他信步跨出庭间,方才画上的题句,不觉又上了他的口头：

　　"明日事自有明日,且莫负此梧桐月色也!"

（原载《一般》诞生号,1926 年 9 月,署名:丏尊）

张资平氏的恋爱小说

新近因了某种机会,有暇读小说,其中以张资平氏的作品读得比较的多。

在氏的多量的作品中,我所读过的是《飞絮》,《不平衡的偶力》,《公债委员》,《小兄妹》,《三七晚上》,《性的等分线》,《银踯躅》,《约伯之泪》,《两人》,《扣拉沙》(Curacoa) 九种。除《小兄妹》,《三七晚上》,《银踯躅》三种外,其余五六种都是氏所得意的恋爱小说。试就这六篇来略抒我的读后感。

氏的性欲描写虽有些挑拨性,却是不像同社的郁达夫氏来的露骨。用笔简净,在当代作家中,笔端的无滞气,措词的无累语,恐怕要推氏为数一数二的人了。最可爱的,是作中会话的流利而且有力。在氏的各作中,会话似乎真个是会话,不是别种体式的文字。

就结构上说,我以为《不平衡的偶力》,《性的等分线》,《扣拉沙》三种很好,都确是短篇的章法。《公债委员》似嫌散漫一些,《两人》和《约伯之泪》也似无甚特色。《飞絮》是算长篇的,前半也觉得不十分紧饬,末后数章,急转直下,却足以振起全体。

至于各作所用的题材,似乎有几个共通点可举:

(一)有夫之妇的恋爱　　上面六篇之中,有三篇都是用着这类的题材的。《不平衡的偶力》中的吴玉兰,《性的等分线》中的明端,《公债委员》中的阿欢,都是有丈夫的女性。

(二)师弟的恋爱　　《约伯之泪》中高教授是师,琏珊是弟子。《性的等分线》中他(男主人公)是师,明端是弟子。《扣拉沙》中文如是师,静媛是弟子。《两人》则是一般的师对女弟子的相思。

(三)意外的受孕发觉　　在恋爱小说中,受孕原是应有的不足奇的题材,但氏的用这题材,却有共通的地方,在上举的六篇之中,除《飞絮》中云姨的受孕不直接明写外,氏曾有两篇用这题材的。一是《飞絮》,一是《扣拉沙》,这两处题材,几乎一式一样。《飞絮》中的女主人公从另一男子受了孕,嫁后才一月就患起病来,医生诊察的结果,说是怀着三个月的孕了。弄得本夫不懂。《扣拉沙》中的静媛从礼江受了孕,在茶肆中病倒了,医生诊察的结果,说患的是流产,受胎三个月了,弄得真正的情人文如大惊。

(四)女性追逐男性的性行为　　这也许是氏的女性观罢,氏作中男女恋爱的经过,有个很可注目的共同点,就是恋爱进行到了紧要关头,都是女性追逐或俯就男性的。《两人》中不涉及实际的性行为,《约伯之泪》中除有一次握手外也不曾记得有什么,姑且不论。《不平衡的偶力》中玉兰叫均衡到别庄游玩和后来叫他同睡在竹席上,《性的等分线》中明端写信约他(男主人公)在 T 车站相会,《公债委员》中阿欢留陈仲章夜话,及于陈仲章在浴室时推门进去,都是女性追逐男性的性欲。试具体地从作中举几个例证于下:

“你坐下来罢,竹席子上凉爽得很呢。”她一面扇着采青,一面说。

“夜深了,我回去罢。”他还是战战兢兢的对她不敢有所表示。

“还早呢,再谈一忽罢。我一个人寂寞得很,你就在这里睡罢,在她(指女孩采青)的爸爸的铺上睡在外厅里。我们都是老人家了,还怕外人疑我们不正经吗。哈哈哈!”她说了后笑了。

《不平衡的偶力》

“真对你不起了,这样晚还没有把你放回去。”阿欢说了后笑了。

“早晚回去都是一样的,又没有谁在等候我。”仲章故意说笑般的试探阿欢的意思。

“夜晚上一个人很寂寞罢。”

“很寂寞的……”

“怪可怜的。”阿欢把身体歪靠过来表示对仲章表同情。

仲章才跳进磁盆里，又听见阿欢站在浴室门首的声音。

"我进来使得？陈先生？"

不待仲章的回答，阿欢笑嘻嘻走进来了。仲章蹲在磁盆的一隅，只痴望着阿欢发呆。

《公债委员》

这是性的烂熟的征候，上面所举的女性，都是有夫之妇，也许会有这追逐式的性欲现象，不是十分不合理的事。但我觉得特别可注意的，不但上三篇以有夫之妇为题材的作品如是，就是以处女为题材的作品，也是如是。《扣拉沙》中已被礼江污了贞操的静媛，在到旅馆去汽车中用言语挑诱文如，因为她已不是处女了，暂且不去说他。其为处女时对于礼江无礼举动的容许，就可作由女性招惹男性看。又《不平衡的偶力》第二节，记着玉兰尚为处女时和均衡的接吻，也是自己寻上去的，其经过和《扣拉沙》中的静媛对于礼江，几乎完全一样。试把二者来一对照，

"你恼了我吗？我就说错了话，你也得让我改过。"

"我们始终要离开的。"感情脆弱的均衡在她面前掉下泪来了。

"对不起你了，均衡！我还是和从前一样的思念你，不过婚姻大事，也得让我多想一二日，是不是？"

"……"均衡还是沉默着。

"那晚上说的话，我取消罢，我们讲和罢，我们要和从前一样的才好。不然，他们要笑话。"她一边说，一边伸出双手来给他。她的双腕张开着，像想把他拥抱的样子。又像希望他枕到胸上来的样子。这时候他是块铁片，她是个大磁石，他给她吸住了，只一瞬间，她的头部靠在他的左肩了。同时两人高温的柔滑的舌尖相接触了。

《不平衡的偶力》

"昨夜上真对不住你了！望你恕我的唐突。"礼江望着林昭下去后，忙向静媛鞠躬。

"没有甚么？我一点不觉甚么！还是我错了，使你太难受了。你恼了吗？我接了你的信，我真担心死了。望不得快点来看你。你是性质很感伤的，我真怕你有甚么意外……好了，现在好了。"

"……"礼江只低着头,觉得要说的话都给她说完了。

"我昨晚上,一晚上都没有睡。我觉得太不近人情了。使你太难过了。"

"那里!我觉得对你太无礼了。也没有睡着。"

他们在电光中互望着各人苍白的脸。

"我们莫再记忆昨晚上的事吧!我们来讲和吧!"静媛微笑着伸出她双手来。

他站不住了。跪倒在她的裙下了。他的头像受了磁石的吸引,紧紧的枕在她的软骨的胸部。她的处女之香——有醇分的呼吸吹到他脸上来了。他的唇忽然的感着一种温暖的柔滑的不可言喻的微妙的感触。

《扣拉沙》

其他《飞絮》中云姨之于梅君,《公债委员》中玉莲之于陈仲章,亦都有着俯就或追逐的态度。

"妈到亲戚家里去了,没有这么快回来。弟弟也到同学那边玩去了,你就进来坐一忽罢。"

陈仲章虽然跟着玉莲走进书房里来了,但坐在一个矮凳上脸色苍白的全身索索打抖,像忽然发了急性的疟病。

"你身体不好吗?"玉莲望着他笑。

"没有甚么,到你这里来才这个样子的。"

"你害怕吗?"

"不是害怕。但到你这里来总有点不安心。"

"你喝点葡萄酒吧,我买了一瓶葡萄酒。……你不要害怕,妈妈不到十点钟不得回来。弟弟没有人去他是不会回来的,小孩子总喜欢玩。"

《公债委员》

"……她像在性的烦闷中,时时对我示意,在 S 市时,就对我示意。但我终把他敷衍过去了。譬如我和她由 S 市一路同船同车回来,在船车中她不知对我演了多少次的性的诱惑的示意。在旅馆里同住在一个房子里,但不同床。她又常坐到我的床上来。但我终不为她所动……"

"……昨晚上她像没有睡着,不知甚么时候就起来了的。我出来到便所的时候,她靠着廊柱,凝望冷月。在月色中的她的脸色更苍白得可怕。她看我出来了,很高兴的招呼我,脸上的烦闷之色也消失了。她赶上到便所门口来。'我想到外面散散步去,一个人有点害怕,你可以伴我走走吗?'我不能拒绝她,只得跟了她出去。……她只管问我有甚么方便的地方可以歇歇的没有。她是暗示我替她找幽媾的场所。我只把她敷衍过去了……"

《飞絮》

写处女的性欲,而有这样的能动性,追逐性,是否合理,姑且不论,而风格的重覆平板,实足使读者觉得单调雷同。萧伯讷在《人与超人》里,也曾使女主人公追逐男主人公,而且用了热烈的气势多方包围,卒使男主人公屈伏。萧信奉叔本华的意志哲学,认女性是自然意志的化身,男子只是授精的奴仆,《人与超人》中,自有其一流的人生观。氏在六短篇中,描写女性,几乎都有这同样的型式,也许不是偶然,根因于氏所特有的女性观的罢。

信笔写来,不觉言之长了。我在氏的作品中,所爱的是文笔的无渣滓,尤其是会话上的技巧。至于题材,依上四种的共同点,似乎单调平板无变化,而第四项尤甚。恋爱自古称为描写不尽的大材料,原是写不旧的东西。氏的作品很丰富,我所经眼的几篇,或许只是未及一半的一部分,但就这几篇说,恋爱似乎已被氏写旧了。

十五年八月作于上海旅次。

(原载《一般》诞生号,1926 年 9 月,署名:默之)

白　采

　　我的认识白采，始于去年秋季立达学园开课时。在那学期中，我隔周由宁波到上海江湾兼课一次，每次总和他见面，可是因为来去都是匆匆，且不住在学园里的缘故，除在事务室普通谈话外，并无深谈的机会。只知道他叫白采，曾发表过若干诗和小说，是一个在学园中帮忙教课的人而已。

　　年假中，白采就了厦门集美的聘，不复在立达帮忙了。立达教师都是义务职，同人当然无法强留他，我到立达已不再看见他了。过了若干时，闻同人说他从集美来了一封很恳切的信，且寄了五十块钱给学园。说是帮助学园的。我听了不觉为之心动。觉得是一个难得的人。这是我在人品上认识白采的开始。

　　白采的小说，我在未面识他以前也曾在报上及杂志上散见过若干篇。印象比较地深些的，记得只是《归来的磁观音》一篇而已。至于他的诗集，虽曾也在书肆店头见到，可是一见了那惨绿色的封面和丧讣似的粗轮廓线，就使我不快，终于未曾取读。不知犯了甚么因果，我自来缺少诗的理解力和鉴赏力，特别地是新诗。旧友中如刘大白朱佩弦都是能诗的，他们都有诗集送我，也不大去读，读了也不大发生共鸣。普通出版物上遇到诗的部分，也往往只胡乱翻过就算。白采的诗被我所忽视，也是当然的事了。一月前，佩弦由北京回白马湖，我为《一般》向他索文艺批评的稿子，他提出白采的诗来，说白采是现代国内少见的诗人，且取出那惨绿色封面有丧讣式的轮廓的诗集来叫我看。我勉强地看了一遍，觉得大有不可蔑视的所在，深悔从前自己的妄断。这是我在作品上认识白采的开始。

　　过了几天，为筹备《一般》创刊号来到上海，闻白采不久将来上海的消息，大喜。一是想请他替《一般》撰些东西，二是想和他深谈亲近，弥补前时"交臂失之"的缺憾。那里知道日日盼望他到，而他竟病殁在离沪埠只三四小时行程的船上了！

　　从遗箧中发见许多关于他一生的重要物件，有家庭间财产上争执的函件，婚姻上纠纷的文证，还有恋人们送给他为表记的赭色黑色或直或鬈的各种头发。最多的就是遗稿。各种各样的本子，叠起来高可盈尺。有诗，有词，有笔记，有剧诗。近来文人忙于发表，死后有遗稿的已不多见，有这许多遗稿的，恐更是绝无仅有的了。我在这点上，不禁佩服他的伟大。

　　披览遗稿时，我所最难堪的是其自题诗集卷端的一首小诗。

　　　　我能有——

　　　　作诗时，不顾指摘的勇气！

　　　　也能有——

　　　　诗成后，求受指摘的虚心！

　　　　但是，

　　　　不知你有否一读的诚意？

　　惭愧啊！我以前曾蔑视一般的所谓诗，蔑视他的诗，竟未曾有过"一读的诚意"！他这小诗，不替在骂我，责我对他不起，唉！我委实对他不起了！

　　我认识白采在半年以前，而真觉得认识白采在别后的这半年——不，且在他死后。今后在遗稿上及其他种种机会上，对于他的认识，也许会加深加广，可是，我虽认识他，而他早死了！

　　　　　　（原载《一般》第 1 卷第 2 号，1926 年 10 月，署名：丏尊）

猫

　　白马湖新居落成,把家眷迁回故乡的后数日,妹就携了四岁的外甥女,由二十里外的夫家雇船来访。自从母亲死后,兄弟们各依了职业迁居外方,故居初则赁与别家,继则因兄弟间种种关系,不得不把先人有过辛苦历史的高大屋宇,售让给附近的暴发户,于是兄弟们回故乡的机会就少,而妹也已有六七年无归宁的处所了。这次相见,彼此既快乐又酸辛,小孩之中,竟有未曾见过姑母的。外甥女也当然不认得舅妗和表姊,虽经大人指导勉强称呼,总都是呆呆地相觑着。

　　新居在一个学校附近,背山临水,地位清静,只不过平屋四间。论其构造,连老屋的厨房还比不上,妹却极口表示满意:

　　“虽比不上老屋,总究是自己的房子,我家在本地已有许多年没有房子了! 自从老屋卖去以后,我多少被人瞧不起! 每次乘船行过老屋的面前,真是……”

　　妻见妹说时眼圈有点红了,就忙用话岔开:

　　“妹妹你看,我老了许多了罢? 你却总是这样后生。”

　　“三姊倒不老! ——人总是要老的,大家小孩已都这样大了,他们大起来,就是我们在老起来。我们已六七年不见了呢。”

　　“快弄饭去罢!”我听了他们的对话,恐再牵入悲境,故意打断话头,使妻走开。

　　妹自幼从我学会了酒,能略饮几杯。兄妹且饮且谈,嫂也在旁羼着。话题由此及彼,一直谈到饭后,还连续不断。每到妹和妻要谈到家事或婆媳小姑关系上去,我总立即设法打断,因为我是深知道妹在夫家的境遇的，很不愿在难得晤面的当初，就引起悲怀。

忽然，天花板上起了嘈杂的鼠声。

"新造的房子，老鼠就这样多了吗？"妹惊讶了问。

"大概是近山的缘故罢。据说房子未造好就有了老鼠的。晚上更厉害，今夜你听，好如在打仗哩，你们那里怎样？"妻说。

"还好，我家有猫。——快要产小猫了，将来可捉一只来。"

"猫也大有好坏，坏的猫老鼠不捕，反要偷食，到处撒屎，还是不养好。"我正在寻觅轻松的话题，就顺了势讲到猫上去。

"猫也和人一样，有种子好不好的，我那里的猫，是好种，不偷食，每朝把屎撒在盛灰的畚斗里。——你记得从前老四房里有一只好猫罢。我们那只猫，就是从老四房讨去的小猫。近来听说老四房里已断了种了，——每年生一胎，附近养蚕的人家都来千求万恳地讨，据说讨去都不淘气的。现在又快要生小猫了。"

老四房里的那只猫向来有名。最初的老猫，是曾祖在时，就有了的。不知是那里得来的种子，白地，小黄黑花斑，毛色很嫩，望去像上等的狐皮"金银嵌"。善捉鼠，性质却柔驯得了不得，我小孩的时候，常去抱来玩弄，听它念肚里佛，挖看它的眼睛，不啻是一个小伴侣。后来我由外面回家，每走到老四房去，有时还看见这小伴侣——的子孙。曾也想讨一只小猫到家里去养，终难得逢到恰好有小猫的机会，自迁居他乡，十年来久不忆及了。不料现在种子未绝，妹家现在所养的，不知已是最初老猫的几世孙了。家道中落以来，田产室庐大半荡尽，而曾祖时代的猫，尚间接地在妹家留着种子，这真是一种不可思议的缘，值得叫人无限感兴的了。

"哦！就是那只猫的种子！好的，将来就给我们一只。那只猫的种子是近地有名的。花纹还没有变吗？"

"你欢喜那一种？——大约一胎多则三只，少则两只，其中大概有一只是金银嵌的，有一二只是白中带黑斑的，每年都是如此。"

"那自然要金银嵌的啰。"我脑中不禁浮出孩时小伴侣的印象来。更联想到那如云的往事，为之茫然。

妻和妹之间，猫的谈话，仍被继续着，儿女中大些的张了眼听，最小的阿满,摇着妻的膝问"小猫几时会来?"我也靠在籐椅子上吸着烟默然听她们。

"小猫的时候,要教它会才好。如果撒屎在地板上了,就捉到撒屎的地方,当着它的屎打,到碗中偷食吃的时候,就把碗摆在它的前面打,这样打了几次,它就不敢乱撒屎多偷食了。"

妹的猫教育论,引得大家都笑了。

次晨妹说即须回去,约定过几天再来久留几日,临走的时候还说:

"昨晚上老鼠真吵得厉害,下次来时,替你们把猫捉来罢。"

妹去后,全家多了一个猫的话题。最性急的自然是小孩,他们常问"姑妈几时来?"其实都是为猫而问。我虽每回答他们"自然会来的,性急甚么?"心而里也对于那与我家一系有二十多年历史的猫,怀着迫切的期待,巴不得妹——猫快来。

妹的第二次来,在一个月以后,带来的只是赠送小孩的果物和若干种的花草苗种,并未有猫。说前几天才出生,要一个月后方可离母,此次生了三只,一只是金银嵌的,其余两只,是黑白花和狸斑花的,讨的人家很多,已替我们把金银嵌的留定了。

猫的被送来,已是妹第二次回去后半月光景的事,那时已过端午,我从学校回去,一进门,妻就和我说:

"妹妹今天差人把猫送来了,她有一封信在这里。说从回去以后就有些不适。大约是寒热,不要紧的。"

我从妻手里接了信草草一看,同时就向室中四望:

"猫呢?"

"她们在弄它,阿吉阿满你们把猫抱来给爸爸看!"

立刻,柔弱的"尼亚尼亚"声从房中听得阿满抱出猫来:

"会念佛的,一到就蹲在床下,妈说它是新娘子呢。"

我在女儿手中把小猫熟视着说:

"还小呢,别去捉它,放在地上,过几天会熟的。当心碰见狗!"

阿满将猫放下。猫把背一耸就踉跄地向房里遁去。接着就从房内发出柔弱的"尼亚尼亚"的叫声。

"去看看它躲在甚么地方。"阿吉和阿满蹑了脚进房去。

"不要去捉它啊!"妻从后叮嘱她们。

猫确是金银嵌,虽然产毛未褪,黄白还未十分夺目,尽足依约地唤起从前老四房里小伴侣的印象。"尼亚尼亚"的叫声,和"咪咪"的呼唤声,在一家中起了新气分,在我心中却成了一个联想过去的媒介,想到儿时的趣味,想到家况未中落时的光景。

与猫同来的,总以为不成问题的妹的病消息,一二日后竟由沈重而至于危笃,终于因恶性疟疾引起了流产,遗下未足月的女孩而弃去这世界了。

一家人参与丧事完毕从丧家回来,一进门就听到"尼亚尼亚"的猫声。

"这猫真不利,它是首先来报妹妹的死信的!"妻见了猫叹息着说。

猫正在檐前伸了小足爬搔着柱子,突然见我们来,就踉跄逃去,阿满赶到厨下把它捉来了,捧在手里:

"你还要逃! 都是你不好! 妈! 快打!"

"畜生晓得甚?唉,真不利!"妻呆呆的望着猫这样说,忘记了自己的矛盾,倒弄得阿满把猫捧在手里瞪目茫然了。

"把它关在伙食间里,别放它出来!"我一壁说一壁懒懒地走入卧室睡去。我实在已怕看这猫了。

立时从伙食间里发出"尼亚尼亚"的悲鸣声和嘈杂的搔爬声来。努力想睡,总是睡不着。原想起来把猫重新放出,终于无心动弹,连向那就在房外的妻女叫一声"把猫放出"的心绪也没有,只让自己听着那连续的猫声,一味沉浸在悲哀里。

从此以后,这小小的猫,在全家成了一个联想死者的媒介,特别地在我,这猫所暗示的新的悲哀的创伤,是用了家道中落等类的怅惘包裹着的。

伤逝的悲怀,随着暑气一天一天地淡去,猫也一天一天地长大,从前被全家所咀咒的这不幸的猫,这时渐被全家宠爱珍惜起来了,当作了死者的纪念物。每餐给它吃鱼,归阿满饲它,晚上抱进房里,防恐被人偷了或是被野狗咬伤。

白玉也似的毛地上，黄黑斑错落得非常明显，当那蹲在草地上或跳掷在凤仙花丛里的时候，望去真是美丽。每当附近四邻或路过的人，见了称赞说"好猫！"的时候，妻脸上就现出一种莫可言说的矜夸，好像是养着一个好儿子或是好女儿。特别地是阿满：

"这是我家的猫，是姑母送来的，姑母死了，只剩了这只猫了！"她每当有人来称赞猫的时候，不管那人蓦生与不蓦生，总会睁圆了眼起劲地对他说明这些。

猫做了一家的宠儿了，每餐食桌旁总有它的位置，偶然偷了食或是乱撒了屎，虽然依妹的教育法是要就地罚打的，妻也总看妹面上宽恕过去。阿吉阿满一从学校里回来就用了带子逗它玩，或是捉迷藏似地在庭间追赶它。我也常于初秋的夕阳中坐在檐下对了这跳掷着的小动物作种种的遐想。

那是快近中秋的一个晚上的事：湖上邻居的几位朋友，晚饭后散步到了我家里，大家在月下闲话，阿满和猫在草地上追逐着玩。客去后，我和妻搬进几椅正要关门就寝，妻照例记起猫来：

"咪咪！"

"咪咪！"阿吉阿满也跟着唤。

可是却不听到猫的"尼亚尼亚"的回答。

"没有呢！哪里去了？阿满不是你捉出来的吗？去寻来！"妻着急起来了。

"刚刚在天井里的。"阿满瞠了眼含糊地回答，一壁哭了起来。

"还哭！都是你不好！夜了还捉出来做甚么呢？——咪咪，咪咪！"妻一壁责骂阿满一壁嗄了声再唤。

"咪咪，咪咪！"我也不禁附和着唤。

可是仍不听到猫的"尼亚尼亚"的回答。

叫小孩睡好了，重新找寻，室内室外，东邻西舍，到处分头都寻遍，哪有猫的影儿？连方才谈天的几位朋友都过来帮着在月光下寻觅，也终于不见形影。一直闹到十二点多钟。月亮已照屋角为止。

"夜深了,把窗门暂时开着,等它自己回来罢! ——偷是没人偷的,要末被狗咬死了? 但却不听见它叫。也许不至于此,今夜且让它去罢。"我宽慰着妻,关了大门。先入卧室去。在枕上还听到妻的"咪咪"的呼声。

猫终于不回来。从次日起,一家好像失了甚么似地,都觉到说不出的寂寥。小孩从放学回来也不如平日的高兴,特别地在我,于妻女所感得的以外,顿然失却了沉思过去种种悲欢往事的媒介物,觉得寂寥更甚。

第三日旁晚,我因寂寥不过了,独自在屋后山边散步,忽然在山脚田坑中发现猫的尸体。全身粘着水泥,软软地倒在坑里,毛贴着肉,身躯细了好些,项有血迹,似确是被狗或野兽咬毙了的。

"猫在这里!"我不觉自叫了说。

"在哪里!"妻和女孩先后跑来,及见了猫都呆呆地几乎一时说不出话。

"可怜! 一定是野狗咬死的。阿满,都是你不好! 前晚你不捉它出来,哪里会死呢? 下世去要成冤家啊! ——唉! 妹妹死了。连妹妹给我们的猫也死了!"妻说时声音呜咽了。

阿满哭了,阿吉也呆着不动。

"进去罢,死了也就算了,人都要死哩,别说猫! 快叫人来把它葬了。"我催她们离开。

妻和女孩进去了。我向猫作了最后的一瞥,在昏黄中独自徘徊。日来已失了联想媒介的无数往事,都回光返照似地一时强烈地齐现到心上来。

(原载《一般》第 1 卷第 3 号,1926 年 11 月,署名:丏尊)

1927

黄包车礼赞

自从到上海作教书匠以来，日常生活中与我最有密切关系的要算黄包车了。我所跑的学校，一在江湾，一在真茹，原都有火车可通的。可是，到江湾的火车往往时刻不准，到真茹的火车班次既少，车辆又缺，十次有九次觅不到坐位，开车又不进时，有时竟要挤在人群中直立到半小时以上才开车。在北站买车票又不容易，要会拼命地去挤才可买得到手。种种情形，使我对于火车断了念，专去交易黄包车。

每日清晨在洗马子声里掩了鼻走出。宝山里，就上黄包车到真茹去的日子，先坐到北站，再由铁栅旁换雇车子到真茹。因为只有北站铁栅外的黄包车夫知道真茹的地名的。江湾的地名很普通，凡是车夫都知道，所以到江湾去较方便，只要在里门口跳上车子，就一直会被送到，不必再换车了。

从宝山里的寓所到真茹须一小时以上，到江湾须一小时光景，有时遇着已在别个乘客上出尽了力的车夫，跑不快速，时间还要多化些。总计，我每日在黄包车上的时间，至少要二小时光景，车费至少要小洋七八角。时间与经济，都占着我全生活上的不小部分。

听说吴稚晖先生是不坐黄包车的。我虽非吴稚晖先生，也向不欢喜坐黄包车，当专门坐黄包车的开始几天，颇感困难，每次要论价，遇天气不好，还要被敲竹杠，特别是闸北华界，路既不平，车子竟无一辆完整的，车夫也不及租界的壮健能跑，往往有老叟及孩子充当车夫的。无论在将坐时，正坐时，下车时，都觉得心情不好。不是因为他走得慢而动气，就是因为他走得吃力而悯怜，有时还因为他敲竹杠而不平。至于因此而引起的对于社会制度的愤闷,又是次之。

可是过了一二个月以后,我对于一向所不欢喜的黄包车,已坐惯了,不但坐惯,还觉到有特别的亲切之味了。横竖理想世界不知何日实现,汽车又是不梦想坐的,火车虽时开时不开,与我也好像无关,我只能坐黄包车。现世要没有黄包车,是不可能的梦谈。没有黄包车,我就不能妓女出局似地去上课,就不能养家小,我的生活,完全要依赖黄包车,黄包车夫才是我的恩人。

因为所跑的方面有一定,日日反覆来回,坐车的地点也有一定,好许多车夫都认识了我,虽然我不认识他们。每日清晨一到所定的地点,就有许多老交易的车夫来"先生先生"地欢迎,用不着讲价,也用不着告诉目的地,只要随便跳上车子,就会把我运送到我所要到的地方,或是真茹,或是江湾。到了照"照老规矩"给钱,毫无论价的麻烦,多加几个铜子,还得到"谢谢"的快活的回答。

上海的职业都有帮的,如银钱业多宁绍帮,浴室的当差的,理发匠,多镇江帮,黄包车夫却是江北帮,他们都打江北话,有许多还留着辫子。为什么江北产生黄包车夫?不待说这是个很有深远背景的问题,可惜我从他们口头得来的材料还不多,不能为正确的研究。

近来我又发见了在车上时间的利用法,不像最初未惯时的只盼快到,把长长的一小时在焦切中无谓耗去了。到江湾,到真茹所经的都是旷野,只要车子一出市梢,就可纵览风景,特别是课毕回来,一天的劳作已完,悠然地把身体交付了黄包车,在红也似的夕阳里看那沿途的风物,好比玩赏长卷,真是一种享乐,有时还嫌车子走得太快。

在黄包车上阅书也好,我有好几本书都是在黄包车上看完的。一本四五百页的书,不到一星期,就可翻毕了。大家都知道,上海的学校,是只许教员跑,不许教员住的。不但住室没有,连休息室也或许没有,偶有空暇的一二小时,也只好糊涂地闲谈空过,不能看书。在自己的寓所里呢,又是客人来咧,邻居的小儿哭咧,大人叉麻雀咧,非到深夜实在不便于看书。这缺陷现在竟在黄包车上寻到了弥补的方法。我相信,我以后如还想用功的话,只有在黄包车上了。

我近来又在黄包车上构文章的腹案,古人关于作文有"三上"的话,所谓三上者,记得是枕上,马上,厕上。在现在,我以为应该增加一"黄包车上",凑成"四上"的名词。在黄包车上瞑了目就一项问题或一种题材加以思索,因了车夫有韵律的步骤,身体受着韵律地颤动,心情觉得特别宁静,注意也很能集中于一处,很适宜于作文。有一个作家,因为他的作品都是在亭子楼中伏居了做的,自怜其作品为"亭子间文学",我此后如果不懒惰,写得出文章出来,我将自夸为"黄包车文学"了。

这样在黄包车上观风景,看书,作文,也许含有享乐的意味,在态度上对于苦力的黄包车夫,是不人道的。我常有此感觉。但一想到他们也常飞奔似地拉了人家去嫖赌,也就自安了。并且,我坐在车上观风景与否,看书与否,作文与否,于他们的劳苦,毫无关系。这情形正如邮差一样,邮差不知递送了多少的情书,做过多少痴男怨女的实际的媒介,而他们对于自己的功绩,却毫没主张矜夸,也毫不吐说不平的。

说虽如此,但我总觉得黄包车是于我有恩的,我要有出息,才不负他们的日日地拉我,虽然他们很大度,一视同仁地拉好人也拉坏蛋。

日日做我的伴侣,供给我观风景读书作文的机会的黄包车啊!我礼赞你!我感谢你!我愿努力自己,把我自己弄成一个除了给钱以外,还有别的资格值得你们拉我的。

十一月十日时半

（原载《秋野》创刊号,1927 年 11 月,署名:丏尊）

关于国木田独步

独步的作品被介绍过的已经不少,这里所集的只是我个人所翻译的五篇。这五篇在他近百篇的短篇小说中,都是比较有名的杰作。

独步虽作小说,但根底上却是诗人,他是华治华司的崇拜者,爱好自然,努力著眼于自然的玄秘,曾读了屠介涅夫《猎人日记》中的《幽会》,作过一篇描写东京近郊武藏野风景的文字,至今还是风景描写的模范。

独步眼中的自然,不只是幽玄的风景,乃是不可思议的可惊可怖的谜,同时就是人生的谜。他的小说的于诗趣以外具有自然主义的风格,和他的热烈倾心宗教,似都非无故的。《牛肉与马铃薯》中主人公冈本的态度,可以说就是独步自己的态度。《女难》中所充满着的无可奈何的运命思想,也就是这自然观的别一方面。

事实!呜呼,这事实可奈何?

天上的星,月,云,光,风,地上的草,木,花,石,人间的历史,生活,性质,境遇,关系,生死,情,欲,恨,恋,不幸灾厄,幸运荣达,啊!这事实,那事实,人只是盲目地在这错乱混杂的事实中起居着吗?

自然!宇宙固不可思议了。人间!啊,至于人间,不是更不可思议吗?它是爱着自然的法则的东西,所不思议的是它的生活,运命,及其 Drama。

日记(明治二十六年十一月十七日)

"非我"的这自然,"别的我"的他人。这是我近来的警句。

啊,人类!看啊看啊,看那许多"别的我"的我的在地上的运命啊!看啊,看啊,俯了仰了,看"非我"的这自然啊!

想啊想啊,把这我与这自然的关系。想得了这我与自然的关系,才可谓受有救世的天命的人。

日记(明治二十七年二月十三日)

独步在明治二十六年(二十三岁)至二十九年五年间曾作的日记,其中充满着严肃的怀疑的气分,像上面所举的文句几乎每页都可看到。他论诗与诗人的目的说:

从习惯的昏睡里唤醒人心,使知道,围着我们的世界之可惊可爱,才是诗的目的。更进一步说,使人在这可惊的世界中发见自己,在神的真理中发明人生的意义,才是诗人的目的。

日记(明治二十六年十月十三日)

独步是有这样抱负的人,所以他的作品虽富有清快的诗趣,而内面却潜蓄着严肃真挚的精神,无论那一篇,都如此。

独步的恋爱事件,是日本文学史上有名的史料。中日战争(明治二十八年)起,独步被国民新闻社任为从军记者,入千代田军舰,归东京后,国民新闻社长德富苏峰的友人佐佐城丰寿夫人发起开从军记者招待会。独步那时年二十五岁,席上与夫人之女佐佐城信子相识,由是彼此陷入恋爱。经了许多困难,卒以德富苏峰的媒介,竹越与三郎的保证,在植村正久的司式下结婚。两人结婚后在逗子营了新家庭,独步为欲达其独立独行的壮怀,且思移居北海道躬耕自活,如《牛肉与马铃薯》中冈本所说的样子。谁知结婚未及一年,恋爱破裂,信子忽弃独步出走了。

独步的恋爱理想,在男女双方继续更新创造。信子出走后,独步给她的书中有一处说:

据有经验的人说:新夫妇的危险起于结婚后的半年间。忍耐经过了这半年,夫妇的真味才生。真的,你在第五个月上,就触了这暗礁了。原来人无论是谁都充满着缺点的,到了结婚以后,不能复如结婚前可以空想地满足,实是当然之事。如果因不能空想地满足就离婚,那末天下将没有可以成立的夫妇了。这里须要忍耐,设法,彼此反省,大家奖励。所谓共艰难苦乐者,不只外来的艰苦,并须与从相互间出来的人性的恶点奋斗。夫妇的真义,不就在此吗?

《夫妇》为独步描写恋爱的作品,亦曾暗示着与上文同样的意见。《第三者》则竟是他的自己告白了。江间就是他自己,鹤姑是信子,大井武岛是则以当时结婚的周旋者德富苏峰、内村植三、竹越与三郎为模特儿的。

信子一去不返,结果不免离婚。独步的烦闷,是真非同小可,曾好几次想自杀。他的日记中留着许多血泪的文字。

她竟弃舍我了,寒风一阵,吹入心头,回环地扰我,我的心已失了色,光,和希望了。

信子,信子! 你我同在东京市中相隔只里余,你的心为何远隔到如此啊!

啊,恋爱的苦啊! 逐着冷却了的恋爱的梦,其苦真难言状。

我永永爱信子,我的心愈恋恋于信子。

她已是恋爱的坟墓了吗? 那末我将投埋在她里面。

(明治二十九年四月十三日)

睡眠亦苦,因为要梦见信子。

我到底不能忘情于信子,即在走路的时候,填充我的爱的空想的,仍是关于信子的事。

自一旦与信子的爱破裂,就感到一生已无幸福可言了,我是因了信子的爱而生存的。

无论怎样的困厄,贫苦,不幸,如果有信子和我在一淘奋斗,就觉得甚么都不怕。信子的爱,给我以难以名言的自由。

然而,现在完了,现在,这爱的隐身所倒了!

我好像被裸了体投到世路风雪之中,我的回顾从前之爱,亦非得已。

我真不幸啊!

然而爱不是交换的,是牺牲的,我做了牺牲了,我的爱誓永久不变。

(明治二十九年五月二日)

赖了先辈德富苏峰等诸名士的鼓舞,及平日的宗教信仰,独步幸而未曾踏到自杀途上去。可是此后的独步,壮志已灰,豪迈不复如昔,只成了一个恋爱的漂泊者,抑郁以没。啊!《女难》作者的女难!

独步是明治四十一年死的。他虽替日本文坛做了一个自然主义的先驱,但却终身贫困不过。现在全国传诵的他的名作,当时只值五角钱三角钱一页的稿费。《巡查》脱稿,预计可得五元,高兴得了不得,邀友聚餐,结果只得三元,把餐费超了豫算。这是有名的他的轶事。他的被社会认识,是在明治四十年前后,那时他已无力执笔,以濒死的病躯,奄卧在茅崎的南湖院了。

十六年七月译者

(《国木田独步小说集》,开明书店,1927 年)

1928

文艺随笔

作家的妻

"你真是幸福的女人啊!"

"为甚么?"

"嫁了那样的大作家,很愉快吧。"

"作家这东西,与其和他接近,远不如读他的著作来得有趣哩。"

这是阿支巴绥夫《嫉妒》中的一节,向日读了也不觉得甚么。近来因了时与作家相会,认识了不少的作家,有时还得会见作家的夫人,每每令我记起这会话来。

小说的开端

小说的开端,是作家所最苦心的处所,凡是名作家,无有不于开端的文字加以惨淡经营的。

在日本的作家中,我近来所耽读的是岛崎籐村氏的作品。岛崎氏在文章上的造诣,实堪惊叹,他的开端的文字,尤为我所佩服,随举数例,如:

莲华寺是兼营着寄宿舍的。

《破戒》的开端

桥本的家的厨房里，正在忙着做午饭。

《家》的开端

拿到钟表店里去修的八角形的挂钟，又在室内柱间，依旧发出走声来了。

《出发》的开端

甚么说明都不加，开端就把阅者引入事情的深处，较之于凡手的最先叙景，或介绍主人公的来历等的作法，实在高明得多。

藤村是个自然主义作家，这种笔法，原也就是一般自然主义文学的格调，并不足异。但在藤村却似别有所自。藤村在其感想集《待着春》中，有一节就是说着这小说开端的文字的。

片上伸君的近著里有一卷托尔斯泰传。其中有托尔斯泰家人共读普西金的小说的一节，

"恰好托尔斯泰进来了，偶然拿起书来一看，翻开着的恰是普西金的某散支的断片，开端写着'客人群集到村庄来了'。托尔斯泰见了说：'开端要这样才好，普西金才是我们的教师，开始就把读者诱入事件的中心趣味，如果是别个作者，也许会先细写一个一个的客人，可是普西金却单刀直入地进入事件的中心了。'这时在旁有一个人说：'那末请你也像这样写了试试如何？'托尔斯泰立刻走进自己的书斋里，把《安那卡莱尼那》的开端写好了。这书初稿的开端是'阿勃隆斯希氏的家里，甚么都骚乱了'，到了后来，才像现在的样子，上面又加了'凡幸福的家庭彼此相似，不幸的家庭，皆各别地不幸，'一行的前置。"

读了这，托尔斯泰所求的东西，大概可窥见了吧。又可知道这并不是偶然的事了吧，爱托尔斯泰的不应止爱读他的著作，还应求他所求的东西。

"普希金才是我们的教师"，觉得这是托尔斯泰风的良言。

看了这段记载，可恍然于藤村文章上的见解，他的作风的所以如此，实非无故。对于托尔斯泰，虽如此共鸣，总不肯在文章上加主观的解释，这就是藤村的所以为 realist 的地方吧。

读圣书

近来常有许多嗜文学的青年问我读甚么书好？我不是胡适之，也不是梁启超，有系统的书目，是开不出来的，照例地回答，只是问他：

"你读过基督的圣书没有？"

我不是基督教徒，却常劝青年读圣书，特别地对于想从事于文学的青年。这并不是故意与"打倒基督教"的口号反抗，也并不是在报上看了某大人物结婚用了基督教式，想学时髦，实在有别的理由。

第一，西洋文艺思潮里，基督教思想占有重要的位置，文艺作家所用的题材，都直接是圣书取得，思想也都与圣书有关，或是圣书某章的敷衍，或是反对圣书某章的。不略读过圣书的人，不能读弥尔东的《失乐园》，不能读王尔德的《沙乐美》，不能读托尔斯泰及道斯道伊夫斯奇的作品。

第二，西洋文学家文体，有许多是摹仿圣书的，王尔德的《沙乐美》，摹仿《雅歌》，尼采的《查拉托斯托拉》摹仿《箴言》。现在漂亮的青年喜读王尔德的《沙乐美》，喜读尼采的《查拉托斯托拉》，而不喜读其文字所从出的圣书，真是一件可惜的事。

食物的原料，是吃不来的，要经过烹调才可口。圣书是原料，原不易读，但我们要沙里淘金地从原料里烹调出可口的东西来。

（原载《一般》第 4 卷第 1 号，1928 年 1 月，署名：丏尊）

钱君匋装帧画例

书的装帧,于读书心情大有关系。精美的装帧,能象征书的内容,使人未开卷时先已准备读书的心情与态度。犹如歌剧开幕前的序曲,可以整顿观者的感情,使之适合于剧的情调。序曲的作者,能抉取剧情的精华,使结晶于音乐中,以勾引观者。善于装帧者,亦能将书的内容精神翻译为形状与色彩,使读者发生美感,而增加读书的兴味。友人钱君君匋,长于绘事,尤善装帧书册。其所绘封面画,风行现代,遍布于各书店的样子窗中,及读者的案头,无不意匠巧妙,布置精妥,足使见者停足注目,读者手不释卷。近以四方来求画者日众。同人等本于推扬美术,诱导读书之旨,劝请钱君广应各界嘱托,并为定画例如下:

封面画,每幅拾五元;扉画,每幅八元;题花,每题三元。

全书装帧,另议;广告画及其他装饰画,另议。

一九二八年九月 { 邱望湘　陶元庆 丰子恺　夏丏尊 陈抱一　章锡琛 } 全订

附告　(一)非关文化之书籍不画

　　　(二)指定题材者不画

　　　(三)润不先惠者不画

收件处　上海宝山路宝山里开明书店编译所

(原载《新女性》第 3 卷第 10 号,1928 年 10 月)

文艺论 ABC

例 言

一、本书虽未将文艺本质论,鉴赏论等分篇,但也似有系统:最初几节是关于文艺的本质,其次是关于鉴赏,最后是关于创作。文字虽简,文艺论的几个根本问题,却大致已包括无遗了。

二、近年来革命文艺的呼声,尤其是无产阶级文艺的呼声,甚形热闹,但是所谓革命文艺,无产阶级文艺,究竟是什么一回事,实在有点模糊。著者特辟一章,客观地从文艺创作与革命的关系,根本上加以一番考察,以阐明革命文艺无产阶级文艺的究竟。

目　次

绪　言

因了书肆的嘱托，我遂负有向读者讲述文艺大意的任务了。范围是文艺的 ABC，字数是三万。在这限制之下，能供给读者些甚么，自己也不能完全预料。姑且随了笔把我所认为值得向读者说述的文艺上的事项或自己对于文艺上的私见等来顺次说下去吧。

读者如果想得文艺上的分门别类的系统的知识，那末像文学概论之类的书，世间尽有。可是世间的所谓文学概论之类的书，大都因了分类过琐碎，说理太高远，往往反有使初步的读者头脑混乱的毛病。恰如叙一人物，尽凭你把其身世性行经历等一一说得很详，有时反不及说一二小小的轶事来得可以仿佛其人的面影。本书宁愿幼稚简略，目的但求给读者以文艺的趣味。只要未入文艺的门的读者，能因此稍领略文艺之宫的风光，就算任务已尽的了。

第一章　何谓文艺

"名不正则言不顺"，文艺是甚么？文艺与文学，有何区别？这是开端先要一说的。文学与文艺，原可作同一的东西解释，普通也都这样混同了解释着。但这里所以不称文学而称文艺者，实也有相当的理由。特别地在文学二字含有多义的我国，尤觉有这必要。我国向习，凡用文字写成的，白纸上写了黑字的，差不多都混称为文学。不信，但看坊间的中国文学史之类的书本，不是把史书子书和诗歌戏曲一样都作为文学论述看吗？这原也不但我国如此，各国往时也如此，不，至今文学的解释，也仍人异其说，莫衷一是，这情形只要翻开辞典一查 Literature 一字项下，或取文学概论之类的书一看，就可知道的。现今普通所谓文学者，大概指纯文学而言。内容包括诗歌小说谣曲戏剧等，与史书论文大异其趣，其性质宁和雕刻音乐绘画等相共通，换言之，就是和雕刻音乐绘画同为一种艺术，不过文学所用的工具是文字，别的艺术所用的工具是色彩音声或土石而已。把文学认为艺术的一种,这已是公认的见解了,由这见解,为明白起见,所以不称文学而称文艺。

文艺是以文字为工具的艺术。但这里有须补充的话:当文字未发明以前,已早有文艺了的,世界各国的原始传来的民歌谣曲,大都发生在文字以前,仅赖了言语口传遗下来的。所以如果要完密地说,应该说文艺是以言语文字为工具的艺术。不过,在现今已有文字,言语与文字已一致了的时代,文字就是言语,言语也就是文字,不十分严密的限定,也不甚要紧的了。

定义的讨论,原是最麻烦的事,姑且以此为止。

第二章　文艺的本质

前节曾说文艺与史书论文大异其趣了。文艺和其他文字的异趣,不但在形式上,还在性质上。史书原也有文艺的部分,举例来说:如《史记·屈原传》中就载得有文艺作品《离骚》,其写屈原的地方,也未始没有可以动人的句语,但《史记》的目的,在《屈原传》(与贾谊合传了原叫《屈贾列传》)却在记述屈原的行事,其中的《离骚》,只是当作屈原的行事之一,加以记载而已,其中的写屈原的数句可以动人的句语,只是太史公的笔本有文学能力,随机表现而已。目的本不在想借了文字来造成一种艺术的。至于论文,完全是一种作者借了文字表示自己的主张或意见的东西,目的更近于实用,更不是艺术了。

心理学上通例把心的活动分为知情意的三方面,史书偏重于知的方面,论文偏重于意的方面,文艺却偏重于情的方面。《离骚》本文是情的,而《屈原传》中,却当作行事之一而列着,就是知的了。凡是离情愈远愈和知与意接近的文字,就愈不是文艺,"三角形内角之和等于二直角"完全是知的,"打倒土豪劣绅!"完全是意的,看了不能引起任何情绪,所以不是文艺。

文艺的本质是情,但所谓情者,不能凭空发生,喜悦必须有喜悦的经验,悲哀也必须有悲哀的事实。把这"经验"或"事实"抽出来看,性质当

然是属于知或意的。举例来说："出自北门，忧心殷殷！终窭且贫，莫知
我艰。已焉哉！天实为之，谓之何哉！"

这是《诗经》中的诗，是文艺作品。其中加点的数句是经验，属于知
的部分，无点的数句，属于情的部分。对于经验或事实不作知或意的处
理，仅作情的处理，这就是文艺的特性。文艺所给与人的是感动或情味，
不是知识或欲望。

经验或事实著了感情的衣服表现出来的是文艺，但有时感情与经验
事实两方有偏重而不平均者，甚而至于有缺其一方面者。如王维诗："独
坐幽篁里，弹琴复长啸。深林人不知，明月来相照。"

这二十字中，只有经验事实，并没有明白地列出感情，但我们读了这
诗，却自然会在言外引起一种幽玄的感情，就是会自己把感情补足进去，
所以仍不失为好诗。近代小说中往往有这种冷静的处所，特别地是近代
自然主义的作品。

更有只列感情而经验事实不示明者，这类的例以诗歌为多。如曹操
的《短歌行》中有几节："慨当以慷，忧思难忘。何以解忧？唯有杜康。"
"明明如月，何时可掇？忧从中来，不可断绝。"

这诗读去满着忧情，而为甚么忧，很是漠然。但仍无妨其为文艺
作品。

由是可知文艺的本质是情，文艺中须把经验事实通过情的面纱来表
示，从情的上面刺激读者。科学的文字重在诉之于知，道德的文字重在
诉之于意，而文艺的文字，却重在诉之于情。

第三章　文艺上的情的性质

文艺的本质是情，那末只要是情，就可作为文艺的本质了吗？决不
是的。情原有许多种类，其性质有现实的情与美的情的不同，例如快乐
苦痛都是一种情，我们在实生活上谁也都有这二种情的经验，着了彩票
时就快乐，失了名誉时就苦痛。但这时的快乐与苦痛，都有利己的色彩，
与他人毫不相干，只是现实的个人的情，无论正在快乐或苦的当儿，埋头

于快乐苦痛之中，无写出的余暇。即使写成文字，也只是个人的现实的利害记录，不能引动人的。

文艺中的情，不是现实的情，是美的情。所谓美的情者，是与个人当前实际利害无关系的情，美的情能使人起一种快感，即其情为苦痛时也可起一种快感。我们看悲剧，不是一壁流泪，一壁却觉得快乐吗？从来山水花月等所以被认为重要文艺材料，而金钱名誉等反被从文艺材料中摈弃者，实因前者不易执着实际利害，而后者容易执着实际利害的缘故。我并不主张文艺的材料必须山水花月，着彩票与失名誉不能取作文艺材料，只要所随伴的情是美的情，就把着彩票与失名誉充当材料，也可不失其为文艺作品的。

那末怎样才能运用美的情呢？这不但文艺，一切艺术都一样，就是艺术与现实关系如何的问题了。让我们再另项来考察吧。

第四章　艺术与现实

看见一幅画得很好的花卉画，我们常赞叹了说，这画中的花和真的花一样。看见一丛开得很好的花卉，我们又常赞叹了说，这花和画出的一样。看小说时，于事情写得逼真的地方，我们常赞叹了说，这确是社会上实有的情形。在处世上，遇到复杂变幻的事情的时候，我们说，这很像是一篇小说。究竟画中的花像真的花呢？还是真的花像画中的花？小说像社会上的实事呢？还是社会上的实事像小说？这平常习用习闻的言说中，明明含着一个很大的矛盾。

这矛盾因了看法，生出了许多人生上重大的问题，例如王尔德的认人生模仿艺术，就是对于这矛盾的一个决断。我在这里所要说的，不是那样的大议论，只是想从这疑问出发了来把艺术与现实的关系，略加考察而已。

真的花只是花，不是画；但画家不能无视了现实的花，画出世间所没有的花来。社会上事象，只是社会上的事象，不是小说；但小说家不能无视了现实的社会事象，写出社会上所没有的事象来。在这里，可以发生两个问题:(一)现实就是艺术吗？(二)艺术就是现实吗？这两句话,因了说法都可成立。问题只在说的人有艺术的态度没有？

那末甚么叫艺术的态度？我们对于一事物,可有种种不同的态度。举一例说,现在有一株梧桐树,叫一个木匠一个博物学者一个画家同时去看。木匠所注意的大概是这树有几丈板可锯或是可以利用了作甚么器具等类的事项,博物学者所注意的大概是叶纹叶形与花果年轮等类的事项,画家则与他们不同,所注意的只是全树的色彩姿态调子光线等类的事项。在这时候,我们可以对于这梧桐树,木匠所取的是功利的态度,博物学者所取的是分别的态度,画家所取的是艺术的态度。

我们对于事物,脱了利害是非等类的拘缚,如实去观照玩味,这叫做艺术的态度。艺术生活和实际生活的分界,就在这态度的有无,艺术和现实的区别,也就在这上面。从现实得来的感觉是实感,从艺术得来的感觉是美感。实感和美感是不相容的东西。实感之中,决无艺术生活,同样,艺术生活上一加入实感,也就成了现实生活了。要说明这关系,最好的事例,就是今年国内闹过许多议论的模特尔事件。

在普通的现实生活中,赤裸裸不挂一丝的女子,不容说是足以挑拨肉感——就是实感,有伤风化的。但对于画家,则不能用这常规的说法。因为既为画家,至少在作画的时候,是用艺术的态度来观照一切玩味一切,不会有实感的。至于普通的人们,不但见了赤裸裸的女性实体起实感,即见了从女体临写下来的,本来只充满了美感的裸体画,也会引起实感。就画家说,现实可转成艺术,就普通人说,艺术可转成现实。

世间有能用艺术态度看一切的人,也有执着于现实生活的人。不,同一个人,也有有时埋头于现实生活,有时脱离了现实生活而转入艺术生活的事。画家文学家除了对画布就笔砚以外,当然也有衣食上的烦恼和人间世上一切的悲欢,商店的伙友于打算盘的余暇,也可有向了壁上的画幅或是窗外的夕阳悠然神往的时候。只是有艺术教养的人们,多有着玩味观照的能力罢了。在有艺术教养的人,不但能观照玩味当前的事物,且能把自己加以玩味观照。假如爱子忽然死亡了,这无论在小说家或普通人,都是现实的悲哀,都是一种的现实生活。但普通人在伤悼爱子的当儿，一味没入在现实中，大都忘了自己，所以在伤悼过了以后，只留着一个漠然的记忆而已。小说家就不然，他们也当然免不了和普通人一样，有现实的伤悼，但一方却能把自己站在一旁，回着反省自己的伤悼，把自己伤悼的样子在脑中留成明确的印象，写出来就成感人的作品。置身于现实生活而能不全沉没在现实生活之中，从实感中脱出了取得美感，这是艺术家重要的资格。艺术中所表出的现实，比普通人所经历的现实，往往更明白更完善，因为艺术家能不沉没在现实里，所以能把整个的现实，如实领略了写出。艺术一面教人不执着现实，一面却教人以现实的真相，我们从前者可得艺术的解脱，从后者可得世相的真谛。这就是艺术有益于人生的地方。

西湖的美，游览者能得之，为要想购地发财而跑去的富翁，至少在他计较打算的时候，是不能得的。裸体画的美，有绘画教养的人能得之，患色情狂的人，是不能得的。真要领略糖的甘味与黄连的苦味，须于吃糖吃黄连时把自己站在一旁，咄咄地鼓着舌头，去玩味自己喉舌间的感觉。这时吃糖和黄连的是自己，而玩味甘与苦的别是一自己。摆脱现实，才是领略现实的方法。现实也要经过这摆脱作用，才能被收入到艺术里去。

《创世纪》中有这样的一段神话：

> 耶和华上帝说：那人独居不好，我要为他造一个配偶帮助他。……耶和华上帝使他沉睡了。于是取下他的一条肋骨，又把肉合起来。耶和华上帝就用那人身上所取的肋骨，造成一个女人，领到那人跟前。那人说：这是我骨中的骨，肉中的肉，可以称她为女人，因为她是从男人身上取出来的。

这段神话，实可借了作为艺术与现实的象征的说明。如果把男性比喻作现实，那末女性就可比作艺术。女性是由男性的部分造成，但有一个条件，就是先要使男性沉睡，男性醒着的时候，就是上帝也无法从他身上造出女性来的。现实只是现实，要使现实变成艺术，非暂时使现实沉睡一下不可。使现实暂时沉睡了，才能取了现实的某部分作成艺术。因为艺术是由现实作成的，所以我们见了艺术，犹如看见了现实，觉得这现实的化身，亲切有味，如同"那人说这是我骨中的骨肉中的肉"一样。

第五章　经验与想像

由现实经验净化而生的美的情感，是一切艺术的本质。美的情感由现实经验净化而来，故经验实为根本的要素。凡是作家，都是经验很丰富的人，近代小说的大多数，皆含有自传性质，左拉（E. Zola）要描写酒肆，不惜走遍巴黎的酒肆去详密观察，勿洛培尔（G. Flaubert）作《鲍美利夫人》，要描写女主人公服砒自杀，竟至自己试尝砒霜，都是有名的事。

经验的重要，已如上述。但经验以外，犹有一个重大要素，就是想像。左拉虽经验了酒肆的状况，但对于其小说中的男女人们的淫荡是难有直接经验的。勿洛培尔虽试尝过砒霜的味道，但女主人公的临死的苦闷是无法尝到的。莎士比亚（Shakspear）曾以一人描写过王侯、小民、恋爱、弑逆、见鬼、战争、嫉妒、重利盘剥、妖怪等等，被斥为专描写性欲的莫泊三，一生中也未曾有过异常的好色的经验。可知经验并不是文艺的唯一内容，文艺的本质是美的情感，情感固可缘经验而发生，亦可缘想像而发生，我们对了目前汪洋的海，固可起一种情感，但即使目前无海，仅唤起了海的想像时，也一样地可得一种情感的。

艺术不是自然的复制，是一种的创造。在这意义上，想像之重要，实过于经验，虽非直接经验。却能如直接经验一般描写着，虽是向壁虚造，却令人不觉其为向壁虚造，这才是文艺作家的本领。

想像可补经验的不足，与经验同为文艺中的重要成分。但这里有一事不可不知，就是所谓想像者，不是凭空漫想，仍要以经验为基础的。举例来说，我们不曾见过冰山，但能作冰山的想像。这冰山的想像，实以直接经验的"山"与"冰"为材料的。如果我们没有"山"与"冰"的直接经验，决不能有想像中的"冰山"。同样，平日直接经验过的"山"与"冰"的观念，如不明晰，则"冰山"的想像也就不能完全。文艺作品中的人物，其实都不是当前实有的人物，而能写得如当前实有的人物一样地逼真者，实由于作者的——经验的精确，和想像的周到。作者对于那人物的一举动一谈话，都曾依据了平日在世上从张三李四等无数人见闻过的经验，再来从想像上组造成功的。所写者虽只一人物的一举动或一谈话,而其实是同性质的无数人物的结晶。故想像须以经验为基础,经验正确,想像力丰富,是文艺作家应有的两种资格。

第六章　为人生的与为艺术的

经验与想像均可发生情感,而美的情感为文艺之本质,所谓美的情感者,是脱离现实生活的利害是非等而净化过了的东西。这是我在上面数节所说的意趣。

对于这意趣也许有人要不承认的,我们在这里已碰到了为人生的艺术(Art for life)与为艺术的艺术(Art for art)的大问题。

这问题好像我国哲学上性善与性恶问题一样,实是文艺上聚讼不清的一大纠纷。人生派把文艺的目的放在文艺以外,主张文艺须有利于社会,有益于道德。艺术派主张文艺的目的就是美,美以外别无目的。前者可以托尔斯太(Z. Tolstoy)与诺尔道(Max Nordau)等为代表,后者可以前节所说的王尔德等为代表。要详细知道,可去看看托尔斯太的《艺术论》,诺尔道的《变质论》,王尔德的《架空的颓废》。

这两种极端相反的趣向,在我国古来亦有。韩愈的所谓"文以载道",是近乎人生派一流的口吻,昭明太子的所谓"立身之道与文章异。立身先须谨慎,文章且须放荡。"是近乎艺术派的口吻。这二派在我国,要算人生派势力较强,历代都把文艺为劝善惩恶或代圣贤立言的工具,戏剧是用以"移风易俗"的,小说是使"闻之者足戒"的。文字要"有功名教","有益于世道人心",才值得赞赏,否则只是"雕虫小技"。

人生派与艺术派,究竟孰是孰非,这里原不能数言决定,其实,两派都只是一种的绝端的见解而已。

绝端地把文艺局限于功利一方,是足以使真文艺扑灭的。试看,从来以劝善惩恶为目的的作品里,何尝有好东西?甚至于有借了这劝善惩恶的名义来肆行传播猥亵的内容的,如甚么《贪欢报》,《杀子报》,不是都以"报"字作着护符的吗?露骨的劝善惩恶的见解,在文艺上,全世界现在似乎已绝迹了,但以功利为目的的文艺思想,仍取了种种的形式流行在世上,或是鼓吹社会思想,或是鼓吹妇女解放,或是鼓吹宗教信仰。名为文艺作品,其实只是一种宣传品而已。这类作品,愈露骨时,愈失却其文艺的地位。

人生派的所谓"人生"者往往只是"功利",因此其所谓"为人生的艺术者",结果只是"为功利的艺术"而已。人生原有许多方面,把人生只从功利方面解释,不许越出一步,这不消说是一种偏狭之见。

至于艺术派的主张如王尔德的所谓"艺术在其自身以外,不存在任何目的,艺术自有独立的生命,其发展只在自己的路上。"亦当然是一种过于高蹈的议论。我们不能离了人来想像文艺,如果没有人,文艺也决不能存在。艺术之中也许会有使人以外的东西悦乐的,如音乐之于动物。但文艺究是人所能单独享受的艺术,玩赏艺术的不是艺术自身,究竟是人。如果文艺须以人为对象,究不能不与人发生关系,艺术派主张文艺的目的在美,那末,供给人以美,这事本身已是有益于人,也是为"人生的艺术",与人生派相差,只是意义的广狭的吧了。这两派的纠纷,问题似只在"人生"二字的解释上。

人生是多元的,人的生活有若干的方面,故有若干的对象。知识生活的对象是"真",道德生活的对象是"善",艺术生活的对象是"美"。我不如艺术派所说,相信"美"与"善"无关,是独立的东西,但亦不能承认人生派的主张,把"美"只认为"善"的奴仆。我相信文艺对人有用处,但不赞成把文艺流于浅薄的实用。

文艺的本质,是超越现实功利的美的情感,不是真的知识与善的教训,但情感不能无因而起,必有所缘。因了所缘,就附带有种种实质。或是关于善的,或是关于真的。我们不应因了这所附带的实质中有善或真的分子,就说文艺作品的本质是善的或是真的。

伊卜生(H. Ibsen)作了一本《傀儡家庭》的戏剧,引起全世界的妇女问题,妇女的地位因以提高了许多。有几个妇女感激伊卜生的恩惠,去向他道谢意,说幸亏你提倡妇女运动。伊卜生却说,我不知道甚么妇女运动不妇女运动,我只是作我的诗吧了。伊卜生是有名的社会剧问题剧作家,尚且有这样的话。这段逸话,实暗示着文艺上的一件大事,创作与宣传的区别亦就在此。伊卜生所作的只是他自己的诗,并不想借此宣传甚么,鼓吹甚么,就是所谓超越现实功利的美的情感,妇女娜拉就是这美的情感的所缘。这所缘因了国土与时代而不同,文艺因了国土与时代也随了有异。(所谓文艺是时代的反映是国民性的反映者就为了此)但所异者只是所缘,不是文艺本身。文艺本身却总是以美的情感为本质的。

第七章　文艺的真功用

我在上节说,我相信文艺有用处,但不赞成把文学流于浅薄的实用。那么文艺的功用何在呢?

我国从来对于文艺,有的认作劝惩的手段,有的认作茶余酒后的消遣,前者属于低级的人生派的见解,后者属于低级的艺术派的见解,都不足表出文艺的真功用。

在这里,为要显明文艺的真功用,敢先试作一番玄谈。庄子有所谓"无用之用,是为大用"的话,凡是实用的东西,大概其用处都很狭窄,被局限于某方面的。举例说,笔可以写字作画,但其用只是写字作画而已,金鸡纳霜可以愈疟,但其用只是愈疟而已。反之,用的范围很广的东西,因为说不尽其用处的缘故,一看就反如无用。庄子所说的"无用之用,是为大用"当是这个意思。

我们不愿把文艺当作劝惩的工具者,并非说文艺无劝惩的功用,乃是不愿把其功用但局限于劝惩上的缘故。不愿把文艺当作茶余酒后的消遣者,并非说文艺无消遣的功用,乃是不愿把其功用但局限于消遣的缘故。在终日打算盘的商人弄权术过活的政治匠等实利观念很重的人的眼里,文艺也许是无用的东西,是所谓"饥不可以为食,寒不可以为衣的"。而这无用的文艺,却自古至今,未曾消灭,俨然当作人生社会的一现象而存在,究不能不说是奇怪之至的事了。

文艺的用,是无用之用。它关涉于全人生,所以不应局限了说何处有用。功利实利的所谓用,是足以亵渎文艺的大用的。

"无用之用",究不免是一种玄谈,诸君或许未能满足。我在这里非具体地说出文艺的功用不可。但如果过于具体地说,就又难免有局限在一隅的毛病。为避免这困难计,请诸君勿忘此玄谈。

读过科学史的人,想知道科学起于惊异之念的吧。文艺亦起于惊异之念。所谓大作家者,就是有惊人的敏感,能对自然人生起惊异的人。他们能从平凡之中找出非凡,换言之,就是能摆脱了一切的旧习惯、旧制度、旧权威,用了小儿似地新清的眼与心,对于外物。他们的作品,就是这惊异的表出而已。

"昨日入城市,归来泪满襟。遍身罗绮者,不是养蚕人。"这是郑板桥的一首小诗,❶多少有着宣传色彩,原并不是甚么了不得的大作品,但我们可借了说明上面的话。只要入城市的,谁也常见到遍身罗绮的人们,但常人大概对于遍身罗绮的人们不曾养蚕的这明白的事实,不发生疑问,以为他们八字好,祖宗风水好,当然可以着罗绮,并无足奇,就忽略过去了。板桥却会见了感到矛盾,把这矛盾用了诗形表出,这就是板桥所以为诗人的地方。

人生所最难堪的,恐怕要算对于生活感到厌倦了吧。这厌倦之成,由于对外物不感到新趣味新意义。小儿的所以无厌倦之感者,就是因为小儿眼中看去甚么都新鲜的缘故。我们如果到了甚么都觉得"不过如此""呒啥道理"的时候,生命的脉动亦就停止,还有甚么活力可言呢?文艺的功用,就在示我们以事物的新意义新趣味,且教我们以自然人生的观察法,自己去求得新意义新趣味,把我们从厌倦之感救出,生活于清新的风光之中。好的艺文作品,自己虽不曾宣传甚么,而间接却从人生各方面引起新的酝酿,暗示进步的途径。因为所谓作家的人们,大概有着常人所不及的敏感,对于自然人生有着炯眼,同时又是时代潮流的豫觉者。一切进步思想的第一声,往往由文艺作者喊出,然后哲学家加以研究,政治家设法改革,终于现出实际的改造。举例来说,伊卜生的《傀儡家庭》引起了妇女运动,屠介涅夫(I. Turgenev)的《猎人日记》引起了农

---

❶　此诗为宋代张俞的《蚕妇》,属作者误写。——编者注

奴解放,都是。

我不觉又把文艺的功用局限于功利方面去了。文艺的功用,是全的功用,综合的功用,把他局限在一方面,是足以减损文艺的本来价值的。文艺作品的生成与其功用,恰如科学的发明与其功用一样。电气发明者并不是为了想造电报电车才去发明电气,而结果可以造电报电车,伊卜生自己说只是做诗不管甚么妇女解放不妇女解放,而结果引起了妇女解放。屠介涅夫也并不想宣传农奴解放才写他的《猎人日记》,而《猎人日记》,却作了引起农奴解放的导线。故说伊卜生为了主张妇女解放而作剧,屠介涅夫为了主张农奴解放而作小说,便和说发明电气者为了想造电报电车而去研究电气,同样是不合事理的话,而且是挂一漏万的话。电气的功用,岂但造电报电车? 还有医疗用呢? 镀金用呢? 还有现在虽未晓得,将来新发明的各种用途呢?

为保存文艺的真价起见,我不愿挂一漏万地列举具体的功用,只说对于全人生有用就够了。文艺实是人生的养料,是教示人的生活的良师。因了文艺作品,我们可以扩张乐悦和同情理解的范围,可以使自我觉醒,可以领会自然人生的秘奥。再以此利益作了活力,可以从种种方向发挥人的价值。

有人说,"这种的功效,可以从实际生活实世间求之,不一定有赖乎文艺的"。不错,实际生活与实世间确也可以供给同样的功效给我们。但实世间的实生活是散乱的,不是全的。我们一生在街中所看到的只是散乱的世相的一部,而在影戏院的银幕上,却能于仅少时间中看到人生的某一整片。实生活与文艺的分别,恰如街上的散乱现象与影戏中所见的整个现象,一是散乱的,一是整全的。

文艺的真功用如此。也要有如此功用,才是我们所要求的文艺。诸君也许要说吧,"这样的文艺,现在国内不是不多见吗?"这原是的,但这不是文艺本身之罪,乃是国内文坛不振的缘故。好的文艺作品,原有赖于天才,天才又不是随时都有。在并世与本地找不到好文艺,虽然不免失望,也是无可如何的事,我们不妨去求之于古典或外国文艺。

第八章　古典与外国文艺

先就了古典说吧。古典二字,包含很广,这里只指我国古代的文艺,概括地说,数千年来的诗、歌、词、曲、小说都是。

古典文艺是经过时代的筛子筛过了的东西,并世的作家,未必人人知其姓名,而古代的作家,却大家能道其名字,有的竟是妇孺皆知,当世震惊一时的诗或小说,过了数年就会被人忘弃,而古典文艺却能在数千百年以后令人诵读不厌,这不能不说是可怪的现象了。

古典文艺的所以能保存到现在,实别有其原因。我们试想,古时印刷术没有现今的便利,或竟还未知道印刷,交通也没有现今的灵通,古人所写的诗、歌、词、曲、小说,不但不能换官做,而且不像现在的可以卖稿,老实说是一钱不值的。这许多一钱不值的古文艺经了历代的兵燹,为甚么能保存到现在呢?推原其故,不得不归功于特志者(从来称为好事者)的维持之力。古典文艺作家的名声,在最初决非因了多数者保持的,无论生前怎样成功的作家,因了时世的推移,也就不免被人忘去,在这时,能和其全盛时代同样地加以赏赞、尊敬、研究者,只是少数的特志家吧了。因有特志家的宣传,或加以注释,或为之刊刻,于是一般人也就受了吸引,被忘去了的古作家的作品,遂重行复活转来。古典保存的经过,大概如此,原不限于文艺方面的古典,而在文艺方面,这经过更明显。因为文艺比之其他的古典,向被视为无足轻重的缘故。我们现在出几角钱,可以买一部陶渊明的集子了,《陶集》的历史,我们虽未详悉,如果查考起来,当然是有着惨淡经营的经过的。

古典文艺的保存,有赖于少数的特志家,这种特志家是怎样的人呢?不消说,他们是对于某一作家或一系作家的作品,能找出永久欢喜的,他们是文艺的爱好者,鉴赏者,文艺作品经过了他们的眼睛,恰如骨董品的到了富于骨董知识的鉴赏家手里一样,真伪都瞒不过的。古典文艺是由历代这样的特志家眼中滤过,群众承认过的东西,大概都是有读的价值了的。与其读那无聊的并世人的作品,不如去读古典文艺。

又，一民族的古典文艺，是一民族的精神文化的遗产，其底里流贯着一民族的血液的。故即离了研究文艺的见地，但就作为民族的一员的资格来说，古典文艺也大有尊重的必要。

其次是外国文艺。古典文艺是经过了时代的筛子筛过的东西，外国文艺可以说是于时代以外，更经过地域的筛子的。我们是中国人，同时是世界的一员，中国文艺当阅读，外国文艺也当阅读。并且，我们比之任何国人，更有重视外国文艺的必要。中国文艺和外国文艺相较，程度远逊。国内当世作家的不及他国作家，不去说了。即就古典文艺而论，中国的文艺较之西洋也实有愧色。在文艺之中，中国最好最完全的要算诗了，但只有短小的抒情诗，却缺少伟大的叙事诗。至于剧，如果中西相比起来，那真是小巫见大巫了。其他如小说，如童话等等，无论就了量说，就了质说，甚么都赶人家不上。试问，中国当世作家的作品，被译成数国文字的有几？古典文艺之中被认为世界的名作的有几？中国在世界之中，不特产业落后，军备落后，在文艺上也是世界的落伍者。不，依照我们前节所说的文艺的功用来说，可以说文艺落伍，即是其他一切落后的原因。浅薄的劝惩文艺，宣传的实用文艺，荒唐的神怪文艺，非人的淫秽文艺，隐遁的山林文艺，把中国人的心灵加以桎梏或是加以秽浊，还有甚么好的深的东西从中国人的心灵中生出来呢？

为输入新刺激计，外国文艺不但可为他山之石，而且是对症之药。西洋近代文明的渊源，大家都归诸文艺复兴，所谓文艺复兴者，只是若干学者在一味重灵的基督教思想的时代，鼓吹那重肉的希腊罗马的古文艺的运动而已，结果就从中世纪的黑暗时代，产生了"近代"。足证文艺的改革，就是人生气象改革的根源。最近的五四运动，与白话文学有关，是大家知道的事。白话文学运动原也是受了西洋文艺的洗礼而生的，但可惜运动只在文艺文字的形式上，尚未到文艺的本身上。我们更该尽量地接近外国文艺，进一步来作文艺本质的改革运动。

又，即使我国文艺已可比别国没有逊色，外国文艺也仍有研究的必要。实际上，托尔斯太的作品，读者不但是俄国人，哈代（Thomas Hardy）的作品，读者不但是英国人，好的作家虽生长于某一国，其实已是世界公有的作家了，他的作品，也就已成了世界共享的财产。在这上，我们已不用着攘夷自大的偏见。那英人而归化日本的文学者小泉八云（Rafcadio Hearn）说："英国文艺的精彩，有赖于他国文艺的影响者甚大。英国青年的精神生活，决不是纯粹只受了英国的感化而形成的。"这情形当不但英国如此，他国都可适用的。

要读外国文艺，最好熟达外国文。但翻译的也不要紧，大多数也只好借径于翻译本。一个人，能用法文读莫泊三，用俄文读契诃夫（A. Tchekhov），用英文读莎翁，用德文读歌德，用意大利语读但农觉（D'Annunzio）原是理想的事，可是究竟不是常人能够做得到的事。大多数的人只好用其所熟达的某一国语言来读某一国以外的作品而已。例如熟达了英文，不但可读莎翁，也可以用了英译本来读歌德，读托尔斯太，读伊卜生。至于一种外国语都不熟达的，那就只好用本国文的译本来读了。只要有好的翻译本，用本国文也没有甚么两样。近来常有人觉得看翻译本不如看原文本好，其实这是错误的。所谓作家者，未必就是博言学者，莎翁总算是古今世界第一流的作家了，英国人至于说宁可失去全印度，不愿失去莎翁。但这莎翁却是不通拉丁文的。他只从英译本研究拉丁文艺，当时英国的拉丁文学者都鄙薄他，侮辱他，可是他终不因未通拉丁文而失了大作家的地位。大作家尚如此，何况我们只以鉴赏为目的人呢？借了翻译本读外国文艺，决不是可愧的事，所望者只是翻译的正确与普遍罢了。我盼望国内翻译事业振兴，正确地把重要的外国文艺都介绍进来。

第九章　读甚么

我在前节曾劝诸君读古典文艺与外国文艺，那末漫无涯际的中外文艺，从何下手，先读甚么呢？这是当面的问题了。

不但文艺研究，广义的"读甚么书好？""先读甚么书？"是我常从青年朋友听到的质问。对于这质问，关于国学一部门，近来很有几个学者开过书目，各以己意规定一个最低限度，叫青年仿行，西洋也有这样的办法。我以为读书是各人各式的事，不能用一定方式来限定的。只要人有读书的志趣，就会依了自己的嗜好自己的必要去发见当读的书的，旁人偶然随机的指导，不消说可以作为好帮助，至于编制了目录，叫人依照去读，究竟是勉强而无用的事，事实上编目录的人所认为必读的东西，大半仍由于自己主观的嗜好，并非有客观的标准可说的。同一国学最低限度的书目，胡适之先生所开的与梁任公先生所开的就大不相同，叫人何所适从呢？

我以为读书是有赖乎兴味与触类旁通的，假如有人得到一部《庄子》，读了发生兴味了，他自会用了这部《庄子》为中心去触类旁通地窥及各种书。有时他知道《庄子》的学说源于《老子》，自会去看《老子》，有时他想知道道家与儒家的区别，自会去看《论语》《孟子》，有时他想知道道家与法家的关系，自然会去看《韩非子》，有时他遇到训诂上的困难了，自会去看关于音韵的书。这样由甲而乙而丙地扩充开去，知识就会像雪球似地越滚越大，他将来也许专攻小学音韵，也许精通法理，也许为儒家信徒，这种结果都是读《庄子》时所不及豫料的。

以上尚是就一般的学问所谓"国学"说的，至于文艺研究，更不容加以限制，说甚么书可读，甚么书可不读。文艺研究和别的科学研究不同，读甚么书，从甚么书读起，全当以趣味为标准，从自己感到有趣味的东西着手。好比登山，无论从那一方向上爬，结果都会达到同一的山顶的。

依了自己的兴味，无论从甚么读起，都不成问题，劝诸君直接就了文艺作品本身去翻读。如无必要，尽可不必乞灵于那烦琐的"文艺概论"与空玄的"文学史"之类的书。这类的书，在已熟通文艺的人或是想作文艺的学究的人，不消说是有用的，而在初入文艺之门的人，却只是空虚冗累的赘物。现在中等学校以上的文科科目中，都有"文学概论""文学史"等类的科目，而却不闻有直接研读文艺作品的时间与科目。于是未曾读过唐人诗的学生，也要乱谈甚么初唐、中唐、晚唐的区别，李杜的优劣了！未曾读过勿洛培尔、左拉等的作品的人，也要乱谈自然主义小说了！谈只管谈，其实只是说食、数宝而已，与自己有甚么关系！

我们试听英国现存文学者亚诺尔特·培耐德（Arnold Bennett）的

话吧：

　　文艺的一般概念，读了个个的作品，自会综合了了悟的。没有
土，决烧不出硬瓦来。漫把抽象的文艺与文艺论在头脑中描绘而自
惹混乱，是愚事。恰如狗咬骨头似地去直接咀嚼实际的文艺作品就
好。如果有人问读书的顺序，那就和狗的问骨头从何端嚼起，一样
是怪事。顺序不成问题，只要从有兴味的着手就是了。

　　举例来说，诸君如果是爱好自然风景的，自然会去读陶潜、王维等人
的诗，读秦少游、贺方回等人的词，知道外国文的或更会去读华治华斯
（Wordsworth）、屠介涅夫诸人的作物。如果诸君有一时关心社会疾苦
了，自然会去读杜甫、白居易、元稹，知道外国文的更会去读伊卜生，去读
柏纳萧（B. Shaw），去读高斯华绥（J. Galsworthy）。各人因了某一时嗜
好与兴趣，自会各在某时期找到一系的文艺作品，来丰富自己，润泽自
己。善读书的，在某一时期所读的东西里面，更会找出别的关心事项来
更易兴趣的焦点，使趣味逐渐扩张开去，决不至于终身停滞在某一系上，
执着在某一家。至少也当以某一系或某一家为中心，以别家别系为辅助
的滋养料。

　　从甚么读起，不成问题，最初但从有兴味的着手就可以，其实，除了
从有兴味的着手也没有别法，因为在最初叫关心恋爱而不爱自然风景的
人去读陶渊明、王维，叫热中于社会运动的人去读鲍特莱尔（Baude-
laire）、王尔德，是无意义的。读甚么虽不成问题，但在文艺研究的全体
上，却有几种谁也须先读的东西。特别地是对于外国文艺。例如基督教
的《圣书》，希腊神话，就是研究外国文艺者所不可不读的基础的典籍。
这二典籍，本身已是文艺作品，本身已是了不得的研究材料，在西洋原是
人人皆知家喻户晓的东西，其通俗程度远在我国《四书》之上。许多作家
的作品往往与此有关，或是由此取材，或是由此取了体制与成语，巧妙地
活用在作品里。我们如对于这二典籍没了一些的常识，就会随处都碰到
无谓的障碍的。所以奉劝诸君，我们可以不信基督教，但不可不一读《圣
书》，尽管不信荒唐无稽的传说，但不可不一读希腊神话。《圣书》是现在
随处可得的，至于希腊神话，仅有人编过简单的梗概，还没有好好的本

子,实可谓是一件憾事。

第十章　怎样读

文艺作品之中有高级文艺与与低级文艺的差别。我曾劝诸君读古典文艺与外国文艺,不消说是希望诸君读高级的文艺的。高级艺术与低级艺术的差别,在乎能保持永久的趣味与否? 好的文艺作品,能应了读者的经验,提示新的意义,它决不会旧,是永久常新的。在西洋文艺上,莎士比亚、歌德的作品所以伟大者,就因为它包含着无尽的真理与趣味,可以从各方面任人随分探索的缘故。

在批评家,专门家等类的人,读书是一种职业,有细大不捐,好坏都读的义务。至于不想以此为业,但想享受文艺的利益,藉文艺来丰富自己润泽自己的诸君,当然不犯着去滥读无聊的低级的东西,除了并世的本土的杰作以外,尽可依了兴味耽读数种的古典文艺或外国文艺,与其读江西派的仿宋诗,不如读黄山谷、范成大,与其读《九尾龟》,不如读《红楼梦》,与其读《绿牡丹》,不如读《水浒》。因为后者虽不是最高级的东西,比之前者究竟要高级得多。

最高级的文艺作品,在世间是不多的。小泉八云说:"为大批评家所称赞的书,其数不如诸君所想像之多。除了希腊文明,各民族的文明所产出的,第一级的书,都只二三册而已。载具一切宗教教义的经典,即当作文学的作品,也不失为第一级的书。因为这些经典,经过长年的磨琢,在其言语上已臻于文学的完全了。又表现诸民族理想的大叙事诗,也是属于第一级的。再次之,那反映人生的剧的杰作,也当然要算最高级的文学作品。但总计起来这类书有几种呢? 决不多的。最好的东西,决不多量存在,恰如金刚石一样。"这样意味的最高级的文艺作品,不消说,也不是普通的读者诸君所能立时问津的。我们所希望的只是从较高级的作品入手罢了。

高级文艺不是一读即厌的,但同时也不是一读就会感到兴味的。愈是伟大的作品,愈会使初读的感到兴味索然。高级文艺与低级文艺的区别,宛如贞娴的淑女与媚惑的娼妇。它没有表面上的炫惑性,也没有浅薄的迎合性,其美点深藏在底部,非忍耐地自去发掘不可。歌德的《浮士德》(Faust)、尼采(F. Nietzsche)的《查拉都斯托拉》(Zarathustra)都能使初接触的人失望。近代人的诗,对仗工整,用典丰富,而唐人的好诗,却是平淡无饰,一见好似无足奇的。看似平凡而实伟大,高级文艺的特质在此。

要享受高级文艺的利益,可知是一件难事。但如果因其难而放弃,就将终身不能窥文艺的秘藏了。在不感到兴味时,我们第一步先该自问:"那样被人认为杰出的作家,为甚么在我不感到兴味呢?"

亚诺尔特·培耐德在其《文艺趣味》(Literary Taste)里曾解释着这疑问,说,因为接触到了比自己高尚进步的心境,一时不能瞭解的缘故。这是不错的话。古语的所谓"英雄识英雄""仁者见仁,智者见智",在文艺鉴赏上,也是可引用的真理。一部名著,可有种种等级的读者。第一流的读者,不消说是和作家有同样心境的人了。这样的读者,才是作家的真知己。

那末,我们要修养到了和作家同等的心境,才去读他的书吗?我们要读《浮士德》,先须把自己锻炼成一歌德样的人吗?要读陶诗,先须把自己锻炼成一陶渊明样的人吗?这不消说是办不到的事。我们当因了研钻作家的作品,在知的方面,情的方面,意的方面,使自己丰富成长瞭解作家的心境,够得上和作家为异世异地的朋友,至少够得上做作家的共鸣者。对于一部名著,初读不感兴味,再读如果觉得感到些兴味了,就是自己已渐在成长的证据。如果三读四读益感到兴味了,就是自己更成长了的证据。自己愈成长,就在程度上愈和作家接近起来。

这样的读书,不消说是我们的理想,但最初如何着手呢?我第一要劝诸君的,就是先了解作家的生平。文艺作品和科学书不同,科学书所供给我们的是知识,而文艺作品所供给我们的是人,因为文艺是作家的自己表现,在作品背后潜藏着作家的。在西洋,通常读某人的书的事,称为"读某人"。例如说"读莎士比亚",不叫"读莎士比亚的剧本"。中国向来没有这种说法,例如说"读《陶渊明集》"时,断不会说"读陶渊明"的。

（我在前面曾仿照了这西洋说法说过好多处）我以为在这点上，西洋说法比中国说法好。说"读《陶渊明集》"，容易使人觉到所读的只是陶渊明的集子，说"读陶渊明"，就似乎使人觉到所读的是陶渊明了。"读其书不知其人可乎"？其实，依了上面的说法，读书就是知其人，不知其人，是无从读其书的。所谓知其人者，并不一定指甚么"姓甚名谁"而言，乃是要知道他是有甚样性格甚样心境的一个人。

在已有读书的慧眼的，也许一经与作品接触就会想像到作者是个甚样的人吧。但在初步的读者，实有反对地先大略知道作者的必要。作者的时代与环境，是铸成作者重要要素，不消说也须加以考察。一见毫不感到趣味的文艺名作，因了得到了关于作者的知识，就往往会渐渐瞭解感到趣味的。我们如要读《浮士德》，当作豫备知识，先须去读歌德的传记，知道了他的宗教观，他的对于科学（知识）的见解，他的恋爱经过，他曾入宫廷的史实，当时的狂飙运动，以及他在幼时曾看到英国走江湖的人所演的傀儡剧《浮士德博士的生涯与死》等等，那末，这素称难解的《浮士德》，也就不难入门了。《浮士德》是被称为文艺的宝库之一的名作，愈钻研愈会有所发见的，但不如此，却无从入门。

再就中国的古典文艺取例来说，古诗十九首，不出于一人，且不知作者是谁的，大家只知道是汉人的作品而已。这古诗十九首，从来认为好诗，同时也实是非常难解，不易感到趣味的作品。这十九首诗作者不明，原无传记可考，只可从历史上看取当时的时代精神，以为鉴赏之助。时代精神不消说是多方面的，试暂就一方面来说。汉代盛行黄老，是道家思想很盛的时代。用了这一方面的注意去读十九首，就可得到不少的帮助。至少要如此，才能了解那随处多见的什么"人生天地间，忽如远行客"、"人生寄一世，奄忽若飙尘"、"生年不满百，常怀千岁忧"、"万岁更相送，圣贤莫能度"等的解脱气氛；和"极宴娱心意，戚戚何所迫"、"为乐当及时，何能待来兹"、"不如饮美酒，被服纨与素"等的享乐气氛。

由前所说，可知当读一作品时，先把作者知道个大概，是一件要紧的事了。其次，我还要劝诸君对于所欢喜的一作家的作品，广施阅读，如果能够，最好读其全集。宁可少读几家，不可就了多数作家但读其一作品。

因为我们的目的不是要作文艺的稗贩者,乃是要收得文艺的教养。这文艺的教养,固然可以由多数的作家去收得,也可以由一二个作家去收得的。一作家从壮年至老年,自有其思想上技巧上的进展,譬如伊卜生是曾作《娜拉》《群鬼》《国民公敌》《社会栋梁》等的问题剧的,但如果只看了这一部分就说伊卜生是甚么甚么,那就大错。他在《海上夫人》以后的诸作,气分就与以上所说的问题剧大不相同。我们要读了他的作品的大部分,才能了解他的轮廓,各国大学者中,到了相当年龄,很有以攻究一家的作品为毕生事业的,如日本的坪内逍遥从中年起数十年中就只攻究了一个莎士比亚。

对于一作家的作品广施搜罗,深行考究,这在本国的文艺还易行,对于外国文艺较难。因为本国的文艺原有现成的书,而外国文艺全有赖于翻译的缘故,特别地在我国。我国翻译事业,尚未有大规模的进行,虽也时有人来介绍外国文艺,只是依了嗜好随便翻译,甲把这作家的翻一篇,乙把那作家的翻一篇,至今还未有过系统的介绍。任何外国作家的全集,都未曾出现,这真是大不便利的事。我渴望有人着眼于此,逐渐有外国作家的全集,供不谙外国语的人阅读,使作家不至于被人误解。又,为便于明瞭作家的平生起见,我希望有人多介绍外国作家的评传。

第十一章　文艺鉴赏的程度

我在前节曾说,一部名著,可有种种等级的读者。又,因了前节所说,一读者对于一部名著,也因了自己成长的程度,异其瞭解的深浅。文艺鉴赏上的有程度的等差,是很明显的事了。在程度低的读者之前,无论如何的高级文艺,也显不出伟大来。

最幼稚的读者,大概着眼于作品中所包含的事件。只对于事件有兴趣,其他一切不问。村叟在夏夜讲《三国》,讲《聊斋》,讲《水浒》,周围围了一大群的人,谈的娓娓而谈,听的倾耳而听,是这类。都会中人的欢喜看《济公活佛》《诸葛亮招亲》,赞叹真刀真枪,真马上台,是这类。十余岁的孩子们欢喜看侦探小说,是这类。世间所流行的甚么"黑幕","现形记"，"奇闻"，"奇案"等类的下劣作品，完全是投合这类人的嗜好的。

这类人大概不能瞭解诗，只能瞭解小说戏剧，因为小说戏剧有事件，而诗则除了叙事诗以外，差不多没有事件。其实，小说之中没有事件可说的尽多，近代自然主义的小说，其事件往往尽属日常琐屑，毫无怪异可言，即就剧而论，也有以心理气分为主，不重事件的。在这种艺术作品的前面，这类人就无法染指了。

不消说作品的梗概，原是读者第一步所当注意的。但如果只以事件为兴味的中心，结果将无法问津于高级文艺，而高级文艺在他们眼中，也只成了一本排列事件的帐簿而已。

其次，同情于作中的人物，以作中的人物自居者，也属于这一类。读了《西厢记》，男的便以为是张君瑞，读了《红楼梦》，女的便自以为是林黛玉，看戏时因为同情于主人公的结果，对于戏中的恶汉，感到愤怒，或者甚而至于切齿痛骂，诸如此类，都由于执着事件，以事件为趣味中心的缘故。

较进步的鉴赏法，是耽玩作品的文字，或注意于其音调，或玩味其结构，或赞赏其表出法。这类的读者，大概是文人。一个普通读者，对于一作品，亦往往有因了读的次数，由事件兴味进而达到文字趣味的。《红楼梦》中，有不少的好文字，例如第三回叙林黛玉初进贾府与宝玉相见的一段：

> ……宝玉看罢，笑道"这个妹妹，我曾见过的。"贾母笑道，"可又是胡说，你何曾见过他。"贾宝玉笑道，"虽然未曾见过他然，看着面善，心里倒像是旧相识，恍若远别重逢一般。"……

在过去有青埂峰那样的长历史，将来有不少纠纷的男女二主人公初会时，男主人公所可说的言语之中，要算这样说法为最适切的了。这几句真不失为好文字。但除了在文字上有慧眼的文人以外，普通的读者要在第一次读《红楼梦》时，就体会到这几句的好处，恐是很难得的事。

文字的鉴赏，原不失为文艺鉴赏的主要部分，至少比事件趣味要胜过一等。但如果仅只执着于文字，结果也会陷入错误。例如诗是以音调为主要成分的，从来尽有读了琅琅适口而内容全然无聊的诗，不，大部分的诗与词,完全没有甚么真正内容的价值,只是把平庸思想辞类,装填在一定文字的形式中的东西,换言之,就是靠了音调格律存在的。我们如果执着于音调格律,就会上他们的当。小说不重音律,原不会像诗词那样地容易上当,但好的小说,不一定是文字好的。托斯道夫斯基(Dostoyevski)的小说,其文字的拙笨,凡是读他的小说的人都感到的,可是他在文字背后有着一种伟大吸引力,能使读者忍了文字上的不愉快,不中辍地读下去。左拉的小说,也是在文字上以冗拙著名的,却是也总有人喜读他。

一味以文字为趣味中心,仅注重乎文艺的外形,结果不是上当,就容易把好的文艺作品交臂失之,这是不可不戒的。中国人素重形式,在文艺上,动辄容易发生这样的毛病,举一例说:但看坊间的《归方评点史记》等类的书,就可知道了。《史记》,论其本身的性质,是历史,应作历史去读,而到了归方手里,就只成了讲起承转合的文章,并非阐明前后因果的史书了。从来批评家的评诗、评文、评小说,也都有过重文字形式的倾向。

对于文艺作品,只着眼于事件与文字,都不是充分的好的鉴赏法,那末,我们应该取甚么方法来鉴赏文艺呢?

让我在回答这问题以前,先把前节的话来反覆一下。文艺是作家的自己表现,在作品背后潜藏着作家的。所谓读某作家的书,其实就是在读某作家。好的文艺作品,就是作家高雅的情热、慧敏的美感,真挚的态度等的表现,我们应以作品为了媒介,逆溯上去,触着那根本的作家。托尔斯太在其《艺术论》里把艺术定义了说:

一个人先在他自身里唤起曾经经验过的感情来,在他自身里既经唤起,便用诸动作、诸线、诸色、诸声音、或诸以言语表出的形象来传这感情,使别人可以经验同一的感情,——这是艺术的活动。

艺术是人类活动,其中所包括的是一个人用了某一种外的记号,将他曾经体验过的种种感情,意识地传给别人,而且别人被这些感情所动,也来经验它们。

感情的传染,是一切艺术鉴赏的条件,不但文艺如此。大作家在其作品中绞了精髓,提供着勇气、信仰、美、爱、情热、憧憬等一切高贵的东西,我们受了这刺激,可以把昏暗的心眼觉醒,滞钝的感觉加敏,结果因了瞭解作家的心境,能立在和作家相近的程度上,去观察自然人生。在日常生活中,能用了曾在作品中经历过的感情与想念,来解释或享乐。因了耽读文艺作品,明识了世相,知道平日自认为自己特有的短处与长处,方是人生共通的东西,悲观因以缓和,傲慢亦因以减除。

好的文艺作品,真是读者的生命的轮转机,文艺作品的鉴赏,也要到此境地,才是理想。对于作品,仅以事件趣味或文字趣味为中心,实不免贻"买椟还珠"之诮,是对不起文艺作品的。

> 小子何莫学夫诗?诗可以兴,可以观,可以群,可以怨,迩之事父,远之事君,多识于鸟兽草木之名。

试看孔子对于《诗》的鉴赏理想如此!

我们对于文艺,应把鉴赏的理想,提高了放在这标准上。如果不能到这标准的时候,换言之,就是不能从文艺上得着这样的大恩惠的时候,将怎样呢?我们不能就说所读的作品无价值。依上所说,我们所读的,都是高级文艺,是经过了时代的筛子与先辈的鉴别的东西,决不会无价值的。这责任大概不在作品本身,实在我们自己。我们应该复读瞑思,第一要紧的,还是从种种方面修养自己,从常识上加以努力。举一例说,哲学的常识,是与文艺很有关联的。要想共鸣于李白,多少须知道些道家思想,要想共鸣于王维,多少须有些佛学趣味。毫不知道西洋中世纪的思想的,当然不能真瞭解但丁(Dante)的《神曲》,毫不知道近代世纪末的怀疑思想的,当然不能真瞭解莎士比亚的《汉默莱德》。

第十二章　读者可自负之处

文艺不但在创作上是人的表现,即在鉴赏上亦是人的反映。浅薄的人不能作出好文艺来,同时浅薄的人亦不能瞭解好文艺。创作与鉴赏,在某种意味上,是一致的东西。日本厨川白村在其《苦闷的象征》里,曾名鉴赏为"共鸣的创作",真的,鉴赏不失为一种创作,只是创作是作家的自己表现,而鉴赏是由作家所表现的逆溯作家,顺序上有不同而已。

　　真有鉴赏力的读者,应以读者的资格自负,不必以自己非作家为愧。艺术之中,最使人易起创作的野心与妄想的,要算文艺了。听到音乐上的名曲时,看到好的绘画或雕刻时,看到舞台上的好的演剧时,普通的人,只以听者观者自居,除了鉴赏享乐以外,无论如何有模仿的妄想的人,也不容发生自己来作曲弹奏,自己来执笔凿,或是自己来现身舞台的野心的。独于文艺则不然。普通的人,只要是读过几册文艺书的,就往往想执笔自己试作,不肯安居于读者的地位。因为文艺在性质上所用的材料是我们日常习用的言语,表面看去,不比别种艺术的须有材料上的特别练习功夫与专门知识的缘故。鉴赏是共鸣的创作,这是由心情上说的。实际的文艺创作,毕竟有赖于天才,非普通人所能胜任的事。文艺上所用的材料,虽是日常语言,似乎不如别种艺术的须特别素养,但言语文字的驱遣,究竟须有胜人的敏感和熟练,其材料上的困难,仍不下于别种艺术。例如色彩是绘画的材料,色彩的种类人人皆知,而究不及画家的有敏感。又如音乐的材料是音,音虽人人所能共闻,音乐家所知道的究与寻常人有不同的地方。以上还是仅就材料的言语文字说的,文艺是作者的自己表现,文艺的内容是作者,作者自身如别无可以示人的特色人格,(这并非仅指道德而言)即使对于言语文字有特出的技巧,也是无用的事。

　　文艺鉴赏,本身自有其价值,不必定以创作为目的。这情形恰和受教育者不必定以自己作教师为目的一样。不消说,好像要作教师,先须受教育的样子;要创作文艺,先须鉴赏文艺,但创作究不能单从鉴赏成就的。不信,但看事实,自各国大学文学科毕业者,合计每年当有几万人吧?他们在学时,当然是研究过文艺上的法则,熟谙言语文字上的技巧的了,当然是读破名著,富有鉴赏力的了,而实际上全世界有名的作家,还是寥寥。并且,有名的作家之中,有许多人竟未入过大学的。俄国的当代名小说家高尔基听说是面包匠出身。有许多人虽入过大学,却并不是从文科出来。俄国的契诃夫是医生出身,日本的有岛武郎是学农业的。

鉴赏文艺，未必就能成创作家，这话听去，似乎会使诸君灰心，实则只要能鉴赏，虽不能创作，也不必自惭，因为我们因了作品的鉴赏，已得与作家作精神上的共鸣了，在心情上，已得把自己提高至和作家相近的地位了。真有听音乐的耳的，听了某名曲所得的情绪，照理应和作曲者制曲时的情绪一样。故就了一曲说，在技巧上，听者原不及作者，而在享受上，听者和作者却是相等的，只要他是善听者。

作家原值得崇拜，自己果有创作的天才，不消说也应该使之发挥，但与文艺相接近的人们，如果想人人成作家，人人有创作的天才，究竟不是可希望的事。与其无创作上的自信，做一个无聊的创作者，倒不如做一个好的读者鉴赏者。我们正不必以读者自惭，还应以读者鉴赏者自负。

第十三章　由鉴赏至批评

关于文艺鉴赏，已费去不少的纸数了。这里试把话题移至文艺批评去吧。

其实，鉴赏本身，已是属于批评范围以内的事。所谓文艺批评者，种类很多，有甚么印象的批评、历史的批评、科学的批评、社会的批评等等，批评的含义，普通分为批难、称赞、判断、解释、比较、分类等等。毕竟只是以鉴赏为出发点的东西，无论何种的批评，都可作为鉴赏的发表。因了鉴赏者的性格，于是批评乃生出许多的种类来。

创作的材料是实生活，批评的材料是创作。创作者玩味了实生活而生出创作，批评家玩味了创作而生出批评。故创作者就是生活的鉴赏者，而批评家就是创作的鉴赏者。把生活玩味了，在生活上发见了某物（Some thing），有技俩发表出来，对于生活，想使大众同喻的，是创作者。把创作玩味了，在创作上发见了某物，有技俩发表出来，对于创作，想使大众共喻的，是批评家。

批评是鉴赏的发表，我们可以沉默地去享乐文艺，也可以把自己所享乐到的传给别人，前者是普通但以鉴赏为目的的所谓读者，后者是批评家。中国是文字的国家，文艺批评的历史很古，从来汗牛充栋的注释家的著作,以及一切诗话、词话、文论等等,都是文艺批评。但可惜大半都汲汲于文字上,琐屑不堪,和近代各国的所谓文艺批评者,差不多是全不相同的东西。这也不只中国古来如此,文艺批评的成为一种有势力的趣向,至于产出所谓文艺批评的专门家,在西洋也是近代的事。

文艺批评,在现代已俨然成了一种专门的职业。这种职业完全是近代的产物。因了交通印刷的便捷和普通教育的发达,接触文艺的机会,较前丰富,文艺在现代已成了和日常茶饭一样的生活上需要的东西,有需要就必有供给,于是不但创作是专门职业,连批评创作,也成为一种专门的职业了。古代未有如此条件,连职业的创作者尚且没有,何况职业的批评家呢?

文艺批评的任务,一方是阐发作品,指导读者,一方是批评作品,指导作家。文艺批评家,可以说是读者和作者家所共戴的教师。伟大的文艺批评家,应该就是人生全体的批评家,因为文艺批评是以作家的创作为对象的,创作是通过了作家的心眼的人生的表现,批评家的批评,直接是批评创作,间接就是在批评人生。试看,托尔斯太,拉斯金(J. Ruskin)、泰纳(Taine)、培太(W. pater)、勃廉谛尔(Brunetiere)等诸大批评家,那一个不就是伟大的人生批评家?

或者有人要问,"批评家的地位,在作家以上吗?"这原不能一定,批评家之中,有好的坏的,作家之中,也有好的坏的。如果离开了人,抽象地但就批评与创作二事来说,则批评究是知识的产物,创作究是天才的产物,性质不同,无法品定孰优孰劣的。即使勉强品定了也是毫无意义的事。

作家可以不把批评家的批评为意而从事其创作,批评家也可以不管作家的好恶而发抒其批评。彼此有其自由的立场,可各不相犯。一味迎合批评家的意向的不是好作家,拘于主观或以私意品骘作品者,不是好批评家。

作品是作家对于人生的叫喊,批评是批评家对于作品的叫喊,作品因了批评增加社会性,也因为愈有社会性,愈有批评的必要。文艺在今日已不是少数人茶余酒后的消遣品了,文艺批评,亦将随着愈显其重要性吧。

第十四章　创作家的资格

鉴赏文艺,并不以创作为目的,鉴赏本身自有其价值,普通接触文艺的人,不必以读者自惭,不必漫起创作的野心,这是前面所屡说过的事。但我不能断定我们的读者之中,全没有创作的天才者或志望者,虽然不能详尽,在此却不能不把创作的大要,加以叙述。又,即为一般无志创作的文艺鉴赏者起见,也有略谈创作法的必要。创作与鉴赏,本来是同一的心的作用,所差的只是创作是由内部表现于外部,鉴赏是由外部窥到内部而已。全不知建筑学者,不能真正理解建筑的美,非知创作的大略者,不能有真正的鉴赏。

首先须说的是创作家的人。文艺是作家的自己表现,"自己"如无价值,所表现出来的作品,也就难能有价值。"文如其人",古人已早见到了。文艺创作的方法,单从形式的文字技巧上立论,究竟免不了浅薄,根本上还应从人的修养着手才行。不消说,文艺之中有各种部门,创作家的资格,也可因了其所从事的部分而有不同的。举例来说,诗与小说,同为文艺而性质有异,诗人比较地须有寂寥孤独之处,小说家究非沉到社会里去作社会人不可。诗人需要情热,小说家需要冷静。这样,就了文艺各部门比较创作家的性格,原是很有意味的事。但我们却无此余裕,以下试就了文艺全范围,来把创作家的资格,略加考察吧。

即不把文艺的各部门分别,统了文艺的全范围来说,创作家的资格,也可从种种例举,至于不遑枚举吧。今但就我所认为最要的举出两项,一是锐利的敏感,一是旺盛的情热。二者是文艺创作家最重要的资格。

先就敏感说。文艺作品不是科学的知识,不是道德的说教,只是以美的情感为本质的东西。这所美者,并非普通的所谓美,是包含高尚的、深刻的、优雅的、哀切的、悲痛的、及其他一切可以作文艺内容的情而言。创作家对于自然或人生,观察经验,如果比之常人,体感不出别的深而远的某物来,所作的东西,毕竟只是人云亦云,毫无新鲜泼剌之趣了。凡是好的创作家,都能于平凡之中发见不平凡,于部分之中,见到全体,他们有常人所未曾感到的忧愤,也有常人所未曾感到的悦乐,他们能不为因袭成见所拘束,不执着于实用功利,对于世间一切,行清新的观照,作重新的估价。文艺一方是时代的反映,一方又是时代的晓钟,所谓创作者,就是能在世间一切体感当前的时代而同时又能预感新时代的人。

以上只是就文艺的内容上说的。敏感的重要,不但在文艺的内容上,至于文艺的形式上亦大大地需要敏感。文艺是用文字组成的艺术,文章的美丑,结构的巧劣,都是文艺的重大关键。大概的文艺作家,也就是文章家。所谓文章家者,就是对于文字的使用有着非常敏感的人。贾岛的"推敲",勿洛培尔的"一语说",都可证明敏感的必要,至于近代的象征派的作家,对于文字上的感觉,其敏锐更足惊人,他们之中,竟有人能从五个母音上分出五色来,说什么"A 黑、E 白、I 赤、U 绿、O 青"的话。

诺尔道在其《变质论》里痛斥近代创作家的神经过敏,说近代作家都是变质者,近代的文艺作品,都是病的产物。这当然不是无因之谈,近代人因了生活的紧张与复杂,官能刺激过了度,确有多少都已是变质者,官能愈锐敏的创作家,当然更是变质者了。我们因了他的话,可证明敏感在创作上的重要,至于变质的对于社会的利害,姑且不谈。(诺尔道的学说,也尽有反对的人。)

锐利的敏感,是创作家重要的资格之一。其次是情热,情热是促动创作家去创作的动力。创作家脑中所留着的由敏感而来的印象,虽然明显,如果不含有情热,不想写了告人,也是无益的事。真的创作,都是创作家因了内部的本能的压迫,才去从事的。创作家对于自己所观察经验的结果,感到牵引,感到魅惑,郁积于中,不流露不快,这其中才有创作的欢悦。要感动别人,先须感动自己。读者对于作品所受到的情绪,实是创作家所曾经自己早已更强烈地感受过了的东西。

敏感与情热,互有不可离的关系,敏感用以收得美感,真收得了美感了,当然会引发情热,否则敏感的程度,必有欠缺。同样,能起情热的,当然是美感,我们断不会对于平凡陈腐可厌的东西感到牵引与魅惑的。上面虽曾分别了说,其实只是一件事而已。

此外关于创作家的资格可列举的当然很多，但我以为例如敏感与情热的样子，举一可概余其，不必再赘述的了。

第十五章　抽象的与具象的

上节曾述敏感为创作家的重要资格之一，创作家要有锐利的敏感，才能对于自然人生体感出常人所未能体感的深远的某物，写出示人。这所谓某物（Some Thing）者，或是人生的意义，或是时代的倾向，要之不外乎是一种抽象的东西。这抽象的东西，在文艺上是否就能适用呢？把这抽象的东西直接写出是否就是文艺作品呢？决不是的。抽象的东西，只是一种概念，纯概念的露骨的表出，在科学或道德当然可以，在文艺上是不适当的。因为文艺的本质是情感，而概念却是知或意的产物的缘故。

文艺上对于自然人生的处理，须具象的，不该是抽象的。作者原须用了锐利的敏感在自然人生上发现某物，但在作品上所描写的，却不是这某物的本身，而是包含着这某物的自然人生。莫泊三评其师勿洛培尔说："勿洛培尔不想谈人生的意义，他所想教示人的只是人生的精髓。"作者的任务，在乎从复杂的自然人生中选取出富于意义的一部分，描写了暗示世人以种种的意义。毫无意义地把任何部分的自然人生来描写固不可，完全裸露地单把所见到的意义来描写也不可。作者所当着眼的是具象的实世间，所当取材的也是具象的实世间。能在具象的邻家夫妇或同船旅客之中发现出某物来，仍用了这邻家夫妇，或同船旅客了衣服，把所发现的某物暗示世人，才是文艺作家的手腕。

有些作者，先定了一个概念，然后再把人物事件附会上去，写成一种作品。这在文艺上宁是邪道，这类作品，往往含着宣传与教训的色彩，也难得有出色的东西。原来在事象中发现某物，与把事象附会到既成的概念上去，全然是两件事。前者是有生命的作家的自然的产儿，后者是作家用了成见捏出的傀儡，傀儡是不会有生命的。

又，自然人生原是多元的东西，作家一时因了某物所选取的自然人生,其部分不论如何狭小,也仍是多元的,于作家在一时所发见的某物以外,当然更含有许多附带的意义。要具象地写自然人生,才能不挂一漏万。伟大的文艺作品所以能广泛地使读者随了程度各自欣赏,值得从各方面探究者,就为了其内容是具象的,有和自然人生同样的多元性,不明白地局限于某种狭小的教示的缘故。读者的翻读文艺作品,目的不在听作家的抽象的说教,乃在要看看那通过了作家心眼的自然人生。因了各自的程度与性向,在作品上得到共鸣的处所,于是才产生鉴赏上的欣悦。若作家露骨地把概念加以限定,读者在作品中所见的不是自然人生,乃是作家的意见,而且是强迫了叫他看的意见,这时读者的心的活动就被束缚,毫无自由了。这类作品,在本和作家有同感的人也许会耐心乐读吧? 而在普通的读者,却是味同嚼蜡的。

文艺创作上对于自然人生的处理须具象的而不可抽象的,这理由因了上面的所说,大略可知道了吧。这抽象的与具象的二语,实关系于文艺创作的全领域,创作与宣传的区别,固然在此,即作品的形式上的文章,其好坏也可用这抽象的与具象的二语作了标准来说明。

文艺作品中文字,应是描写的,不该是说明或议论的。文艺作品之中作家借了作中人物的口来说自己的话的原是常有,至于作家直接露出了面来对读者发挥议论或作说明的事,在我国古来文艺上,(特别在那从平话与演义蜕化来的小说上)虽所常见,但其实,从现在看来,这恰和在京戏中于演者旁边突然见到有人打扇送茶一样,是很不统一自然的。(我曾作过一篇专论这事的文字,附在开明书店出版的《文章作法》里。)就一般的原则说,文艺的文字,彻头彻尾应以描写为正宗,说明或议论的态度务须竭力地排除。因为描写是具象的,而说明或议论是抽象的缘故。能具象地处理自然人生,在文字上自不得不是描写的,若抽象地概念地去写,结果究逃不出说明或议论的范围。

此外,在这抽象的与具象的二语之下,可说述的文艺创作上的事项,如部分与全体,类型与个性之类,当然还很多。但这里却无周遍说述的余暇,只好让读者诸君自己去类推了。

第十六章　自己省察

　　作家应把自然人生具象地处理,但森罗万象的自然人生之中,究从何处下手呢？最安全正当的方法,是从自己下手。自己省察,是作家第一步所应该用的功夫。而且是一生唯一的功夫。自己省察是文艺创作的根源。

　　不消说,作家可以因了观察,从广泛的世界中选出适于自己创作的现象记在笔记里,可以因了想像自己考案许多世间实际所无的事象,也可以把眼前的人物作了"模特尔"写到小说或戏曲中去,可以因了别人的表情与动作推测其心理。但其实,这种方法,不但不是初从事创作的人所能使用,而且也并不是根本的可靠的东西。真的创作上最根本的手段,除了内观自己,没有别法。文艺作品毕竟是作家的自我表现,所描写的自然人生,也毕竟是通过了作家的心眼的自然人生。把自己所感所见的,适宜地调整安排,这就是创作。

　　告白文学,第一人称的小说,抒情诗等直写作家自己的作品,不必说了,一切文艺作品,广义地说,都是作家的自传。我们只要先查悉了作家的生涯,再去读他的作品,就随处都可发见作家的面影。愈是大作家的作品,自传的分子亦愈多。一作家的许多作品里的人物,大概是有一定性格的。例如就屠介涅夫说,殷赛洛夫(《前夜》的主人公)、巴赛洛夫(《父与子》的主人公)、路丁(《路丁》的主人公)等,不是大同小异的人物吗？这许多人物,其实就是作家的分身。莎士比亚是被称为有千心万魂、第二的造物主的作家的,他在剧中曾描写着各种各样的人物。但据学者的研究,汉默列德式的人物,在作中常常见到,丹麦的王子汉默列德,就是其最后而最完全的标本。施耐庵在《水浒》中描写着一百零八条好汉,个个都有个性,若仔细研究起来,定可归并出几个性质来,而这几个性质,无非就是施耐庵自己的各方面而已。武松、石秀是他,李逵、鲁智深也是他。他本身内心有着武松、石秀的分子,才取了出来、敷衍了客观化了造成武松、石秀,本身内心有着李逵、鲁智深的分子,才取了出来,敷衍了客观化了造成李逵、鲁智深的。作家决不能写内心上毫无根据的人物，尤其是人物的心理。

近代很有些学者正在应用了勿洛伊特（Freud）派的精神分析学，研究作家与作品的关系。据他们的研究，所谓文艺作品者，都是作家无意识地自己个人的叫声。这叫声的出发处也许往往连作家自己也不知道，但确是发于作家的内心的。美国亚尔巴德·马代尔（Albert Mordell）氏曾有一部名曰《文学上的性爱的动因》的书，就了近代大作家详细地分析着，日本厨川白村著的《苦闷的象征》，（有鲁迅氏与丰子恺氏的译本）也就是从精神分析学出发的文艺论。可以参考。

话不觉脱线了，再回头来说自己省察吧。自己是一切世象的储藏所，所谓"万物皆备于我"，不是过言。向了这自己深去发掘，深去解剖，就会发见一切世象共通的某物来。就了最普通浅近的情形说吧，如果不把自己快乐时的状貌、心情、举动等反省有明确的印象，决不能描写他人的快乐。如果不把自己苦痛时的状貌、心情、举动等反省有明确的印象，决不能描写他人的苦痛。要知道他人，毕竟非先深知道自己不可。

知道自己，这话听去似乎很容易，其实是很难的事。因为真正要知道自己，非就了自己客观地作严酷的批判，深刻的解剖不可。人概有自己辩护自己宽容的倾向，把自己载在解剖台上，冷酷地毫不宽恕地自己执了刀去解剖，是常人所难堪的。这里面有着艺术的冷酷性，所谓艺术家者，是不但对于他人毫不宽恕，即对于自己也是毫不宽恕的人。（这所谓冷酷、省察、不宽恕，只是态度问题，和实际的道德无关。）从这冷酷里，可以脱除偏见与小主观；从这冷酷里，可以清新正确地见到世象，所谓对于世间的真正的同情，实是由这冷酷中生出的东西。

自己省察是文艺创作之始，也是文艺创作之终。有志于文艺创作者，应该先下自己省察的功夫！

第十七章　创作家与革命

近年以来，革命成了一种全世界的口头的熟语，于是有所谓革命文艺发生,就中无产阶级文艺,尤在引起世间的注意。兹试一考察文艺创作与革命的关系。

先请听培耐德的话:

现今全世界滨于危殆,非施一种急救,灾祸将立至了;如此的妄想,世间人都抱着。这在社会革命家是当然要抱的妄想,从艺术家的常识说,却是非竭力反对不可的见解。不消说,这世界是非常坏的世界,但也是非常好的世界。艺术家在任务上虽不能不与理想的世界(What ought to be)有关与,但注重却应在现实的世界(What is)。一切的必要改革如果一旦成就,我们的完全的世界定会像冰石似地完全冷却。所以,在这冷却期未到以前,艺术家当在互相反目战争着的几多见解中,保持自己的平衡。把 What is 来描写,来享乐。……如果漫然受了性急的改革家的诱惑,脱出艺术家的正路,那末他的艺术也就将丧失了吧。

培耐德这话,从纯粹的艺术态度立论,原是值得倾听的。但在主张把艺术作革命的工具的论者,特别在那主张艺术的阶级性的无产文艺的论者,恐会不承认吧。

美国马克斯主义文艺作家奥卜顿·辛克拉(Upton Sinclair)曾指摘现代文艺上的六种虚伪。一艺术至上主义。(艺术至上主义所存在之处,文艺与社会都颓废着)二贵族主义。(文艺在本质上是大众的)三传统主义。(艺术不是历史的徒弟)四趣味主义(Dilettantism)的邪恶。(现实回避,就是退化的明证)五文艺的非道德性。(一切艺术都有道德性)六不认文艺为社会的,道德的,经济的宣传的虚伪。(一切艺术都是宣传)他认所谓革命的文艺者,就是和这六种虚伪相反的文艺。

这样,纯艺术论者与革命的艺术论者,其主张的相反,很是明显,我们在这二相反的道路上,走那一条好呢?

聪明的读者,读了我前面各项的论议,想已可窥测我个人对于这问题的大略的态度了吧。为使他更明白起见,再在这里叙述一下。

我以为:凡是伟大的文艺作家,应该都是一种的革命者。所谓革命,种类很多,但其本质只是因袭的打破,价值的重估。文艺作家是有锐利的敏感的,故常例对于某一世象能在举世未觉醒其矛盾以前,感到了来描写。历来改造要求的第一声,往往从文艺作家笔上传出,他们对于时代,有着惊人的嗅觉,他们是时代的先驱者。新克拉的所谓一切文艺都是宣传,在这意味上是不错的话。

但革命是多方面的事,文艺作家对于革命,也是有其领域。他们的任务,在乎肉薄时代的空气,他们所追求的不是学问,不是历史,乃是时代的气分。自然,作家之中,也尽有做实际上的革命行动的,如屠介涅夫有一时代,(一八六〇年)曾在英国的《警钟》报上执过鼓吹革命的笔。但在他的小说中,我们只能见到时代的不安,(据克鲁泡特金的批评:他的小说,合起来不啻俄国的文明史。)却未曾见到他的政治意见。他当作小说家,是一味描写时代,忠实地只尽了文艺家的任务的。

以上是但就一般的革命与文艺的关系说的。如果把革命局限在经济上说,那末所谓革命文艺者,就是无产阶级(Proletarian)文艺了。

由马克斯的经济史观看来,文化毕竟是经济生活的上层构造,从前的文化,只是资产阶级(Burgher)的文化,一旦社会革命,普洛列太里亚抬起头来,特别有普洛列太里亚文化出现。一切宗教政治道德艺术等等都要顿呈改观,而文艺亦不得不改其面目。从前的文艺,是鲍尔乔文艺,今后所要求的,是普洛列太里亚的文艺。所谓普洛列太里亚文艺者,简单地说,就是表现劳动阶级的心理与意识的文艺。

现代的文化是鲍尔乔的文化,鲍尔乔文化的快要没落,是不可掩的事实。现代文艺是鲍尔乔文化的产物,当然不合于将来,起而代之的不消说是普洛列太里亚文艺了。

普洛列太里亚的文艺在今日,已成了世界的问题了。苏俄本土不必说,在我国文坛上已成了论战的题目。有的主张如此,有的主张如彼,详细情形,让读者自己去就了新闻杂志书册去看。我也不想加入论战中去,在这里只表明我自己的意见而已。

据我的见解,真正的普洛列太里亚文艺,在近的将来是不能出现的。在已有无产阶级作家的苏俄本土及别国不知道,至少在我国是一时不能出现的。我国(也许不但我国)现代的作家,不论其目前资产之有无,在其教养上、经济上、趣味上、甚而至于生活上,都是鲍尔乔。他们的文艺作品,大众的普洛列太里亚能到手入目与否且不管,其内容无论怎样地富于革命性,决不能成为真正的普洛列太里亚的生命上的滋养料。即使能设身处地,替普洛列太里亚说话,但究非真由内部渗出的东西,只仍是鲍尔乔所见到的一种世相而已。

文艺是体验的产物,真的普洛列太里亚文艺,当然有待于普洛列太里亚自己。普洛列太里亚的文化总有一天会出现的,普洛列太里亚文艺的成立,也可豫想。至于在过渡期中,所能看到的,尚只是其萌芽或混血儿。

第十八章　结　言

纸数将完,不能不就此把话结束了。

本稿在初写时,原不想什么系统,只预备写到那里就是那里,略供给读者诸君以文艺上的知识吧了。写成以后,如果要说系统,觉得也似乎有系统可说。最初几节是关于文艺的本质的,中间几节关于鉴赏,末后几节关于创作。但却不敢像模像样地把全稿分为甚么本质论,鉴赏论,创作论。

本稿与其说是著的,实是编的。各种意见,大部分采自别人的著作,不完全是我自己的主张。我写本稿时所用的参考书重要的如下。

《文学与生活》——有岛武郎

《文学论》——夏目漱石

《苦闷的象征》——厨川白村(鲁迅译)

《新文艺讲话》——木村毅

《文学入门》——Rafcadio Hearn

《文学趣味》——Arnold Bennett

《俄国文学的理论与实际》——克鲁泡特金

文艺在普通人只是鉴赏的对象。读者诸君要享受文艺的恩惠,唯一的途径,就是直接去翻读文艺作品。空疏的文艺论,只是说食数宝,除了当作鉴赏上的一种锁匙以外，是全无用处的。我希望读者诸君以我这小稿作了锁匙，自己去叩文艺的门。

（《文艺论 ABC》，世界书局，1928 年）

1929

《给青年的十二封信》序^❶

　　这十二封信是朱孟实先生从海外寄来分期在我们同人杂志《一般》上登载过的。《一般》的目的,原思以一般人为对象,从实际生活出发了来介绍些学术思想。数年以来,同人都曾依了这目标分头努力。可是如今看来,最好的收获第一要算这十二封信。

　　这十二封信以中学程度的青年为对象。并未曾指定某一受信人的姓名,只要是中学程度的青年,就谁都是受信人,谁都应该一读这十二封信。这十二封信,实是作者远从海外送给国内青年的很好的礼物。作者曾在国内担任中等教师有年,他那笃热的情感,温文的态度,丰富的学殖,无一不使和他接近的青年感服。他的赴欧洲,目的也就是在谋中等教育的改进。作者实是一个终身愿与青年为友的志士。信中首称"朋友",末署"你的朋友光潜",在深知作者的性行的我看来,这称呼是笼有真实的情感的,决不只是通常的习用套语。

　　各信以青年们所正在关心或应该关心的事项为话题,作者虽随了各话题抒述其意见,统观全体,却似乎也有个一贯的出发点可寻。就是劝青年眼光要深沉,要从根本上做功夫,要顾到自己,勿随了世俗图近利。作者用了这态度谈读书,谈作文,谈社会运动,谈爱恋,谈升学选科等等。无论在哪一封信上,字里行间,都可看出这忠告来。就中如在《谈在露浮尔宫所得的一个感想》一信里,作者且郑重地自把这态度特别标出了说:"假如我的十二封信对于现代青年能发生毫末的影响,我尤其虔心默祝

---

❶　此文为夏丏尊为朱光潜著《给青年的十二封信》写的序,题目为编者所加。

这封信所宣传的超'效率'的估定价值的标准能印入个个读者的心孔里去；因为我所知道的学生们，学者们和革命家们都太贪容易，太浮浅粗疏，太不能深入，太不能耐苦，太类似美国旅行家看孟洛里莎了。"

"超效率！"这话在急于近利的世人看来，也许要惊为太高踏的论调了。但一味亟于效率，结果就会流于浅薄粗疏，无可救药。中国人在全世界是被推为最重实用的民族的，凡事向都怀一个极近视的目标：娶妻是为了生子，养儿是为了防老，行善是为了福报，读书是为了做官，不称入基督教的为基督教信者而称为"吃基督教"的，不称投身国事的军士为军人而称他为"吃粮"的，流弊所至，在中国，甚么都只是吃饭的工具，甚么都实用，因之，就甚么都浅薄。试就学校教育的现状看罢：坏的呢，教师目的但在地位薪水，学生目的但在文凭资格；较好的呢，教师想把学生嵌入某种豫定的铸型去，学生想怎样揣摩世尚毕业后去问世谋事。在真正的教育面前，总之都免不掉浅薄粗疏。效率原是要顾的，但只顾效力，究竟是蠢事。青年为国家社会的生力军，如果不从根本上培养能力，凡事近视，贪浮浅的近利，一味袭踏时下陋习，结果纵不至于"一蟹不如一蟹"，亦止是一蟹仍如一蟹而已。国家社会还有甚么希望可说。

"太贪容易，太浮浅粗疏，太不能深入，太不能耐苦"，作者对于现代青年的毛病，曾这样慨乎言之。征之现状，不禁同感。作者去国已好几年了，依据消息，尚能分明地记得起青年的病象，则青年的受病之重，也就可知。

这十二封信啊，愿你对于现在的青年，有些力量！

夏丏尊　十八年元旦书于白马湖平屋

（《给青年的十二封信》，开明书店，1929 年）

《劫后》校毕后记[1]

不见耕莘已十年了。在这十年中他曾来过几次缠绵悱恻的信,因为觉得太缠绵悱恻了,弄得我不好意思写回信,音问遂以渐疏。今日读他的文字,那十年前在杭州泫然和我作别的光景,乃历历由我心中浮出。

耕莘是个多情多感的人。一件任何的小事,都足使其神经受刺激。这小小的一本《劫后》,就是他多年来小学教师生活的心的实录。短小精悍,有的像随笔,有的像警句,而全体却充溢着哀怨感伤的诗趣。

哀怨感伤,原不是可乐观的现象,而现在的时代,却甚么都不免使人哀怨感伤。对于已在哀怨感伤里的人们,唯一的慰藉,不是异极的欢悦兴奋而是同极的哀怨感伤。《劫后》在这一点上,必能获得许多人的共鸣的,我相信。

十八年七月　丏尊书于沪上

（《劫后》,开明书店,1929 年）

---

[1] 此文为夏丏尊为钱耕莘著《劫后》写的校毕后记,题目为编者所加。

关于《倪焕之》

圣陶以从《教育杂志》上拆订的《倪焕之》见示，叫我为之校读并写些甚么在上面。

圣陶的小说，我所读过的原不甚多，但至少三分之一是过目了的。记得大部分是短篇，题材最多的是关于儿童及家庭的琐事。这次却居然以如此的广大的事象为题材写如此的长篇了。在作者的文艺生活上，《倪焕之》实是划一时代的东西。

题材的琐屑与广大，在纯粹的艺术的见地看来，原是不成问题的事，艺术的生命不在题材的大小上而在表现的确度上。文艺彻头彻尾是表现的事，最要紧的是时代与空气的表现。经过五四、五卅一直到这次的革命，这十数年是中国历史上空前的大时代，我们游泳于这大时代的空气之中，甜酸苦辣，虽因人因时不同，而且也许和实际的甜酸苦辣的味觉一样是说不明白的东西，一种特别的情味，是受到了的，谁也无法避免这命定地时代空气的口味。照理在文艺作品上随处都能尝得出这情味来，文艺作品至少也要如此才觉得亲切有味。可是合乎这资格的文艺创作却不多见。所见到的只是千篇一律的恋爱谈，或宣传品式的纯概念的革命论而已。在这样的国内文艺界里，突然见了全力描写时代的《倪焕之》，真足使人眼光为之一新。故《倪焕之》不但在作者的文艺生活上是划一时代的东西，在国内的文坛上也可说是可以划一时代的东西。

《倪焕之》中所描写的，是五四前后到最近革命十余年间中流社会知识阶级思想行动变迁的径路，其中重要的有革命的倪焕之、王乐山，有土豪劣绅的蒋士镳，有不管闲事的金树伯，有怯弱的空想家蒋冰如，女性则有小姐太太式的金佩璋与崭新的密司殷。作者叫这许多人来在舞台上扮演十余年来的世态人情，复于其旁放射各时期特有的彩光，于其背后悬上各时期特有的背景，于是十余年来中国的教育界的状况，乡村都会的情形，家庭的风波，革命前后的动摇，遂如实在纸上现出，一切都逼真，一切都活跃有生气。使我们读了但觉得其中的人物，都是旧识者或竟是自己，其中的行动言语，都是曾闻到见到过的或竟是自己的行动言语。

评价一篇小说，不该因了题材来定区别。因《倪焕之》中写着教育的事，说它是教育小说，原不妥当，因《倪焕之》中写着革命的事，就说它是革命小说，也同样地不妥当。至于因主人公倪焕之的革命见解不澈底，就说这小说无价值，更不妥当。作家所描写的是事实，责任但在表现的确否。事实如此，有甚么话可说呢？作者似深知道了这些，在《倪焕之》中，通常的所谓事实的有价值与无价值，不曾歧视，至少在笔端是不分高下的。试看，他描写乡村间的灯会的情况，用力不亚于描写南京路上的惨案，和革命当时的盛况。《倪焕之》虽取着革命的题材，而不流于浅薄的宣传的作物者，其故在此。

只要与作者相识的，谁都知道他是一个中心热烈而表面冷静默然寡言笑的人吧。中心热烈，表面冷静，这貌似矛盾的二性格是文艺创作上重要素地，因为要热烈才会有创作的动因，要冷静才能看得清一切。《倪焕之》的成功，大半是作者这性格使然，就是这性格的流露，"文如其人"，这句旧话原是对的。

关于《倪焕之》，茅盾君曾写过长篇的评论，我的话也原可就此告结束了。不过，作者曾要求我指出作中的疵病，而且要求得很诚切，我为作者的虚心所动，于第一次阅读时，在文字上也曾不客气地贡献过一二小意见，作者皆欣然承诺，在改排时修改过了。此外，茅盾君所指摘的各节也是我所同感的。这回就重排的清样重读，觉得尚有可商量的地方，率性提了出来，供作者和读者的参考。

如前所说，文艺彻头彻尾是表现的事。所谓表现者，意思就是要具体地描写，一切抽象的叙述和疏说，是不但无益于表现而反足使表现的全体受害的。作者在作品中，随处有可令人佩服的描写，很收着表现的效果。随举数例来看：

> 焕之抢着铺叠被褥。被褥新浆洗，带着太阳光的甘味，嗅到时立刻想起为这些事辛劳的母亲，当晚一定要写封信给她。（第三七页）

> 在初明的昏黄的电灯光下，他们两个各自把着一个酒壶，谈了一阵，便端起酒杯呷一口。话题当然脱不了近局；攻战的情势，民众的向背，在叙述中间夹杂着议论地谈说着。随后焕之讲到了在这地方努力的人，感情渐趋兴奋；虽然声音并不高，却个个字挟着活跃的力，像平静的小溪涧中，喷溢着一股滚烫的沸泉。（第二二七页）

前者写游子初到任地的光景，后者写革命军快到时党人与其旧友在酒楼上谈话的情形，都很具体地有生气。诸如此类的例，一拾即是。读者可以随处自己发现这类有效果的描写。无论在作者的作品之中，无论在当代文坛上作品之中，《倪焕之》恐怕要推为描写力最旺盛的一篇了吧。

但如果许我吹毛求疵的话，则有数处却仍流于空泛的疏说的。例如：第二六七页中，写倪焕之感到幻灭了每日跑酒肆的时候：

> 这就皈依到酒的座下来。酒，欢快的人因了它更增欢快，寻常的人因了它得到消遣；而烦闷的人也可以因了它接近安慰与奋兴的道路。

这种文字，我以为是等于蛇足的东西，不十分会有表现的效果的。最甚的是第二十章。这章述五四后思想界的大势，几乎全体是抽象的疏说，觉得于全体甚不调和。不知作者以为何如？

我的指摘，只是我个人的僻见，即使作者和读者都承认，也只是表现的技巧上的小问题。至于《倪焕之》，是决不会因此减损其价值的。《倪焕之》实不愧茅盾君所称的"扛鼎"的工作。

十八年八月丏尊书于沪寓

（《倪焕之》，开明书店，1929年）

1930

谈 吃

《中学生》杂志的编辑者要我写些关于新年的文字。说到新年，不凑巧，今年恰好还在废历未废，国历未国的交界头上，我们虽以为已到了新年了，恐怕有许多人还在骑驴寻驴，在新年等着新年哩。

闲话休题，总之现在已是新年，我们应该遵奉部令，实行国历。

那么就是新年。在这新年，我对读者诸君说甚么呢？照理，应该和诸君说说前途，谈谈希望，却是空空洞洞地无从说起，而且似乎也无话可说。道德咧，革命咧，诸君在公民科中，在每次的纪念周中，想已听得耳朵要起茧了，何劳我再来哓舌。还是谈谈普通的新年的行事吧。

说起新年的行事，第一件在我脑中浮起的是吃。回忆幼时一到冬季，就日日盼望过年，等到过年将届，就乐不可支。因为过年的时候，有种种乐趣，第一是吃的东西多。

诸君都是青年，不消说和我幼时一样，欢迎过年快到的，对于吃东西有兴趣的。现在就以吃为题和诸君谈谈吧。（也许诸君之中，有的家庭还是旧式，不过国历的年，诸君现在还没有好东西吃。其实这也不妨，反正废历的新年也不远了。）

中国人是全世界善吃的民族。

普通人家，客人一到，男主人即上街办吃场，女主人即入厨罗酒浆，客人则坐在客堂里口磕瓜子，耳听碗盏刀俎的声响，等候吃饭。吃完了饭，大事已毕，客人拔起步来说"叨扰"，主人说"没有甚么好待你"，有的还要苦留："吃了点心去"，"吃了夜饭去"。

遇到婚丧，庆吊只是虚文，果腹倒是实在。排场大的大吃七日五日，小的大吃三日一日。早饭、午饭、点心、夜饭、夜点心,吃了一顿又一顿,吃得来不亦乐乎,真是酒可为池,肉可成林。

过年了,轮流吃年饭,送食物。新年了,彼此拜来拜去,讲吃局。端午要吃,中秋要吃,生日要吃,朋友相会要吃,相别要吃。只要取得出名词,就非吃不可,而且一吃就了事,此外不必别有甚么。

小孩子于三顿饭以外,每日好几次地向母亲讨铜板,买食吃。普通学生最大的消费,不是学费,不是书籍费,乃是吃的用途。成人对于父母的孝敬,重要的就是奉甘旨。中馈自古占着女子教育上的主要部分。"食不厌精,脍不厌细","沽酒,市脯","割不正",圣人不吃。梨子蒸得味道不好,贤人就可以出妻。家里的老婆如果弄得出好菜,就可以骄人。古来许多名士至于费尽苦心,别出心裁,考案出好几部特别的食谱来。

不但活着要吃,死了仍要吃。他民族的鬼,只要香花就满足了,而中国的鬼,仍依旧非吃不可。死后的饭碗,也和活时的同样重要,或者还更重要。普通人为了死后的所谓"血食",不辞广蓄姬妾,豫置良田,道学家为了死后的冷猪肉,不辞假仁假义,拘束一世。朱竹垞宁不吃冷猪肉,不肯从其诗集中删去《风怀二百韵》的艳诗,至今犹传为难得的美谈,足见冷猪肉牺牲不掉的人之多了。

不但人要吃,鬼要吃,神也要吃,甚至连没嘴巴的山川也要吃。天地也要吃。有的但吃猪头,有的要吃全猪,有的是专吃羊的,有的是专吃牛的,各有各的胃口,各有各的嗜好,古典中大都详有规定,一查就可知道。较之于他民族的对神只作礼拜,他民族的神,远是唯心,中国的神,远是唯物,似乎都是主张马克思学说的。

梅村的诗道"十家三酒店",街市里最多的是食物铺。俗语说,"开门七件事",家庭中最麻烦的不是教育或是甚么,乃是料理食物。学校里最难处置的不是程度如何提高,教授如何改进,乃是饭厅风潮。

俗语说得好,只有"两脚的爷娘不吃,四脚的眠床不吃"。中国人吃的范围之广,真可使他国人为之吃惊。中国人于世界普通的食物之外,还吃着他国人所不吃的珍馐:吃西瓜的实,吃鲨鱼的鳍,吃燕子的窠,吃狗,吃乌龟,吃蛇,吃狸猫,吃癞虾蟆,吃癞头龟鼋,吃小老鼠。有的或竟至吃到小孩的胞衣以及直接从人身上取得的东西。如果能够，怕要像吴牛一样，连天上的月亮也要挖下来尝尝哩。

至于吃的方法，更是五花八门，有烤，有炖，有蒸，有卤，有炸，有熏，有烩，有醉，有炙，有溜，有炒，有拌，真真一言难尽。古来尽有许多做菜的名厨司，其名字都和名卿相一样煊赫地留在青史上。不，他们之中有的并升到高位，老老实实就是名卿相。如果中国有一件事可以向世界自豪的，那末这并不是历史之久，土地之大，人口之众，军队之多，战争之频繁，乃是善吃的一事。中国的肴菜，已征服了全世界了。有人说，中国人有三把刀为世界所不及，第一把就是厨刀。

不见到喜庆人家挂着的福禄寿三星图吗？福禄寿是中国民族生活上的理想。画上的排列是禄居中央，右是福，寿居左。禄也者，拆穿了说，就是吃的东西。老子也曾说过："虚其心实其腹"，"圣人为腹不为目"。吃最要紧，其他可以不问。"嫖赌吃着"之中，普通人皆认吃最实惠。所谓"着威风，吃受用，赌对冲，嫖全空"，甚么都假，只有吃在肚里是真的。

吃的重要，更可于国人所用的言语上证之。在中国，吃字的意义特别复杂，甚么都会带了"吃"字来说。被人欺负曰"吃亏"，打巴掌曰"吃耳光"，希求非分曰"想吃天鹅肉"，诉讼曰"吃官司"，中枪弹曰"吃卫生丸"，此外还有甚么"吃生活""吃排头"等等。相见的寒暄，他民族说"早安""午安""晚安"，而中国人则说"吃了早饭没有？""吃了中饭没有？""吃了夜饭没有？"对于职业，普通也用吃字来表示，营甚么职业就叫做吃甚么饭。"吃赌饭"，"吃堂子饭"，"吃洋行饭"，"吃教书饭"，诸如此类，不必说了。甚至对于应以信仰为本的宗教者，应以保卫国家为职志的军士，也都加吃字于上。在中国，教徒不称信者，叫做"吃天主教的"，"吃耶稣教的"，从军的不称军人，叫做"吃粮的"，最近还增加了甚么"吃党饭""吃三民主义"的许多新名词。

衣食住行为生活四要素，人类原不能不吃。但吃字的意义如此复杂，吃的要求如此露骨，吃的方法如此麻烦，吃的范围如此广泛，好像除了吃以外就无别事也者，求之于全世界，这怕只有中国民族如此的了。

在中国,衣不妨污浊,居室不妨简陋,道路不妨泥泞,而独在吃上,却分毫不能马虎。衣食住行的四事之中,食的程度,远高于其余一切,很不调和。中国民族的文化,可以说是口的文化。

佛家说六道轮回,把众生分为天、人、修罗、畜生、地狱、饿鬼六道。如果我们相信这话,那末中国民族是否都从饿鬼道投胎而来?殊是一个疑问。

诸君,你吃得起这嫌疑吗?吃得落解释这疑问吗?

(原载《中学生》创刊号,1930 年 1 月,署名:默之)

列宁与未来主义

　　新近在日人昇曙梦译的莱裘耐甫的《马克斯主义批评》中，见载有列宁关于绘画的轶话数则。列宁对于艺术的态度，就此可以窥见一斑。

　　列宁主张艺术应为大众劳动者而有，非为大众所理解爱悦，在大众中生根不可。仅供少数人理解爱悦的艺术，殊不重要。他一方面主张艺术应普遍化，一方面主张提高大众的文化在水平线。他说："要使艺术与民众接近，我们非先把一般的教育的文化水平线提高不可。"

　　在绘画中，列宁对于未来主义颇抱反感，倾向着写实主义：

　　有一次，列宁到国立高等艺术学院去，与青年共作画谈。在那学院里的青年，都是属于所谓前卫的分子，心目中都已不容认比构成派更右倾的东西了的。其中有一个写实主义的画家，全体很鄙视他，诮他为"漆工"。不料这"漆工"的作品，却很为列宁所赞奖。

　　"如果是这个，我是看得懂的。我看得懂你们也看得懂，劳动者以及其他一切的人们也都看得懂。但是，请你们告诉我，诸君的新派画里面，究竟写着些什么？我在那里连人物脸上的眼睛鼻子都辨别不出来。"

　　当决定在列宁坪及莫斯科设纪念碑时，列宁很不放心地说："不要卢那迦尔斯奇在想弄出甚么未来主义的草人儿来咧。"

　　许多雕刻家在亚廖新指导之下，计划好了马克斯纪念像的设计，对于斯项计划大体，列宁赞成，但叮嘱说道："要关照美术家们，至少脸孔要像，至少要具有马克斯的好肖像的印象。否则就会不像马克斯的。"

　　列宁对于艺术上的新的诸潮流，颇具消极的态度。他说："我不认表现主义及其他各新主义的作品是艺术天才的高贵的显现。我不瞭解它们，我不能由它们体验到任何的悦乐。"又说："我们太把绘画破坏了。美的的东西，虽古也应保存，应以此为模范，由此出发。我们为了甚么只因了'古'的理由，把真正美的东西背弃拒绝，不藉以谋将来的发展呢？我们为了甚么只因了'新'的理由，把新的东西当作神明来崇敬，在其前下跪呢？愚蠢，真是愚蠢！"

列宁的耽读普希金的著作，是大家知道的。他虽爱好艺术，而对于艺术未曾著书，只在偶然的谈话里涉及而已。上面所列各节，据莱裘耐甫说，都是从克拉拉·赭笃金的《回想记》、卢那迦尔斯奇的《回想记》里得来的。二人都是列宁的亲信同志，卢那迦尔斯奇任苏俄文艺教化重职，艺术上的见解，并不全与列宁同调：可是他的艺术才识列宁很加信赖，曾有"艺术上的事，请问卢那迦尔斯奇去"的话。

卢那迦尔斯奇也有过评列宁的艺术见解的话："列宁的趣味是非常限定的，他爱俄国的古典作家，在文学，演剧绘画上爱写实主义。"

关于此，列宁自己也曾自嘲地对克拉拉·赭笃金说："哪，亲爱的克拉拉啊，有甚么法子呢？我们俩都是旧人了啰……我们已不能追及新艺术，在后方跛着脚走吧。"

（原载《中学生》第 6 号，1930 年 7 月，署名：默之）

《李息翁临古法书》跋[1]

右为弘一和尚出家前摹古习作。和尚,当湖人,俗姓李,名与字皆屡更;其最为世所知者,名曰息,字曰叔同。才华盖代:文学、演剧、音乐、书、画,靡不精,而书名尤藉甚。胎息六朝,别具一格;虽片纸,人亦视如环宝。居常鸡鸣而起,执笔临池,碑版过眼,便能神似,所窥涉者甚广;尤致力于《天发神谶》,《张猛龙》及魏齐诸造像,摹写皆不下百余通焉。与余交久,乐为余作书;以余之酷嗜其书也。比入山,尽以习作付余。伊人远矣!十余年来,什袭珍玩,遐想旧游,辄为怅惘。近以因缘,复得亲近;偶出旧藏,共话前尘;乃以选印公世为请,且求亲为题序。每体少者一纸,多者数纸,所收盖不及千之一也。

十八年岁莫丐尊记于沪上

(《李息翁临古法书》,开明书店,1930年)

---

[1] 题目为编者所加。

1931

作了父亲

《妇女杂志》的记者想约几个朋友来写些做了父亲以后的话,又因为我在朋友中年龄较大,被认为老牌的父亲,要求得格外恳切,以为一定非写不可。

真的,我是个老牌的父亲。说也惭愧,我今年四十五岁,已有孙儿,不但做了父亲,且已做了父亲的父亲了。

我因家庭间种种关系,十七岁就结婚。第一次做父亲,是在二十岁那年。做父亲如此之早,在现在看来,自己也似乎觉得很可怪,但在二十五年以前,却是极普通的事。我一共有过五个儿女,现存者四个,最大的二十五岁,最小的十二岁。

人常把小孩比诸天使,我却一般地不喜欢小孩,自己也不知道这是甚么缘故。我不曾逗弄过小孩,非不得已,也不愿抱小孩。当妻偶然另有事须做,把怀中的小孩"哪,叫爸爸抱"地送过来时,我总是摇头绉眉,表示不高兴。至于携了会走的儿女去买物看戏或探问亲友等类的事,差不多一次都不曾有过。妻常怨我冷淡,叫我"外国人"。(因为我曾留学日本,早就没有了辫子。)那末,说我不爱儿女吗?那也却不然。这话可由反面来自己证明,当我的第三个小孩于五岁夭死的那一年,我曾长期地沈陷于颓丧的心情中,觉得如失了宝贝一样。即至今偶然念及,也仍不免要难过许多时候。

我对于儿女,一直取着听其自然的主义。"听其自然",原不好算甚么主义,只是迫于事实不得不然的一种敷衍办法。在妻初怀着长男的妊的当时,对于未生下的儿女的教养,曾也在少年幼稚的心胸中像煞有介事地作过许多一知半解的计划:哺乳该怎样?玩具该怎样?复习要怎样监督？职业要怎样指导？婚姻要怎样顾问？可是一经做了父亲以后，甚么都不曾办到。那情形差不多等于为政者的说谎。为政者在未爬上政治的座位以前，必有一番可以令人动听的政治理想或政纲之类的，及权位到手，自食其言的不消说了，即真想实行其对民众所作的约束，也常会感到事实上的困难不得已而变节的。我于做父亲以后，就感到一种幻灭。第一是因为自己须出外糊口，不能与儿女们常在一处，第二是没有财力与闲暇去对付他们。结果，儿女虽逐渐加多加长，理想却无从实现。横竖弄不好，于是只好听其自然。觉得还是听其自然，比较地可以减少些责任。校课成绩，听其自然，职业，听其自然，婚姻，也听其自然。

当我的长男在商店学满生意，自己看中了一个姑娘，亲戚某君拍着胸脯替他去做媒说合的时候，我曾郑重声明不管一切。长男的岳家不相信，以为这只是说说罢咧，那里会有父亲不管儿子娶亲的道理？后来见我真真不管，于是"外国人"的名声乃愈传愈远。在他们结婚的那天，我送了一百元的贺礼去，吃过一餐喜酒就回来了。（五十元或百元的礼，我每年总要送一二次。我于近二十年来，不送一元二元的礼，在一方面呢，遇到亲友家里有婚丧大事，而境况窘苦的时候，就设法筹一笔大钱送去作礼。省去了零星的应酬，把财力集中于一处，我觉得是一件很合算的事。）至今儿媳们只从他们的小家庭里象亲戚似地来往着，因之普通家庭间常见的姑媳间的纠纷，在我家却未曾经验过。

我与长男，彼此经济已独立多年了。他虽已另立门户，作着一家之主，可是能力很薄弱，而且数年前曾有一时颇荒唐。我对他虽很不放心，但也只好听其自然。我觉得父兄对于子弟须负全责的话，只是旧时代的一种理想。在旧日职业世袭，而且以农业为中心的社会里，父兄与子弟自朝到晚都在一处，做父兄的对于子弟的行为，当然便于监督指导，可以负责的。至于在现今，尤其是我们这一类的人，这话就无从说起了。我在上海作教书匠，我的儿子在汉口作商业伙计，他如果不知自爱，在那里赌钱或嫖妓，我有甚么方法知道，用甚么方法干涉他呢？结果只好听其自然了。

长男以下，还有一男二女。有的尚未成年，有的已成年了尚未结婚，当然只好留在家里养活他们,或送到学校里去。我虽衷心地默祷,希望他们将来都成一个"人",但在像我这样的父亲与现今的时代之下,究竟前途怎样,也只好听其自然,看他们自己的努力与运命如何了。

我的做父亲的情形,不过如此。我敢自己公言:我虽二十五年来腼然地做着父亲,而自问却未曾真正地做过一日的父亲!

(原载《妇女杂志》第 17 卷 1 号,1931 年 1 月)

中国文学论集[1]

铃木虎雄著　神州国光社出版

中国文艺界是十二分的贫弱,专论中国文学的有系统的书籍真是寥寥无几,然而关于这等论著,大都出于日本研究汉学专家的手笔,尤其以科学的方法来作考据的一类,如铃木虎雄的《支那文学研究》,《支那诗论史》,以及盐谷温《支那文艺概论讲话》(这书都已由孙俍工先生译出。前两者仅从原书中译出第一,第二两篇,改题为《中国古代文艺论史》)等。其它关于此项中国文学研究的论文,大都是罕见的重要作品,当然还有许多。而且这些论著,很可以使我们得到研究中国文学的参助,虽然是属于古代的,但是我们要精湛的研究一种文学,最先一定要明白文艺思潮的发展,那时代的文学,即有那时代的民族性与社会环境等等形态渗注在内。文学本来就与社会发生联系,如果不探讨文化的过程是怎样,那么研究文学是异常的空虚;所以我们要晓得,研究古代文学并不能认为是开倒车,而且是研究文学必经的一种过程,中国一般学者,关于这方面来研究的当然也有,但所采取的方法不善很易使它流到复古运动的一面;有的探讨的结果终不能有一种新的发现贡献出来,在这种情形之下,铃木虎雄著的《中国文学论集》一书,却很值得我们的重视了。

全书计有重要的论文五篇:(一)《论骚赋底生成》,(二)《对于五言诗发生时期的疑问》,(三)《绝句溯源》,(四)《词源》,(五)《关于词格底长短句发展底原因》。"所谓骚赋,是指战国末屈原,宋玉等所作的韵文的,是

---

❶　此文为夏丏尊为铃木虎雄著《中国文学论集》所写的介绍与评论。

和后来汉代枚乘,司马相如等所作的辞赋相对待的名辞。"第一章论"骚赋为工诵之遗风",是解说歌咏和朗读——赋诵,诵箴谏的实例,诗之诵,工诵及工诵以外之诵,最后释明诵与赋底关系,尤为详尽。第二章骚赋形式论,是作进一步的探求,如"骚赋为工诵之遗风"底事实与推论,骚以前近骚的句法,骚与赋——骚体中底类别,理论的地推定的句形,骚特有的句法底生成的径路,以及骚与巫底关系等,每节所述,都具有独到的见解,对于原底《九歌》底形式已近于《离骚》来推论,实为确鉴。第三章论赋底生成,详论荀子底赋及其它韵文,屈原底《卜居》,《渔父》与赋体,给赋以影响的傍系文学,楚之修辞家,屈原宋玉等底问对等,均作精密的推论和解释。第四章余言,是作楚骚汉赋底比较,本论底系统的图示,和骚赋底文学上的位置。尤其是最后两节,给我们一种系统的概念,可以明白本论底旨趣,和那文辞诸体底变迁及展开的关系,骚赋对于它前代后代的文学所占的位置,作者采用这种归纳的方法来研究,委实值得我们推许的。

　　"对于五言诗发生时期的疑问",是将中国底五言诗加以系统的叙述,即以作者研究的心得依照顺序的说明,并列举其理由约分为三:第一,当作最早的五言诗底发生的本原不确凿;第二,五言诗发达底径路不明;第三,当作最早的五言诗,及其他关于五言诗的记载,不见于史传。关于这一文,我们很有一读之必要,因为他将中国古代的《国风》,有详细的考述,同时,都是属于新的见解;其次,将这"疑问底"推广研究,以求其正确的真理。所以,在最末"概括"的一节里,是这样的明白的写着:"总之,完备的五言诗,说在前汉初期已存在,这可疑处甚多。我以为:五言诗,在后汉章和之际成立,入后便渐兴盛,这不是事实吗?"

　　作者这样的述法,是具有精密的论断,全书征引前人之说很多,作比较的研究,这亦为各论中所具的特点。"绝句溯源",是述唐代许多杰出的诗人,他们有这样的声誉,当然经历了种种的过程,在此,作者是探出它底源流。"词源",是述"词"起于何时,将词底性质决定了之后加以说明,合于后世所谓词底形式的,这不能不说中唐以来才有。作者根据此点来研求,当然是可以得到精密而正确的结论的。"关于词格底长短句发达底原因"一文,与"词源"是有相当的关联,我们如果把它合并在一起读,更可明白唐代的文学是怎样的一个梗概。

这五篇关于中国文学的重要论著,研究文学的人看了之后,至少可以得到相当有关文学史方面的新见地,而且在国内像这样的以科学方法来考据的论文却不多见。译者汪馥泉先生的文笔又极流畅,很少使我们发现生硬之处,当然,原文所有的优点,都仍保全在这译文里了。

(原载《当代文艺》第 1 卷第 3 期,1931 年 3 月,署名:默之)

欧洲最近文艺思潮❶

瞿然译　现代书局印行

　　欧洲的文艺思潮,无论研究那一国文学史的人,都应该作一种系统的深切的探讨。关于此项专著,在日本是极形盛兴,这《欧洲最近文艺思潮》一书,就是值得我们加以注意的。在此,是可以使我们窥得欧洲文艺的近况,以及最近文艺的底流的思潮和前代的文艺思潮的关系。

　　这里所谓欧洲最近文艺思潮,当然是指自从十九世纪至二十世纪现代的几个流在文艺底里的一贯的思潮。这时的文艺思潮的产物,大都可以说是"近代精神"的发露。但是,我们只晓得这个近代艺术的特色,不能明白这特色究竟从什么地方涌出来的,这是毫无意义的。作者在这里,是把最近文艺思潮的源泉最简要地告诉我们了。为了要使读者易于明白起见,作者是以寓言来表现文艺复兴的意义和精神,真的,"简直要胜过千言万语的说明"。不独使我们明白浪漫主义的要素,所有的文艺思潮的源流;无论是古典主义,写实主义(自然主义),理想主义,都能溯探其源泉叙述文艺复兴期里使我们体味到了。作者说:"这是川河的大发源地,也是川河的大会凑地。所以我们若充分研究了这文艺复兴的精神和意义,自能连同明白现代的文艺思潮。"这话是具有充分的学理的。倘若分别地来研究,是没有那样的余裕,好在概括地说明了欧洲最近的文艺思潮,也毋须那样地加以努力,作者注意到这一点,他只按着顺序,去叙明思潮变迁之迹,关于文艺复兴期,当然是有详细的叙述,因为它,

---

❶　此文为夏丏尊为瞿然译《欧洲最近文艺思潮》一书所写的介绍与评论。

"虽不能说是近代文艺的第一幕;至少也能说是它的序曲"。

其次,是告诉了我们什么是希腊思潮,什么是希伯来思潮。在这里,可以看见它们底民族的文明底思想,和在文艺复兴期以前的消长和盛衰。这,在文艺思潮上都是极形重要的部分。所谓中世的黑暗时代,这二大思想是有了激烈的争斗;因为这是有趣的事实,所以近代作家,很多把这个当作题材而写了小说和戏剧。关于这类的作品,作者都有详尽的列举,使我们在这等作品里也可以窥得文艺思潮的梗概。

在使我们明白了文艺复兴的根本的意义。作者反是案次的解说各种主义的要素,及其盛衰的因果。所以这书虽然比较着重的是现代,尤其是欧洲大战前后的文艺思潮,但是我们读了,即文艺思潮的涌出和现代的消长,都能有以明瞭其大略的情况。

关于文艺思潮一类的书,当然是有的,但把现代的文艺思潮和旧文思潮对照观察的,却要首推这部欧洲最近文艺思潮一书了。作者的目的是在于欧洲文艺的主要思潮作最简明且要约的叙述,实际,这也可以说是一部极好的欧洲文艺思想史的入门书。

译者的文笔是异常的流畅,很能传达原来的笔意,而且本书全篇都为美文,和讲义一类文字完全不同,这一点,也是本书伟大之处。

(原载《现代文学评论》第 1 卷第 1 期,1931 年 4 月,署名:默之)

我的中学生时代

中学校时代，在年龄上是指十三四岁到十八九岁的一段的。我今年四十六岁，我的中学校时代已是三十年以前的事了。那时正是由科举过渡到学校的当儿，学校未兴，私塾是唯一的学校。我自幼也从塾师读经书，学八股，考秀才，后来且考举人。及科举全废的前两三年，然后改进学校，可是却未曾在甚么学校里毕过业，未曾得过卒业文凭。

我上代是经商的，父亲却是个秀才。在十岁以前，祖父的事业未倒，家境很不坏，兄弟五人中据说我在八字上可以读书，于是祖父与父亲都期望我将来中举人点翰林，光大门楣，不豫备叫我去学生意。在我家坐馆的先生也另眼相看，我所读的功课是和我的兄弟们不同的。他们读毕《四书》，就读些《幼学琼林》和尺牍书类，而我却非读《左传》《诗经》《礼记》等等不可。他们不必做八股文，而我却非做八股文不可。因为我是要豫备将来做读书人的。

十六岁那年我考得了秀才，以后不久，八股即废，改"以策论取士"。八股在戊戌政变时曾废过，不数月即恢复，至是时乃真废了。这改革使全国的读书人大起恐慌，当时的读书人大都是一味靠八股吃饭的，他们平日朝夕所读的是八股，案头所列的是闱墨或试帖诗，经史向不研究，"时务"更所茫然。我虽八股的积习未深，不曾感到很大的不平，但要从师，也无师可从，只是把《大题文府》等类搁起，换些《东莱博议》《读通鉴论》《古文观止》之类的东西来读，把白折纸废去，临摹碑帖，再把当时唯一的算术书《笔算数学》买来自修而已。

那时我家里的境况已大不如从前了。最初是祖父的事业失败，不久祖父即去世。父亲是少爷出身,舒服惯了的。兄弟们为家境所迫,都托亲友介绍,提早作商店学徒去了。五间三进的宽大而贫乏的家里,除了母亲和一个嫂子,就剩了父子两个老小秀才。父亲的书箱里,八股文以外,有一部《史记》,一部《前后汉书》,一部《韩昌黎集》,一部《唐诗三百首》,一部《通鉴纲目》,一部《文选》,一部《聊斋志异》,一部《红楼梦》,一部《西厢记》,一部《经策通纂》,一部《皇清经解》,还有几种唐人的碑帖,与《桐荫论画》等论书画的东西。父子把这些书作长日的消遣,父亲爱写字,种花,整洁居室,室里干净清静得如庵院一般。这样地过了约莫一年。

亲戚中从上海回来的,都来劝读外国书(即现在的所谓进学校)。当时内地无学校,要读外国书只有到上海。据说:上海最有名的是梵王渡(即现在的圣约翰大学),如果在那里毕业,包定有饭吃。父母也觉得科举快将全废,长此下去究不是事,于是就叫我到上海去读外国书。当时读外国书的地方也并不多。外国人立的只有梵王渡、震旦与中西书院,中国人立的只有南洋公学。我是去读外国书的,当然要进外国人的学校。震旦是读法文的,梵王渡据说程度较高,要读过几年英文才能进去,中西书院(即现在东吴大学的前身)入学比较容易些,我于是就进中西书院。

那时生活程度还甚低,可是学费却已并不便宜,中西书院每半年记得要缴费四十八元。家中境况已甚拮据,我的第一次半年的学费,还是母亲把首饰变卖了给我的。我与便友同伴到了上海,由大哥送我入中西书院。那时我年十七。

中西书院分为六年(?)毕业,初等科三年,高等科三年,此外还有特科若干年。我当然进初等科。那时功课不限定年级,是依学生的程度定的。英文是甲班的,算学如果有些根柢就可入乙班,国文好的可以入丙班。我英文初读,入甲班,最初读的是《华英初阶》,算学乙班,读《笔算数学》,国文,甲班。其余各科也参差不齐,记不清楚了。各种学科中,最被人看不起的是国文,上课与否可以随便,最注重的是英文。时间表很简单,每日上午全读英文,下午第一时板定是算学,其余各科则配搭在数学以后。监院(即校长)是美国人潘慎文,教习有史拜言、谢鸿赉等。同学一百多人,大多数是包车接送的富者之子,间有贫寒子弟,则系基督教徒,受有教会补助,读书不用化钱的。我的同学中,很有许多现今知名之士。记得名律师丁榕,经济大家马寅初,都是我的先辈的同学。

中西书院门禁森严,除通学生外,非得保证人来信不能出大门一步,并且星期日不能告假(因了要做礼拜),情形几等于现在的旧式女学校。告假限在星期六下午。我的保证人是我的大哥,他在商店做事,每月只来带我出去一次,有时他自己有事,也就不来领我。我在那里几乎等于笼鸟。尤其是礼拜日逃不掉做礼拜觉得很苦。

礼拜真真多极。每日上课前要做礼拜,星期三晚上要做礼拜,星期日早晨做礼拜,晚上又要做礼拜。每次礼拜有舍监来各房间查察,非去不可。每日早晨的礼拜约须三十分钟,其余的都要费一小时以上。唱赞美歌,祷告,讲经,厌倦非凡。这种麻烦,如果叫现今每周只做一次纪念周犹嫌费事的学生诸君去尝,不知能否忍耐呢。

读了一学期,学费无法继续,于是只好仍旧在家里,用《华英进阶》、《华英字典》(这是中国第一部英文字典,商务出版)、《代数备旨》等书自修。另外再作些策论《四书》义,请邑中的老先生评阅。秋间再去考乡试。举人当然无望,却从临时书肆(当时平日书店很少,一至考试时,试院附近临时书店如林)买了严译《原富》《天演论》等书回来,莫名其妙地翻阅。又因排满之呼声已起,我也向朋友那里借了《新民丛报》等来看,由是对于明末清初的故事与文章很有兴味,《明季稗史》,《明夷待访录》,《吴梅村集》,《虞初新志》等书都是我所耽读的。

十八岁那年,因了一位朋友的劝告,同到绍兴府学堂(即现在浙江第五中学的前身)入学。在那一二年中,内地学堂已成立了不少。当时办学概依奏定学堂章程,学制很划一。县有县学堂,性质为现在的高小程度,府学堂则相当于现在的中学,省学堂相当于大学豫科,京师大学堂即现在的所谓大学了。学堂的成立,并无一定顺序,我们绍属,是先有中学,后有小学的。府学堂学费不收,宿费更不须出,饭费只每月二元光景,并且学校由书院改设,书院制尚未全除,月考成绩若优,还有一元乃至几毛钱的"膏火"可得(膏火是书院时代的奖金名称,意思是灯油费)。读书不但可以不化钱,而且弄得好还有零用可获得的。

府学堂的科目记得为伦理,经学,国文,英文,史学,舆地,算学,格致(即现在的理化博物),体操,测绘(用器画与地图),功课亦依程度编级,一如中西书院的办法。我因英文已有每日三点钟半年及在家自修的成绩,居然大出风头,被排在程度顶高的一级里,算学与国文的班次也不低。同学之中年龄老大的很多,班级皆低于我,我于是颇受师友的青眼。

国文是一位王先生教的,选读《皇朝经世文编》,作文题是"范文正公为秀才时便以天下为己任""士先器识而后文艺"之类。经学是徐先生(即刺恩铭的徐烈士)担任的,他叫我们读《公羊传》,上课时大发挥其微言大义。测绘也由这位徐先生担任。体操教师是一位日本人。他不会讲中国话,口令是用日本语的,故于最初就由他教我们几句体操用的日本语,如"立正","向前"之类。伦理教师最奇特,他姓朱,是绍兴有名的理学家,有长长的须髯,走路踱方步,写字仿朱子。他教我们学"洒扫应对","居敬存诚",还教我们舞佾,拿了鸡尾似的劳什子作种种把戏。据他的主张,上课时书应端执在右手,不应挟在腋下,上班退班,都须依照长幼之序"鱼贯而行",不应作鸟兽散,见先生须作揖,表示敬意。我们虽不以为然,却不去加以攻击,只依老古董相待罢了。

当时青年界激昂慷慨,充满着蓬勃的朝气,似乎都对于中国怀着相当的期待,不像现在的消沉幻灭。庚子事件经过不久,又当日俄战争,风云恶劣,大家都把一切罪恶归诸满人,以为只要把满人推倒,国事就有希望了。《新民丛报》,《浙江潮》等杂志大受青年界的欢迎,报纸上的社论也大被注意阅读。那时恋爱尚未成为青年间的问题,出路的关心也不如现在的急切(因为读书人本来不大讲究出路),三四朋友聚谈,动辄就把话题移到革命上去,而所谓革命者,内容就只是排满,并没有现在的复杂。见了留学生从日本回来,没有辫子,恨不得也去留学,可以把辫子剪去(当时普通人是不许剪辫子的)。见了花翎颜色顶子的官吏,就暗中憎恶,以为这是奴隶的装束。卢梭,罗兰夫人,马志尼等都因了《新民丛报》的介绍,在我们的心胸里成了令人神往的理想人物。罗兰夫人的"自由,自由！天下几多罪恶假汝之名以行！"已成了摇笔即来的文章的套语了。

我在这样的空气中过了半年中学生活，第二学期又辍学了。这次的辍学，并非由于拿不出学费，乃是为了要代替父亲坐馆。父亲在一年来已在家授徒了，一则因邻近有许多小孩要请人教书，二则父亲嫌家里房屋太大，住了太寂寞，于是在家里设起书塾来。来读的是几个族里与邻家的小孩。中途忽然有一位朋友要找父亲去替他帮忙，为了友谊与家计，都非去不可。书馆是不能中途解散的，家里又无男子，很不放心，于是就叫我辍学代庖。功课当然是我所教得来的。学生不多，时间很有余暇，于是一壁教书，一壁仍行自修。家里人颇思叫我永继父职，就长此教书下去，本乡小学校新立，也邀我去充教习，但我总觉得于心不甘。

恰好有一个亲戚的长辈从日本留学法政回来，说日本如何如何地好，求学如何如何地便利。我对于日本留学梦想已久了，听了他的话，心乃愈动。父母并不大反对，只是经费无着。乃遍访亲友借贷，很费力地集了五百元，冒险赴日。

当时赴日留学，几成为一种风气，东京有一个宏文学院，就是专为中国留学生办的，普通科二年毕业，除教日语外，兼教中学课程。凡想进专门以上的学校的，大概都在那里豫备。我因学费不足两年的用度，乃于最初数月请一日本人专教日文，中途插入宏文学院普通科去。总算我的自修有效，英算各科居然尚能衔接赶上。在那里将毕业的前二三月，东京高等工业学校招考了，我不待毕业就去跨考，结果幸而被录。当时规定，入了官立专门学校，就有官费的。而浙江因人多不能照办，我入高工后快将一年，犹领不到官费，家中为我已负债不少，结果乃又不得不中途辍学回国，谋职糊口。我的中学时代就此结束了。那时我年二十一岁。

总计我的中学时代，经过许多的周折，东补西凑，断续不成片段。我为了修得区区的中学课程，曾经过不少的磨难，空费过长期的光阴。这种困苦的经验，当时不但我个人有过，实可谓是一般的情形。现在的中学生，在这点上真足羡艳，真是幸福。

（原载《中学生》第 16 号，1931 年 6 月，署名：丏尊）

《鸟与文学》序[1]

壁上挂一把拉皮黄调的胡琴与悬一张破旧的无弦古琴，主人的胸中的情调是大不相同的。一盆芬芳的蔷薇与一枝枯瘦的梅花，在普通文人的心目中，也会有雅俗之分。这事实可用民族对于事物的文学历史的多寡而说明。琴在中国已有很浓厚的文学背景，普通人见了琴就会引起种种联想，胡琴虽时下流行，但在近人的咏物诗以外却举不出文学上的故事或传说来，所以不能为联想的原素。蔷薇在西洋原是有长久的文学的背景的，在中国，究不能与梅花并列。如果把梅花放在西洋的文人面前，其感兴也当然不及蔷薇的吧。

文学不能无所缘，文学所缘的东西，在自然现象中要算草虫鸟为最普通。孔子举读诗的益处，其一种就是说"多识乎鸟兽草木之名"。试翻《毛诗》来看，第一首《关雎》，是以鸟为缘的，第二首《葛覃》，是以草木为缘的。民族各以其常见的事物为对象，发为歌咏或编成传说，经过多人的歌咏及普遍的传说以后，那事物就在民族的血脉中，遗下某种情调，呈出一种特有的观感。这些情调与观感，足以长久地作为酵素，来温暖润泽民族的心情。日本人对于樱的情调，中国人对于鹤的趣味，都是他民族所不能翻译共喻的。

事物的文学背境愈丰富，愈足以温暖润泽人的心情，反之，如果对于某事物毫不知道其往昔的文献或典故，就会兴味索然。故对于某事物关联地来灌输些文学上的文献或典故，使对于某事物得扩张其趣味，也是

---

[1] 此文为夏丏尊为贾祖璋著《鸟与文学》撰写的序言，题目为编者所加。

青年教育上一件要务。祖璋的《鸟与文学》,在这意义上,不失为有价值的书。

小泉八云(Lafcadio Hearn)曾著了一部有名的《虫的文学》,把日本的虫的故事与诗歌和西洋的关于虫的文献比较研究过。我在往时读了很感兴趣。现在读祖璋此书,有许多地方,令我记起读《虫的文学》的印象来。

一九三一年一月丐尊题记

(《鸟与文学》,开明书店,1931 年)

1932

中国著作者为日军进攻上海
屠杀民众宣言

全国被压迫的民众！

在东北民众哀号惨叫于日帝国主义者四五月的疯狂屠杀中,日本的军队又用枪炮炸弹轰击上海了,自一月廿八日以来,凶残的日本军队日夜向上海猛烈轰击,繁华的街市、人民的房屋、文化的建设,都已变成了一片焦土,而每日几百几千的同胞之血肉,也在日帝国主义炮火之下横飞,几千万的失业劳动者被掷出于街头,无家可归的难民扶老携幼地流离道上,在寒风与饥饿中作垂死的呻吟,中国经济文化之中心的上海,已经变成了血肉模糊的地狱！

全国被压迫的民众！

在日本帝国主义者疯狂屠杀之日,各国帝国主义者一则纵日本军队依据公共租界作战,二则假意"调停",使日军有调兵遣将,大肆屠杀的机会,最后甚至于提出"中立区"的计划,实行瓜分中国、共管中国的阴谋。国际帝国主义者之狰狞与伪善已经完全表现出来,他们正张大其血吻,准备吞噬被剥削的中国大众的骨肉！英美法意各国的军舰云集沪上,正准备宰割中国的斗争,第二次世界大战的危机,时时刻刻有爆发之可能,而全国民众的生命财产,皆将葬送于这大屠杀之中！这个时候,无耻的中国当局依然始终贯澈其亡国灭种的无抵抗政策,始而承认日本的无理条件,继而坐视十九路军士兵的孤军抗战！

全国被压迫的民众！

十九路军的士兵,已经开始英勇壮烈的抗日防御战了！全国民众都纷纷起来组织义勇军,武装抗日了!这抗日的革命浪潮,这全民族的愤怒与热血,使帝国主义者及无抵抗主义当局恐怖,于是帝国主义者处处妨碍十九路军的抗战,而政府当局未闻有一兵一钱的接济,同时,租界当局封闭反日团体,而上海市政府居然解散义勇军了!

全国被压迫民众!

现在是我们生死存亡的关头,是我们血肉抗争的时候!在争民族自由独立的战争,与亡国灭种的惨祸之间,已没有我们徘徊的余地!我们要誓死继续这抗日战争,扩大这次抗日的战争,我们誓死反对惨无人道的日帝国主义之屠杀,反对背叛民族利益的无抵抗的当局,反对一切帝国主义宰割中国的阴谋,反对变相共管的中立区计划,反对中外统治者压迫民众运动!反对一切妥协无抵抗政策!反对有名无实的抵抗!

全国被压迫的民众!

我们相信,只有积极抗日到底,才能在这次血战中,争取中国民族自由独立的光荣!要达到这目的,必须全国民众以壮烈的决心,实行总罢工、总罢课,全国的农工商学兵一致联合,组织起来,武装起来,扩大义勇军的组织,扑灭屠杀我们的日帝国主义者,我们并且主张,全国民众应该组织民众抗日代表会议,动员全国民众,指挥全国民众,与日帝国主义者作一决死的战争!

全国被压迫的民众,全国的工人、农民、商民、士兵、学生、教员,以及一切著作者们!现在是生死存亡的最后时机了!是我们要自己救自己,以我所有的力与血,与日帝国主义抗争的时候了!

在枪声炮火之中,在血花飞溅之中,我沉痛地呼号:

反对日本帝国主义进攻上海屠杀中国民众!

反对设立中立区的阴谋!

援助抗日的革命士兵!

积极抗日到底!

反对一切帝国主义宰割中国!

全国民众武装起来一致抗日!

反对一切对日妥协及无抵抗政策!

反对奸商操纵金融高抬物价！
扩大民众运动组织民众抗日代表会议！
联合世界被压迫民众！

（以姓氏简繁为序）

丁　玲	戈公振	巴　金	王礼锡	王亚南	王达夫	王伯达
王伯平	方光焘	方天白	白　薇	石　凡	田　汉	匡互生
任启珊	任白涛	汪馥泉	汪洪法	沈嗣庄	沈起予	杜畏之
杜冰坡	李　季	李白英	李　达	李麦麦	李苏民	李剑华
李石岑	何　畏	何丹仁	吴西岑	吴树仁	林伯修	孟　超
金奎光	周予同	周谷城	周为群	周白英	周起应	胡愈之
胡秋原	胡仲持	胡　楣	胡月祺	施复亮	郁达夫	祝秀侠
俞颂华	俞毅夫	洪灵菲	柳野青	孙师毅	孙福熙	孙君立
袁　殊	袁文炳	倪文宙	徐　翔	徐　雌	马哲民	夏丏尊
章锡琛	屠金正	庄　稼	郭一岑	郭大力	郭超凡	郭　真
高希圣	高　衡	高语罕	陶希圣	许德珩	陈望道	陈子展
陈　穆	陈雪夫	陈代青	陈邦国	梅龚彬	张佩箴	陆晶清
张天翼	张栗原	张伯箴	张鸣霄	张耀华	华　汉	彭桂秋
彭桂生	傅　立	区克宣	黄菩生	杨邨人	杨　骚	叶绍钧
叶华蒂	叶秀夫	管梅瑢	楼建南	蓬　子	赵　济	赵景深
赵宋庆	邓初民	郑伯奇	蔡慕晖	刘侃元	刘薰宇	刘泽民
刘镜园	乐嗣炳	樊仲云	蒋径三	潘光旦	潘震亚	钱杏邨
钱啸秋	穆木天	戴平万	钟复光	韩　炜	薛铁珊	谢冰莹
丰子恺	严灵峰	顾凤城				

（原载《读书杂志》第 2 卷第 4 期,1932 年 4 月）

1933

希望永远是梦境[1]

我常做关于中国的梦,我所做的都是恶梦,惊醒时总要遍身出冷汗。梦不止一次,姑且把它拉杂写记如下,但愿这景象不至实现,永远是梦境。

我梦见中国遍地都开着美丽的罂粟花,随处可闻到芬芳的阿芙蓉气味。

我梦见中国捐税名目烦多,连撒屁都有捐。

我梦见中国四万万人都叉麻雀,最旺盛的时候,有麻雀一万万桌。

我梦见中国要人都生病。

我梦见中国人用的都是外国货,本国工厂烟筒里不放烟。

我梦见中国市场上流通的只是些卷得很好看的纸。

我梦见中国日日有内战。

我梦见中国监狱里充满了犯人。

我梦见中国到处都是匪。

（原载《东方杂志》第 30 卷第 1 号,1933 年 1 月）

---

[1] 此文为夏丏尊为《东方杂志》"新年的梦想"专栏而作,题目为编者所加。

蔡元培等电京营救丁潘

　　著作家丁玲女士及潘梓年，近因当局认为有某种嫌疑，于上星期为本市公安局拘捕，本埠文艺界，因丁潘两人，著述宏富，素有青年所崇拜，特于昨日联名电京为之缓颊，兹觅得电文照录如次。

南京国民政府行政院汪院长司法行政部罗部长钧鉴：

　　比闻著作家丁玲潘梓年，突被上海市公安局逮捕，虽真相未明，然丁潘两人，在著作界素著声望，于我国文化事业，不无微劳。元培等谊切同文，敢为呼吁，尚恳揆法衡情，量予释放，或移交法院，从宽办理，亦国家怀远右文之德也。

　　蔡元培、杨铨、陈彬和、胡愈之、洪深、邹韬奋、林语堂、叶圣陶、郁达夫、陈望道、柳亚子、俞颂华、黄幼雄、傅东华、樊仲云、夏丏尊、黎烈文、江公怀、李公朴、胡秋原、沈从文、王鲁彦、赵家璧、蔡慕晖、彭芳草、马国亮、梁得所、叶灵凤、徐翔穆、杨邨人、沈起予、戴望舒、邵洵美、钱君匋、穆时英、顾均正、杜衡、施蛰存等同叩。

（原载《申报》1933 年 5 月 24 日）

命相家

　　我因事至南京，住在××饭店。二楼楼梯旁某号房间里，寓着一位命相家。房门是照例关着的，这位命相家叫甚么名字，房门上挂着的那块玻璃框子的招牌上写着甚么，我虽在出去回来的时侯，必须经过那门前，却毫未曾加以注意。

　　有一天旁晚，我从外边回来，刚走完楼梯，见有一个着洋服的青年方从命相家房中走出，房门半开，命相家立在门内点头相送叫"再会"。

　　那声音很耳熟，急把脚立住了看那命相家，不料就是十年前的同事刘子岐。

　　"呀！子岐！"我不禁叫了出来。

　　"呀！久违了。你也住在这里吗？"他吃了一惊，把门开大了让我进去。我重新去看门上的招牌，见上面写着"青田刘知机星命谈相"等等的文字。

　　"哦！刘子岐一变而为刘知机。十年不见，不料得了道了，究竟是甚么一会事？"我急问。

　　"说来话长。要吃饭，没有法子。你仍在写东西吗？ 教师是也好久不做了吧。真难得，会在这里碰到。不瞒你说，我吃这碗饭已有七八年了，自从那年和你一同离开××中学以后，就飘泊了好几处地方，这里一学期，那里一学期，不得安定。也曾挂了斜皮带革过命，可是终于生活不过去。你知道，我原是一只三脚猫，以后就以卖卜混饭了。最初在上海挂牌，住了四五年，前年才到南京来。"

　　"在上海住过四五年？ 为甚么我一向不曾碰到你，上海的朋友之中，也没有人谈及呢?"我问。

"我改了名字,大家当然无从知道了。朋友们又是一向都不信命相的,我吃了这口江湖饭,也无颜去找他们,如果今天你不碰巧看到我,你会知道刘知机就是我吗?"

我有许多事情想问,不知从何说起。忽然门开了,进来的是二位顾客。一个是戴呢帽穿长袍的,一个是着中山装的,年纪都未满三十岁。刘子岐——刘知机丢开了我,满面春风地立起身来迎上前去,俨然是十足的江湖派。我不便再坐,就把房间号数告诉了他,约他畅谈。回到了自己的房间里。

十年前的中学教师,居然会卖卜?顾客居然不少,而且大都是青年知识阶级中人?感慨与疑问乱云似地在我胸中纷纷叠起。等了许久,刘知机老是不来,叫茶房去问,回说房中尚有好几个顾客,空了就来。

"对不起!一直到此刻才空。"刘知机来已是黄昏时候了。"难得碰面,大家出去叙叙。"

在秦淮河畔某酒家中觅了一个僻静的座位。大家把酒畅谈。

"生意似很不错呢。"我打动他说。

"呃,这几天是特别的。第一种原因,听说有几个部长要更动了,部长一更动,人员也当然有变动。你看,××饭店不是客人很挤吗?第二种原因,暑假快到了,各大学的毕业生都要谋出路,所以我们的生意特别好。"

"命相当真可凭吗?"

"当然不能说一定可凭。不过在现今样的社会上,命相之说,尚不能说全不足信。你想,一个机关中,当科长的,能力是否一定胜过科员?当次长的,能力是否一定不如部长?举一例说,我们从前的朋友之中,李××已成了主席了。王××学力人品,平心而论,远过于他,革命的功绩,也不比他差,可是至今还不过一个××部的秘书。还有,一班毕业生数十人之中,有的成绩并不出色,倒有出路,有的成绩很好,却无人过问。这种情形除了命相以外,该用甚么方法去说明呢?有人说,现今吃饭全靠八行书。这在我们命相学上就叫'遇贵人'。又有人挖苦现在贵人们的亲亲相阿,说是生殖器的联系。这简直是穷通由于先天,证明'命'的的确确是有的了。"刘知机玩世不恭地说。

"这样说来,你们的职业实实在在有着社会的基础的。哈哈。"

"到了总理的考试制度真正实行了以后,命相也许不能再成为职业,至于现在是,有需要,有供给,仍是堂堂皇皇的吃饭职业。命相家的身分决不比教师低下,我豫备把这碗江湖饭吃下去哩。"

"你的营业项目有几种?"

"命,相,风水,合婚择日,甚么都干。风水与合婚择日,近来已不行了。风水的目的是想使福泽及于子孙。现今一般人的心理,顾自身,顾目前,都来不及,那有余闲顾到几十年几百年后的事呢?至于合婚择日,生意也清。摩登青年男女间盛行恋爱同居,婚也不必'合',日也无须'择'了。只有命相两项,现在仍有生意。因为大家都在急迫地要求出路,寻机会,出路与机会的条件,不一定是资格与能力,实际全靠碰运气。任凭大家口口声声喊'打破迷信',到了无聊之极的时侯,也会瞒了人花几块钱来请教我们。在上海,顾客大半是商人,他们所问的是财气。在南京,顾客大半是'同志'与学校毕业生,他们所问的是官运。老实说,都无非为了要吃饭。唯其大家要想吃饭,我们也就有饭可吃了。哈哈……"刘知机滔滔地说,酒已半醺了,自负之外又带感慨。

"你对于这些可怜的顾客,怎样对付他们?有甚么有益的指导呢?"

"还不是靠些江湖上的老调来敷衍!我只是依照古书,书上怎么说,就怎么说。准不准连我自己也不知道。好在顾客也并不打紧,他们的到我这里来,等于出钱去买香槟票,着了原高兴,不着也不至于跳河上吊的。我对他说'就快交运','向西北方走','将来官至部长',是给他一种希望。人没有希望,活着很是苦痛,现社会到处使人绝望,要找希望,恐怕只有到我们这里来,花一二块钱来买一个希望,虽然不一定准确可靠,究竟比没有希望好。在这一点上,我们命相家敢自任为救苦救难的希望之神。至少在像现在的中国社会可以这样说。"话愈说愈痛切,神情也愈激昂了。

他的话既诙谐又刺激,我听了只是和他相对苦笑,对了这别有怀抱的伤心人,不知再提出甚么话题好? 彼此都已有八九分醉意了。

（原载《文学》创刊号,1933 年 7 月,署名:丏尊）

文学的力量

鄙人今天应上海市教育局的邀约，来讲"文学的力量"这一个题目。文学的有力量是事实。我们中国在几千年前，就知道拿文学来做移风易俗，改革社会的工具，这用现在的用语来说，就是所谓文艺政策，足见文学的力量，自古就已经大家承认的了。到了现在，因了印刷与交通的进步，识字者的增多，文学的力量愈益加增。我们可以说，文学的力量是非常之大的，只要看"黑奴吁天录"一书，使黑奴得到解放；青年人读"少年维特的烦恼"有因而致自杀者，便可以明瞭。所以文学之有力量，已是明白的事实，无须辞费。今天所要讲的是以下三点：第一，文学的力量从何而来；第二，文学力量的特点；第三，文学对于读者发生力量，需要什么条件。

一、文学的力量从何而来

我以为要讲文学的力量发生，应先讲文学的本身，文学的作品如诗歌小说之类，和"等因奉此"的公文，"天地元黄、宇宙洪荒"的千字文性质不同。文学的特性，第一是"具象"，我们平常说话，不一定是文学的，但如果用文学的方法来说，便成为文学的了。譬如，我们说"日子过得很快"，这句话语不足称为文学，如果我们要使它文学化，第一就应当使其能够使人感觉到，即是使其具象化，于是我们便说"流光容易把人抛，红了樱桃，绿了芭蕉"。这样便成为文学的说法了。为什么？因为后边的一句是具象化的，"抛"，"红""绿""樱桃""芭蕉"都是可用感觉机关来捉摸的事象,比"日子过得很快"的说法有声有色得许多。再好像我们听见人家说某某地方打仗,死了许多人,这句话当然使我们感动,但若是我们果然亲身到了那个地方,眼睛看见累累的尸身,狰狞可怖,那我们所得的印象,一定又要来得更深的了,可见愈具象的事情,愈能使人感动,文学的力量也是同样发生的。通常说,中国人胆子小,爱面子,爱虚荣,因为有了这些劣根性于是中国人到处吃亏。但是只讲我们中国人有这些不良的品性,我们听了感动甚少,经鲁迅氏在阿Q正传中,假了名叫阿Q的一个人,加以一番具体的描写,便深刻多了。(阿Q正传,已成为世界的名著,有好几国的译本)

文学的力量是从"具象"来的,不具象就没有力量。文学的特性,第二是情绪的。这情绪也是使文学有力的一个条件。大凡告诉人家一件事情使他去做,有好几种的方法,或是用知识,或是诉之于情感。知识能够使人知道"如此这般",但是很不容易使人实行,如果用情感就不同了。我们用情感去使人做一件事,若是能使对方动情的时候,自然便去做了。所谓"情不自禁"者,就是指这现象的话。文学的作品并不告诉人家如何如何,只是把客观的事实具象的写下来,使人自己对之发生一种情绪,收得其预期的效果。

以上是讲文学本身发生力量的缘由。次之,文学的力量,还可从文学作者发生。文学作者的敏感,也是使文学有力量的原因。所谓文学作者,便是那些感情和观察力比较常人来得敏捷的写作的人:普通人看不见的他们能够看见,普通人感觉不到的,他们感觉得到,普通人想不到的,他们也想得到。因为文学作者对于社会,对于事物的观感,比常人特别强,所以社会有变动时,先觉者往往是文学作者。世间事件所含奥秘,一般人往往不能见到,经文学作者提醒以后,方才注意及之。譬如,讲到妇女解放问题,最初发动的便是文学作者易卜生,他的名剧"娜拉"便是妇女解放的先声。美洲的黑奴解放,普通人都归功于"黑奴吁天录"一书。因为人生很微细的地方,文学作者都能看得到,因而把他的敏感观察得到的东西发为创作,自然会使人佩服,让读者有力量了。

所以,文学的力量的来源,可以分做两部份,第一从文学本质而来的,(1)由于具象,(2)由于情绪;第二是从文学作者方面来的:便是由于作者的敏感。

二、文学力量的特点

文学的力量,是感染的力量不是教训。教训的力量是带有强迫性的,文学的力量是没有强迫性的,是自由的。近来常有一种作品,带着浓厚的教训性,露骨地显露着某种的教训。这些作品往往缺乏具象与真实的情绪,与其说是文学作品,不如说是口号的变装。口号是一种号令,具有强烈的强迫性,真正的文学的力量,性质,决非如此。文学并非全没教训,但是文学所含的教训,乃系诉之于情感,文学对于世界,显然是负有使命的。文学之收教训的结果,所赖的不是强制力,而是感染力。良师对于子弟,益友对于知己,当施行教训的时候,常极力避用教训的方式,而用感化的方法。结果,往往要得到更大的功效。文学的力量亦正如此。

三、文学对读者发生力量的条件

文学的力量是不普遍的。文学需要着读者,某作家做了一本小说,如果国内读的人,有了一万万,这一万万人也许都受了这本小说的感动了,但还有三万万人没读这本小说的,是无法直接感动的。并且,一种文学作品并非对于任何读者都能发生效力,文学作品要对于读者发生效力,其主要条件,是作者和读者之间的"共鸣"。作品对于读者有共鸣作用的便有力量,没有共鸣作用便无力量。这共鸣作用,因空间时间而不同,因人的思想环境有别而各异。譬如,讲失恋故事的作品,在我这个未曾尝过恋爱滋味的人读了,是不甚会发生共鸣的,西洋小说的里面讲基督教的部分,在不懂基督教的人看来是不会发生兴趣的。一个作品里所表现的东西,常有一段的与特殊的两种,大概描写一般的人性的东西,容易使多数人感动,对多数人发生有力量,至于叙写特殊的境遇的东西,如失恋的痛苦,孤儿之悲哀之类的东西,非孤儿和未曾尝过恋爱滋味的人看了要比较少。红楼梦是一部著名的小说,写林黛玉有许多动人的地方,但是这书在一百年前的闺秀眼中,和在现今的"摩登"小姐眼中,情形便不一样。她们的感受,一定不大相同。某种作品有某种读者,啼笑因缘的读者,和阿 Q 正传的读者根本上是不同的人。

把上面所说的话,归纳起来,就是:文学是有力量的。文学的力量由(1)具象(2)情绪(3)作者的敏感而来;文学的力量,其性质是感染的,不是强迫的;文学作品对于读者发生力量,要以共鸣作用为条件。

(原载《上海市教育局无线电播音演讲集》,1933 年 8 月)

中国著作家欢迎巴比塞代表团启事

　　自九一八事变以还，日本帝国主义掠夺我东北四省，侵凌内蒙华北，飞机大炮毒瓦斯时时在毁灭吾中国民族之生存。暴日既已在华取得优先地位，国际帝国主义瓜分中国战争之危机遂愈迫。世界反战会议此次特在上海召集，其意义即在于号召世界民众——尤其中国民众反对帝国主义大战及瓜分中国的战争；并同时派遣巴比塞代表团调查日本帝国主义暴行。同人等对此伟大的世界反战会议，对此主持正义的巴比塞代表团，极端表示拥护。当此反战会议即将于九月初开幕，各国代表团纷纷来沪之时，谨此表示欢迎。

鲁　迅	胡愈之	李石岑	陈望道	茅　盾	陈彬和	任白涛
田　汉	沈端先	华　汉	钱杏邨	洪　深	穆木天	郑伯奇
叶绍钧	傅东华	谢六逸	郁达夫	滕　固	赵景深	章乃器
孙怀仁	曹聚仁	彭家煌	徐调孚	袁牧之	马国良	华　蒂
孔若君	穆时英	胡秋原	叶灵凤	张梓生	邹韬奋	江公怀
黄幼雄	张明养	叶作舟	俞颂华	钱歌川	张梦麟	施蛰存
蓬　子	巴　金	杨幸之	杜　衡	林微音	章克标	索　非
夏丏尊	赵家璧	董每戡	孙师毅	明耀五	包可华	李剑华
吴觉先	森　堡	韩　起	林克多	笛　秋	铁　笙	李公朴
黎烈文	钱啸秋	罗又玄	章于天	潘惠田	何谷天	尹　庚
适　夷	达　伍	叶　紫	祝百英	艾思奇	蔡洛冈	许涤新
金泽人	李辉英	林伯修	沈志远	张天翼	胡　楣	张耀华
杨　骚	周起应	沈起予	李　兰	蔡慕辉	林穆光	谷　非

沙　汀　徐翔穆　崔万秋　何家槐　伍蠢甫　姚苏凤　白　微
祝秀侠　郑正秋　侯　枫　赵铭彝　夏芦江　余文炳　叶　荫

（原载《大美晚报》1933 年 8 月 16 日）

原始的媒妁

　　媒妁者叫做"月老"，这典故据说出于《续幽异录》所载唐韦因的故事。据那故事：月下老人执掌人间婚姻簿册，对于未来有夫妻缘分的男女，暗中给他们用红丝系在脚上。月下老人就是司男女婚姻的神。

　　古今笔记中常见有"跳月"的记载，说野蛮民族每年择期作"跳月"之会，聚未婚男女在月下跳舞，彼此相悦，即为配偶。陆次云有一篇《跳月》，记述苗人跳月的情形很详。

　　把上面两段话联结了看来，月亮与男女的结合，似乎很有关系。男女的结合发生于夜，婚姻的"婚"字原作"昏"，就是夜的意思。说虽如此，黑夜究有种种不便，在照明装置尚幼稚或竟缺如的原始社会，月亮就成了婚姻的媒介者。中国月下老人的传说，也许是唐以后就有的，无非是把月亮加以拟人化罢了。月下老人其实就是月亮的本身。

　　在已开化的我们现代，"跳月"的风习原已没有了，可是痕迹还存在。日本有所谓"盆踊"（bonadori）者，至今尚盛行于各地。"盆"即"于兰盆"之略语，为民间祭名之一。日期在旧历七月十五。日本每至七月十五，前后各地举行盆祭，男女饮酒跳舞为乐，较我国之兰盆会热狂得多，因此常发生攸关风化的事件。中国各乡间迎神赛会，日期亦常在月圆的望日，吾乡（浙东上虞）的会节，差不多都在旧历月半。如"正月半"，"三月半"，"六月半"，"八月半"，"九月半"，"十月半"之类。届时家家迎亲接眷，男女都盛装了空巷而往。观于从来有"好男不看灯，好女不看春"之诫，足以证明这是"跳月"的变形了。吾乡最盛的会是"三月半"，无妻的男子向有"看过三月半，心里宽一半"的谣谚。意思是说：会场上有女如云,不怕讨不着老婆。

　　月亮对于男女的关系,似并不偶然,莫泊三有一篇描写性欲的短篇,就叫《月光》。由此类推去看,古来名句"月上柳梢头,人约黄昏后"是具着有机的技巧的,那都会中作为男女情场的跳舞厅与影戏院中的电灯光,其朦胧宛如月夜,也是合乎性心理的了。

　　　　　　　　　　（原载《中学生》第 37 号,1933 年 9 月,署名:丏尊）

蟋蟀之话

　　"志士悲秋"，秋在四季中确是寂寥的季节，即非志士，也容易起感怀的。我们的祖先在原始时代曾与寒冷饥饿相战斗，秋就是寒冷饥饿的豫告。我们的悲秋，也许是这原始感情的遗传。入秋以后，自然界形貌的变化，反应在我们心里，引起这原始的感情来。

　　天空的颜色，云的形状，太阳及月亮的光，空气的触觉，树叶的色泽，虫的鸣声，凡此等等都是构成秋的情绪的重要成分。其中尤以虫声为最有力的因子，古人说"以虫鸣秋"，鸣虫实是秋季的报知者，秋情的挑拨者。

　　秋季的鸣虫，可分为螽斯与蟋蟀二类。这里想只说蟋蟀。说起蟋蟀，往往令人联想到寂寥与感伤。"今我不乐，蟋蟀在床"，三百首中已有这样的话。姜白石咏蟋蟀《齐天乐》云："庾郎先自吟愁赋，凄凄更闻私语。……哀音似诉。正思妇无眠，起寻机杼。曲曲屏山，夜凉独自甚情绪。……候馆迎秋，离宫吊月，别有伤心无数。……写入琴丝，一声声更苦。"凡是有关于蟋蟀的诗歌，差不多都是带着些悲感的。这理由是甚么？如果有人说，这是由自然的背景与诗歌上的传统口吻养成的观念情绪，也许是的。实则秋季鸣虫的音乐，在本质上尚有可以注意的地方。

　　蟋蟀的鸣声，本质上与鸟或蝉的鸣声，大异其趣。鸟或蝉的鸣声是肉声，而蟋蟀的鸣声是器乐。"丝不如竹，竹不如肉"，我国从来有这样的话，意思是说器乐不如肉声。其实就音乐上说，乐器比之我们人的声带，构造要复杂得多，声音的范围也广得多。声带的音色，决不及乐器的富于变化。乐器所能表出的情绪，远比声带复杂。箫笛的表哀怨，可以胜过人的悲吟,鼓和洋琴的表快悦,可以胜过人的欢呼。鸟的鸣声是和人的叫唱一样,同是由声带发出的。其鸣声虽较人的声音有变化,但既同出于肉质的声带,与人声究有共同之点。蝉虽是虫类,其鸣声由腹部之声带发出,也可以说是肉声。

蟋蟀等秋虫的鸣声比之鸟或蝉的鸣声,是技巧的,而且是器械的。它们的鸣声由翅的鼓动发生。把翅用显微镜检查时,可以看见特别的发音装置。前翅的里面有着很粗糙的镟状部,另一前翅之端又具有名叫"硬质部"的部分,两者磨擦就发声音。前翅间还有一处薄膜的部分,叫做"发音镜",这是造成特殊的音色的机关。秋虫因了这些各部分的质,构造,与发音镜的形状,各奏出其独特的音乐,其音乐较诸鸟类与别的虫类,有着如许的本质的差异。

螽斯与蟋蟀的发音样式,大同小异。螽斯左前翅在上,右前翅在下,蟋蟀反之,右前翅在上,左前翅在下。又,螽斯的镟状部在左翅,硬质部在右翅,而蟋蟀则两翅有着同样的构造。此外尚有不同的一点:螽斯之翅耸立作棱状,其发音装置的部分较狭,蟋蟀二翅平叠,因之其发音部分亦较为发达。在音色上,螽斯所发的音乐富于野趣,蟋蟀的音乐却是技巧的。

无论鸟类,螽斯或蟋蟀,能鸣只有雄,雌是不能鸣的。这全是性的现象,雄以鸣音诱雌。它们的鸣,和南欧人在恋人窗外所奏的夜曲(Serenade)同是哀切的恋歌。蟋蟀是有耳朵的,说也奇怪,蟋蟀的耳朵不在头部,倒在脚上。它们共有三对脚,在最前面的脚的胫节部,具着附有薄膜的细而长的小孔,这就是它们的耳朵,它们用了这"脚耳"来听对手的情话。

蟋蟀的恋歌,似乎很能发生效果。我们依了蟋蟀的鸣声,把石块或落叶拨去了看,常发见在那里的是雌雄一对。石块或落叶丛中是它们的生活的舞台,它们在这里恋爱,产卵,以至于死。

蟋蟀的生活状态,在其自然生活上观察颇难,饲养于小瓦器中,可观察到种种的事实。蟋蟀的恋爱生活和他动物及人类原无大异。可是有一极有兴趣的现象:它们是极端的女尊男卑的,雌对于雄的威势,比任何动物间都厉害。试把雌雄二蟋蟀放入小瓦器中，彼此先用了触角探知对方的存在以后，雄的即开始鸣叫。这时的鸣声，与在田野时的放声高吟不同，是如泣如诉的低音。与其说是在伺候雌的意旨，不如说是一种哀恳的表示。雄的追逐雌的，把尾部向雌的接近，雌的犹淡然不顾，于是雄的又反覆其哀诉，雌的如不称意，犹是淡然。雄的哀诉，直至雌的自愿接受为止。交尾时，雌的悠然爬伏于雄的背上，雄的自下面把交尾器中所挟着的精球，注入于雌的产卵管中。交尾的行为瞬时完毕。饲养在容器中的蟋蟀，交尾可自数次至十余次，在自然状态中，想必也是这样。这和蜜蜂或蚕等只交尾一次而雄的就死灭的情形不同了。说虽如此，雄蟋蟀在交尾终了后，不久也就要遇到悲哀的运命。就容器中饲养的蟋蟀看，结果是雌的捧了大肚皮残留着，雄的所存在者只翅或脚的碎片而已。这现象已超过女尊男卑，入了极端的变态性欲的范围了。雄的可说是被虐待狂的典型，雌的可说是虐待狂的典型了吧。

原来，在大自然看来，种的维持者是雌，雄的只是配角而已。有些动物的雄，虽逞着权利，但不过表面如此，论其究竟，负重大牺牲的仍是雄。极端的例，可求之于蜘蛛或螳螂。从大自然的经济说，微温的人情——虫情，原是不值一顾的，雄蟋蟀的悲哀的凤命和在情场中疲于奔命而死的男子相似。

蟋蟀产卵，或在土中，或在树干与草叶上。先入泥土少许于玻璃容器，把将产卵的雌蟋蟀储养其中，就能明瞭观察到种种状况。雌蟋蟀在产卵时，先用产卵管在土中试插，及找得了适当的场所，就深深地插入，同时腹部大起振动。产卵管是由四片细长的薄片合成的，卵泻出极速，状如连珠，卵尽才把产卵管拔出。一个雌蟋蟀可产卵至三百以上。雌蟋蟀于产卵后，亦即因饥寒而死灭，所留下的卵，至次年初夏孵化。

蟋蟀在生物学上，属于"不完全变态"的一类，由卵孵化出来的幼虫差不多和其父母同形，只不过翅与产卵管等附属物未完全而已。这情形和那蝶或蝇等须经过毛虫、蛆蛹、成虫的三度变态的完全两样。（像蝶或蝇等叫做"完全变态"的昆虫。）自幼虫变为成虫，其间须经过数次的脱皮，不脱皮不能生长。这脱皮的次数，也许因种类而有不同，学者之间，有说脱皮七次的,有说八次或九次的。每次脱皮以前,虽没有如蚕的休眠现象,可是一时却不吃东西,直至食道空空,身体微呈透明状态为止。脱皮时先从胸背起纵裂,连触角都脱去,剩下的是雪白的软虫,过了若干时,然后回复其本来特有的颜色。这样的脱皮经过相当次数,身体的各部逐渐完成。变为成虫以后,经过四五日即能鸣叫,其时期因温度地域种类个体而不同,大概在立秋前后。它们由此再像其先代的样子,歌唱,恋爱,产卵,度其一生。

蟋蟀能草食,也能肉食。普通饲养时饲以饭粒或菜片,但往往有自相残食的。把许多蟋蟀置入一容器中,不久就会因自相残食而大减其数。

雄蟋蟀富于斗争性,好事者常用以比赛或赌博。他们对于蟋蟀,鉴别甚精,购求不惜重价。因了品种,予以种种的名号。坊间至于有《蟋蟀谱》等类的书。我是此道的门外汉,无法写作这些斗士的列传。

(原载《中学生》第 38 号,1933 年 10 月,署名:默之)

光复杂忆

武汉起义以后,各省纷纷响应,大都"兵不血刃",就转了向了。我们浙江的改换五色旗,是十一月五日。那时我在杭州,事前曾有风声,说就要发动。四日夜里尚毫不觉得有甚么,次晨起来,知道已光复了。抚台已逃走。光复的痕迹,看得见的,只有抚台衙门的焚烧的余烬,墙上贴着的都督汤寿潜的告示,和警察袖上缠着的白布条。街上的光景和旧历元旦很相像,商店大半把门闭着,行人稀少的很。

一时流行的是翦辫,青年们都成了和尚。因了一向梳辫的缘故,为发的本来方向不同,剃去以后每人头上有着白白的一圈,当时有一个名字,叫做奴隶圈。这时候最出风头的不消说是本来翦了发的留学生了。一般青年都有恨不得头发快长起,掠成"西发"。老成拘谨些的人,不敢就翦辫,或翦去一截,变成鸭屁股式。乡下农民最恋恋于辫发,有一时,警察手中拿了翦刀,硬要替行人翦发,结果乡下人不敢上城市来了。有的把辫子盘起来藏在帽里,可笑的事情不少。

当时尚未发明标语的宣传法,大家只在日用文件上表示些新气象。最初用黄帝元纪,第二年才称民国元年。在文字的写法上有好些变化。革命军的"军"大家都写作"軍","民"字写作"民",据说是革命军与人民出了头的意思。"國"字须写作"囻",据说是共和国以人民为主体的意思。这风气直至民国四五年袁世凯要称帝时还存着。朋友×君曾以"國"字为谜底作一灯谜云:"有的说是民意,有的说是王心,不知这圈圈内是甚么人。"國字旧略写作"国",×君的灯谜,是暗射当时的时事的。

"现在是民国时代了,甚么花样都玩得出来! 如果在前清是……"光复后不到几年,常从顽固的老年人口中听到这样的叹息。记得在光复当时,人心是非常兴奋的。一般人,尤其是青年,都认中国的衰弱,罪在满洲政府的腐败,只要满洲人一倒,就甚么都有办法。当辫子初翦去的时候,我们青年朋友间都互相策励,存心做一个新国民,对时代抱着很大的希望。就我个人说,也许是年龄上的关系吧,当时的心情,比十六年欢迎党军莅境似乎兴奋得多。宋教仁的被暗杀,记得是我幼稚素朴的心上第一次所感到的幻灭。

光复初年的双十节,不像现在的冷淡,各地都有热烈的庆祝。我在杭州曾参加过全城学界提灯会,提了"国庆纪念"的高灯,沿途去喊"中华民国万岁!"自六时起至十一时才停脚,脚底走起了泡。这泡后来成了两个茧,至今还在我的脚上。

(原载《中学生》第 38 号,1933 年 10 月,署名:丏尊)

白马湖之冬

在我过去四十余年的生涯中,冬的情味尝得最深刻的要算十年前初移居白马湖的时候了。十年以来,白马湖已成了一个小村落,当我移居的时候,还是一片荒野。春晖中学的新建筑巍然矗立于湖的那一面,湖的这一面的山脚下是小小的几间新平屋,住着我和刘君心如两家。此外两三里内没有人烟。一家人于阴历十一月下旬从热闹的杭州移居于这荒凉的山野,宛如投身于极带中。

那里的风,差不多日日有的,呼呼作响,好像虎吼。屋宇虽系新建,构造却极粗率,风从门窗隙缝中来,分外尖削。把门缝窗隙厚厚地用纸糊了,椽缝中却仍有透入,风刮的厉害的时候,天未夜就把大门关上,全家吃毕夜饭即睡入被窝里,静听寒风的怒号,湖水的澎湃。靠山的小后轩,算是我的书斋,在全屋子中是风最少的一间,我常把头上的罗宋帽拉得低低地在洋灯下工作至深夜。松涛如吼,霜月当窗,饥鼠吱吱在承尘上奔窜,我于这种时候,深感到萧瑟的诗趣,常独自拨划着炉灰,不肯就睡。把自己拟诸山水画中的人物,作种种幽邈的遐想。

现在白马湖到处都是树木了,当时尚一株树木都未种,月亮与太阳都是整个儿的。从上山起直要照到下山为止。在太阳好的时候,只要不刮风,那真和暖得不像冬天。一家人都坐在庭间曝日,甚至于吃午饭也在屋外,像夏天的晚饭一样。日光晒到那里,就把椅凳移到那里,忽然寒风来了,只好逃难似地各自带了椅凳逃入室中,急急把门关上。在平常的日子,风来大概在下午快要旁晚的时候,半夜即息。至于大风寒,那是整日夜狂吼,要二三日才止的。最严寒的几天,泥地看去惨白如水门汀,山色冻得发紫而黯,湖波泛深蓝色。

下雪原是我所不憎厌的,下雪的日子,室内分外明亮,晚上差不多不用燃灯,远山积雪,足供半个月的观看,举头即可从窗中望见。可是究竟是南方,每冬下雪不过一二次,我在那里所日常领略的冬的情味,几乎都从风来。白马湖的所以多风,可以说是有着地理上的原因的,那里环湖原都是山,而北首却有一个半里阔的空隙,好似故意张了袋口欢迎风来的样子。白马湖的山水,和普通的风景地相差不远,唯有风却与别的地方不同。风的多和大,凡是到过那里的人都知道的。风在冬季的感觉中,自古占着重要的因素。而白马湖的风尤其特别。

现在,一家僦居上海多日了,偶然于夜深人静时听到风声的时候,大家就要提起白马湖来,说"白马湖不知今夜又刮得怎样厉害哩!"

(原载《中学生》第 40 号,1933 年 12 月,署名:丏尊)

1934

灶君与财神

"呀！你不是灶君吗？"

"对了。好面善！你是那一位尊神？"

"我是财神哪！你怎么不认识我了？"

"呀！难得在半天里相会。你一向是手执元宝的,现在怎么背起枪来了？那手里拿着的一大卷又是甚么？"

"因了武财神近日忙于军事,所以由我暂时兼代。你知道我们工作上虽分文武,职务都是掌司钱财,原是一而二,二而一的。于是我就成了'有枪阶级'了。手执元宝,那是一直从前的事。近来我老是手执钞票和公债证券。你从下界来,难道还不知道废两改元已实行长久,市上早无元宝,银行钞票的准备金大多数就是公债证券吗？"

"哦！原来如此,因为我终日终年在人家厨房里过活,不大明白财界的情形。如果你不说明,我几乎不认识你了。"

"你的样子,也与前大不相同了哩！怎么这样瘦了？你日日在厨房里受人供养,难道还会营养不良吗？"

"我一向就不像你的大腹便便,近来真倒霉,自己也知道更瘦得可怜了。连年天灾人祸,农村破产已到极度。人民有了早饭没有夜饭,结果都向都市跑,去过那亭子间及阁楼的日子。这真叫'倒灶'！灶是简直没有了,眠床,便桶旁摆一个洋油炉或者煤球炉,就算是烹调的场所。有的连洋油炉,煤球炉都不备,日日咬大饼油条过活。你想,这情形多难堪！回想从前乡村隆盛时的景象,真令人不胜今昔之感,我的瘦是应该的。可是也幸而瘦,如是胖得像你一样,怎么能局促地蹲在洋油炉煤球炉旁去行使职务啊！"

"你的境遇,说来很足同情。也曾把下界的苦况,向天堂去告诉过了吗?"

"怎么不告诉! 每年的今日,我都有一次定期的总报告。你看,我现在正背着一大包的册子,这里面全是下界的实况。可是,天堂的情形,近来也似乎有些异样了,甚么都作不来主。我虽然每年忠实地把民间疾苦人心善恶报告上去,天堂总是马马虎虎,推三阻四地打官话。有时说:'这是洋鬼子在作怪,须行文去和耶苏交涉。'有时说:'交财神核办。'耶苏那里的回音如何,不知道。交你核办的案子,结果怎么样? 今天恰好碰着你,就乘便请问。"

"也曾有案子移下来过。因为我实在无法办,至今还是搁着不动。记得有一次交下一个'善人是富'的指令,还附着一大批善人的名单,——据说是以你的报告为根据的,——要我负责使他们富起来。这实在令我束手,这种老口号和现在的实际情形根本已不相符合,天堂自身都穷,有甚么钱可送这许多善人? 这许多善人们自己又不会谋官做,干公债投机,买航空奖券,叫我有甚么方法能帮助他们呢?"

"去年今日,我还上过一个提高谷价的提案,天堂没有发给你吗?"

"记得似乎有过这么一回事,详细记不清楚了。这也不关我事。我从前管领的是元宝,现在管领的是钞票和公债证券。目前是金融资本跋扈的时代,田地不值钱,货物不值钱,下界最享福的就是那些金融资本家。金融资本是流动的,今天在甲的手里,明天就可流入乙的手里。这笔流水帐已把我忙杀了。像谷物价目一类的事怎么还能兼顾呢? 况且这事难得讨好,谷价贱了固然大家叫苦,从前米卖二十块钱一石的那几年,不是也曾大家叫过苦吗?"

"近来农村里差不多分分人家都快倒灶了。你没有救济的方法吗? 提高谷价的路既然走不通,那末借外债来恢复农村,如何?"

"我何尝不这么想? 也曾和地狱里商量过,可是不行。"

"为甚么要和地狱商量呢? 地狱里拿得出钱吗?"

"耶稣曾说过,'富人入天国,比骆驼穿针孔还难。'富人照例是不能进天堂的,都住在地狱里。所以地狱成了天下最富的地方。我曾和地狱当局者作过好几次谈判,终于因为他们的条件太苛刻了,事情没有成功。

当此盛唱'打倒不平等条约'的当儿,谁愿接受那种屈辱的条件啊!"

"复兴农村的口号,近来不是唱得很响吗? 你有机会时也得常到农村里去看看实际的状况,看有甚么具体的救济策没有?"

"近来,我在都市里执行职务的时候多,不大到农村里去,农村衰疲的消息,虽曾听到,终于没有工夫去考察。其实,倒灶的何尝只是农村!都市里也大大地不景气哩!你知道,我是管领钱财的,农村愈破坏,钱财愈集中到都市来,我在都市的事务也就更多。公债涨停板或跌停板了,我要到。航空奖券开奖了,我要到。那里还顾得到农村? 你是每年板定今天上来的,我下去的日子,每年向来是正月初五。可是近来时常要作不定期的奔波,这次的下去,就因为有许多临时的事务的缘故。"

"正月初五仍须再下去吧?"

"也许事务多,一直要在下界住到那时候,如果事务完毕了就上来。初五下去不下去,只好再看。现在甚么都是双包案似地弄不清楚,连正月初五也有两个了。多麻烦。下界人们真该死,他们还在一相情愿,把肉咧,鱼咧,蚶子咧,橄榄咧,唤作元宝,要想用了这些假元宝来骗我手里的真元宝呢。——其实我的手里早已没有元宝了,哈哈。"

"他们的待遇你,比待遇我不知要好几倍。我愈弄愈倒灶,你是现代的红角儿,这世界是你的。多威风啊!"

"那里的话! 我目前已苦于无法应付,并且前途大可悲观哩。下界嫌我处置得不均,正盛唱着甚么'社会主义'。听说这种主义,世间已有一处地方在实行了。如果这种主义一旦在我的下界实现起来,我的地位就将根本摇动。你是管领民食的,前途倒比我安全得多。无论在甚么世界,饭总是非吃不可的啰!"

"未来的事,何必过虑! 咿哟! 我到天堂还有一半路程,误时了不好。再会吧。"

"我也有事呢! 今日下午公债跌得停板了,明日又是航空奖券开奖之期啊。再会。"

(原载《文学》第 2 卷第 1 号,1934 年 1 月,署名:丏尊)

紧张气分的回忆

　　前后约二十年的中学教师生活中，回忆起来自己觉得最像教师生活的，要算在×省×校担任舍监，和学生晨夕相共的七八年，尤其是最初的一二年。至于其余只任教课或在几校兼课的几年，跑来跑去简直松懈得近于帮闲。

　　我的最初担任舍监是自告奋勇的，其时是民国元年。那时学校习惯把人员截然划分为教员与职员二种，教书的是教员，管事务的是职员，教员只管自己教书，管理学生被认为职员的责任。饭厅闹翻了，或是寄宿舍里出了甚么乱子了，做教员的即使看见了照例可"顾而之他"或袖手旁观，把责任委诸职员身上，而所谓职员者又有在事务所的与在寄宿舍的之分，各不相关。舍监一职，待遇甚低，其地位力量易为学生所轻视，狡黠的学生竟胆敢和舍监先生开玩笑，有时用粉笔在他的马褂上偷偷地画乌龟，或乘其不意把草圈套在他的瓜皮帽结子上。至于被学生赶跑，是不足为奇的。舍监在当时是一个屈辱的位置，做舍监的怕学生，对学生要讲感情，只要大家说"×先生和学生感情很好"，这就是漂亮的舍监。

　　有一次。×校舍监因为受不过学生的气，向校长辞职了。一时找不到相当的替人，我在×校教书，颇不满于这种情形，遂向校长自荐，去兼充了这个屈辱的职位，这职位的月薪记得当时是三十元。

　　我有一个朋友在第×中学做教员，因在风潮中被学生打了一记耳光，辞职后就抑郁病死了，我任舍监和这事的发生没有多日。心情激昂得很，以为真正要作教育事业须不怕打，或者竟须拼死。所以就职之初，就抱定了硬干的决心：非校长免职或自觉不能胜任时决不走，不怕挨打，凡事讲合理与否，不讲感情。

×校有学生四百多人，我在×校虽担任功课有年，实际只教一二班，差不多有十分之七八是不相识的，其中年龄最大的和我相去只几岁。当时轻视舍监已成了风气，我新充舍监，最初曾受到种种的试炼。因为我是抱了不顾一切的决心去的，甚么都不计较，凡事皆用坦率强硬的态度去对付，决不迁就。在饭厅中，如有学生远远地发出"嘘嘘"的鼓动风潮的暗号，我就立在凳子上去注视发"嘘嘘"之声的是谁？饭厅风潮要发动了，我就对学生说"你们试闹吧，我不怕。看你们闹出甚么来"。人丛中有人喊"打"了，我就大胆地回答说，"我不怕打，你来打吧。"学生无故请假外出，我必死不答应，宁愿与之争论至一二小时才止。每晨起床铃一摇，我就到斋舍里去视察，如有睡着未起者，一一叫起。夜间在规定的自修时间内，如有人在喧扰，就去干涉制止，息灯以后见有私点洋烛者，立刻赶进去把洋烛没收。我不记学生的过，有事不去告诉校长，只是自己用一张嘴和一副神情去直接应付。每日起得甚早，睡得甚迟，最初几天向教务处取了全体学生的相片来，一叠叠地摆在案上，像打扑克或认方块字似的一一翻动，以期认识学生的面貌名字及其年龄籍贯学历等等。

我在那时，颇努力于自己的修养，读教育的论著，翻宋元明的性理书类，又搜集了许多关于青年的研究的东西来读。非星期日不出校门，除在教室授课的时间外，全部埋身于自己读书与对付学生之中。自己俨然以教育界的志士自期，而学生之间却与我以各种各样的绰号。当时我的绰号，据我所知道的，先后有"阎罗""鬼王""戆大""木瓜"几个，此外也许还有更不好听的，可是我不知道了。

我的做舍监，原是豫备去挨打与拼命的。结果却并未遇到甚么。一连做了七八年，到了后来，甚么都很顺手，差不多可以"无为卧治"了。事隔多年，新就职时那种紧张的气分，至今回忆起来还能大概在心中复现。遇到老学生们，也常会大家谈起当时的旧事来，相对共笑。

（原载《中学生》第 42 号，1934 年 2 月，署名：丏尊）

春的欢悦与感伤

四季之中，向推"春秋多佳日"，而春尤为人所礼赞。自古就有许多颂扬春的话，春未到先要迎盼，春一去不免依恋。春继冬而至，使人从严寒转入温暖，且为万物萌动的季节，在原始时代，人类的活动与食物都从春开始获得，男女配偶也都在春完成。就自然状态说，春确是值得欢迎的。

可是自然与人事并不一定调和，自古文辞中于"惜春""迎春"等类题材以外，还有"伤春""春怨"等类的题目。"闺中少妇不知愁，春日凝妆上翠楼。忽见陌头杨柳色，悔教夫婿觅封侯。"这是唐人王昌龄的诗，"三分春色二分愁，更一分风雨。"这是宋人叶清臣的词，都是写春的感伤的。其感伤的原因，全在人事之不如意。社会愈复杂，人事上的不如意越多，结果对于季节的欢悦的事情减少，感伤的事情加多。这情形正像贫家小孩盼新年快到，而做父母的因债务关系想到过年就害怕。

我每年也曾无意识地以传统的情怀从冬天盼望春光早些来到。可是真从春天得到春的欢悦的，有生以来，除未经世故的儿时外，可以说并没有几次。譬如说吧，此刻正是三月十三日的夜半，真是所谓春宵了，我却不曾感到春宵的欢喜，一家之中轮番地患着春季特有的流行性感冒，我在灯下执笔写字，差不多每隔一二分钟要听到妻女们的呻吟和干咳一次。邻家收音机和麻雀牌的喧扰声阵阵地刺入我的耳朵，尤使我头痛。至于日来受到的事务上经济上的烦闷，且不去说它。

都市中没有"燕子"，也没有"垂杨"，局促在都市中的人，是难得见到春日的景物的。前几天吃到油菜心和马兰头的时候，我不禁起了怀乡之念,想起故乡的春日的光景来。我所想的只是故乡的自然界,园中菜花已发黄金色了吧,燕子已回来了吧,窗前的老梅已结子如豆了吧,杜鹃已红遍了屋后的山上了吧……只想着这些,怕去想到人事。因为乡村的凋敝我是知道的,故乡人们的困苦情形我知道得更详细。

宋人张演《社日村居》诗云:"鹅湖山下稻粱肥,豚栅鸡栖对掩扉。桑柘影斜春社散,家家扶得醉人归。"这首诗中所写的只是乡村春景的一角,原没有什么大了不得,可是和现在的乡间情形比较起来,已好像是羲皇以前的事了。

春到人间,据日历上所记已好久了,但是春在那里呢? 有人说"在杨柳梢头",又有人说"在油菜花间",也许是的吧,至于我们一般人的身上,是不大有人能找得到的。

(原载《中学生》第 44 号,1934 年 4 月,署名:丏尊)

白屋杂忆

白屋公卿

民六七年时大白居杭州皮市巷三号,榜其门曰白屋。余曾以"白屋出公卿"相戏。及大白任教次,余偶提前事谓大白曰:"白屋竟出公卿矣。"大白为之苦笑。

牡丹绝色三春暖

大白夫人何女士,与大白以恋爱相结合,年龄与大白相差殊远。大白贫而病肺,一年之中病苦之日居多。儿女嗷嗷待哺者又众。夫人愁眉殆无一日展者。某日席间,玄庐对大白诵龚定庵诗曰"牡丹绝色三春暖"(按下句为"岂是梅花处士妻")大白立以定庵句作答曰"兜率甘迟十劫生"。大白本信佛法,故云。不料不久即有离婚之事。

老少年

大白在朋辈中,年齿最长,而兴趣却反最高。好说闲话,好动闲气,又好购置闲物。有专用以割裂毛边书之小刀,有装盛茶叶置于壶中之银质漏花球盒,见有零星小件,无不好奇罗致。案上及抽屉中随处可见零物。有人为定绰名曰"老少年"。又因其喜欧化,好新奇,故更有"欧化老少年"之名。

双红豆

大白蓄红豆数粒,谓得之于江阴某君者,色深红,作心脏形,甚珍视,曾以二粒贻余。自留二粒则制小囊佩之。余对此名物虽不敢漠视,因生活不安定,不久即不知去向,然不敢告大白也。大白死后,闻有某女士曾亲至杭州扶棺恸哭,大白家人戚友咸不知伊人为谁,女士自承与大白有恋爱关系,且出双红豆以为凭信云。"红豆生南国,春来发几枝,愿君多采撷,此物最相思。"此一双红豆,将永为相思之种子矣。

呜咽江潮一路哭

大白为道地绍兴人,绰有徐文长之流风。有时笔端非常辛辣。前浙江铁路总办汤蛰仙氏死,浙中大开追悼会,大白自书辂联赍送。联云"呜咽江潮一路哭,蹉跎人寿十年多"。上联讽刺汤氏之卖路,下联则诮其晚节有疵,语颇谑而虐。闻斯联在追悼会中未被悬挂,故知之者殊不多也。

四大与八卦

大白于书无所不读,恒具奇解。某日偶与谈及印度哲学之四大说,顺次论及其与中国五行说之异同,大白谓中国古代亦是四大说,五行说发达在后。问其征据,则曰见于八卦,八卦中明明有地火水风,地火水风四者为体,其余四卦则其相也。如山为地之相,雷为火之相,泽为水之相,天为风之相云。斯说甚新颖,从来治易者似尚未有人道过。

大著《中诗外形律详说》

大白著作刊行者已不少,其毕生大著当推《中诗外形律详说》。其书对于中国旧诗之格律、音节作系统的研究,不失为空前之创制。大白逝世之前半年,从南京来沪访余,挟斯书原稿千余页嘱为在开明书店出版。稿中多特别符号,排字人为之束手。大白在病榻中犹时时驰函以斯书为问。余劝重写付石印,大白坚不以为然。大白死后,开明出版部曾拟以原稿摄影付石,因原稿用紫色墨水书写,且涂抹之处不少,摄影成绩不良而罢。斯稿不知何日始能成书,每一念及怅惘之至。

"此树婆娑生意尽矣"

大白病肺十年以上,每年必剧病数次,住白屋时,在病床常念佛自镇。后来始倚赖药物,朋辈早知其不能久延,但渠却凡事有兴,从不作死想。将死之前一月,余往访之于杨树浦圣心医院,已骨瘦如柴,面白如纸矣,犹出医生所摄之肺部 X 光写真相示,谓肺部虽剥蚀至此,医云犹可挽救。言时神色自若。朋辈力劝其返杭,返杭复以书相告,谓经杭医治疗已转痊可。余不之信也。"一二八"前数日书来有"看去此树婆娑生意尽矣"语,不久而死耗即至。"卷施抽心心尽而死",生之意志之强韧,实足惊叹。

(原载《文艺茶话》第 2 卷 9 期"纪念刘大白先生特刊",1934 年 4 月)

一个追忆

这是四五年前的事。

钱塘江江心忽然涨起了一条长长的土埂,有三四里路阔,把江面划分为二。杭州西兴之间,往来的人要摆两次渡,先渡到土埂,再走三四里路,或坐三四里路的黄包车,到土埂尽头,再上渡船到彼岸去。这情形继续了大半年,据说是百年来从未有过的奇观。

不会忘记:那是废历九月十八的一天。我从白马湖到上海来,因为杭州方面有点事情,就不走宁波,打杭州转。在曹娥到西兴的长途中,有许多人谈起钱塘江中的土埂;甚么"世界两样了,西湖搬进了城里,钱塘江有了两条了"咧,"据说长毛以前,江里也起过块,不过没有这样长久,怪不得现在世界又不太平"咧,我已有许久不渡钱塘江了,只是有趣味地听着。

到西兴江边已下午四时光景,果然望见江心有土埂突出在那里,还有许多行人和黄包车在跑动。下渡船后,忽然记得今天是九月十八,依照从前八月十八日看潮的经验,下午四五时之间是有潮的。"如果不凑巧,在土埂上行走着的当儿碰见潮来,将怎样呢?"不觉暗自耽心起来。旅客之中,也有几个人提起潮的,大家相约:"看情形再说,如果潮要来了,就不上土埂,停在渡船里。待潮过了再走。"

渡船到土埂时,几十部黄包车夫来兜生意,说"潮快来了,快坐车子去!"大部分的旅客都跳上了岸。我方才相约慢走的几位,也一个个地管自乘车去了。渡船中除我以外,只剩了二三个人。四五部黄包车向我们总攻击,他们打着萧山话,有的说"拉到渡船头尚来得及",有的说"这几天即使有潮也是小小的。我们日日在这里,难道不晓得?"我和留着的几位结果也都身不由主地上了黄包车。

坐在黄包车上耽心着遇见潮,恨不得快到前方的渡头。那里知道拉到一半路程的时候,前方的渡船已把跳板抽起要开行了。江心的设渡是临时的,只有渡船没有趸船。前方已没有船可乘,四边有人喊"潮要到了!"不坐人的黄包车都在远远地向浅滩逃奔,土埂上只剩了我们三四部有人的车子。结果只有向后转,回到方才来的原渡船去。幸而那只渡船载着从杭州到西兴去的旅客还未开行。

四围寂无人声,隆隆的潮声已听到了。车夫一面飞奔,一面喊"救命!"我们也喊"救命!""放下跳板来!"

逃上跳板的时候,潮头已望得见。船上的旅客们把跳板再放下一块,拼得阔阔地,协力将黄包车也拉了上来,潮头就到船下了。潮意外地大,船一高一低地颠簸得很凶,可是我在这瞬间却忘了波涛的险恶,深深地感到生命的欢喜和人间的同情。

潮过以后,船开到西兴去,我们这几个人好像学校落第生似地再从西兴重新渡到杭州。天已快晚,隐约中望得见隔江的灯火;潮水把土埂涨没,钱塘江已化零为整;船可直驶杭州渡头,不必再在江心坐黄包车了。船行到江心土埂的时候,我们困难之交中有一位,走到船头,把篙子插到水里去看有多少深,居然一篙子还不到底。

"险啊! 如果浸在潮里,我们现在不知怎样了!"他放好篙子说,把舌头伸出得长长地。

"想不得了,还是不去想他好。"一个患难之交说。

我觉得他们的话都有道理。

（原载《中学生》第 47 号,1934 年 9 月,署名:丏尊）

幽默的叫卖声

　　住在都市里，从晨到晚，从晚到晨，不知要听到多少种类多少次数的叫卖声。深巷的卖花声是曾经入过诗的，当然富于诗趣，可惜我们现在实际上已不大听到。寒夜的"茶叶蛋""细砂粽子""莲心粥"等等，声音发沙，十之七八似乎是"老枪"的喉咙，困在床上听去，颇有些凄清。每种叫卖声，差不多都有着特殊的情调。

　　我在这许多叫卖者中发见了两种幽默家。

　　一种是卖臭豆腐干的。每日下午五六点钟，弄堂口常有臭豆腐干担歇着或是走着叫卖，担子的一头是油锅，油锅里现炸着臭豆腐干，气味臭得难闻，卖的人大叫"臭豆腐干！""臭豆腐干！"态度自若。

　　我以为这很有意思。"说真方，卖假药"，"挂羊头，卖狗肉"，是世间一般的毛病，以香相号召的东西，实际往往是臭的。卖臭豆腐干的居然不欺骗大众，自叫"臭豆腐干"，把"臭"作为口号标语，实际的货色真是臭的。如此言行一致，名副其实，不欺骗别人的事情，怕世间再也找不出了吧！我想。

　　"臭豆腐干！"这呼声在欺诈横行的现世，俨然是一种愤世嫉俗的激越的讽刺！

　　还有一种是五云日升楼卖报者的叫卖声。那里的卖报的和别处不同，没有十多岁的孩子，都是些三四十岁的老枪瘪三，身子瘦得像腊鸭，深深的乱头发，青屑屑的烟脸，看去活像是个鬼。早晨是看不见他们的，他们卖的总是夜报。傍晚坐电车打那儿经过，就会听到一片发沙的卖报声。

　　他们所卖的似乎都是两个铜板的东西(如《新夜报》《时报》《号外》之类),叫卖的方法很特别,他们不叫"刚刚出版××报",却把价目和重要新闻标题联在一起,叫起来的时候,老是用"两个铜板"打头,下面接着"要看到"三个字,再下去是当日的重要的国家大事的题目,再下去是一个"哪"字。"两个铜板要看到十九路军反抗中央哪!"在福建事变起来的时候,他们就这样叫。"两个铜板要看到剿匪胜利哪!"在剿匪消息胜利的时候,他们就这样叫。"两个铜板要看到日本副领事在南京失踪哪!"藏本事件开始的时候,他们就这样叫。

　　在他们的叫声里任何国家大事都只要化两个铜板就可以看到,似乎任何国家大事都只值两个铜板的样子。我每次听到,总深深地感到冷酷的滑稽情味。

　　"臭豆腐干!""两个铜板要看到××××哪!"这两种叫卖者颇有幽默家的风格。前者似乎富于热情,像个矫世的君子,后者似乎鄙夷一切,像个玩世的隐士。

　　　　　　　　　　　　　(原载《太白》第 1 卷第 1 期,1934 年 9 月)

良乡栗子

——主客谈话的一节

"请，趁热。"

"啊！日子过得真快！又到了吃良乡栗子的时候了。"

"像我们这种住弄堂房子的人，差不多是不觉得季候的。春、夏、秋、冬，都不知不觉地让它来，不知不觉地让它过去。前几天在街上买着苹果、柿子、良乡栗子，才觉到已到深秋了。"

"向来有'良乡栗子，难过日子'的俗语，每年良乡栗子上市，寒冷就跟着来了。良乡栗子对于穷人，着实是一个威胁哩。"

"今年是大荒年，更难过日子吧。咿哟，这几个年头儿，穷人老是难过日子，不管良乡栗子不良乡栗子。'半山梅子'的时候，何曾好过日子？'奉化桃子'的时候，也何曾好过日子？"

"对了，那原是几十年前的老话罢咧，世界变得真快，光是良乡栗子，也和从前不同了。"

"有什么不同？"

"从前的良乡栗子是草纸包的，现在改用这样牛皮纸做的袋子了，上面还印得有字。栗子摊招徕买主，向来是一块红纸上写金字的挂牌，后来加用留声机，新近留声机已不大看见，都改为无线电收音机了。几乎每个栗子摊都有一架收音机。"

"这不是进步吗？"

"进步呢原是进步，可惜总是替外国人销货色。从前的草纸、红纸，不消说是中国货，现在的牛皮纸、收音机，是外国货。良乡栗子已着洋装了！你想，我们今天吃两毛钱的良乡栗子，要给外国赚几个钱去？外国人对于良乡栗子一项，每年可销多少牛皮纸？多少收音机？还有印刷纸袋用的油墨和机器？……"

"这是一段很好的提倡国货演说啊！去年是国货年，今年是妇女国货年，明年大概是小孩国货年了吧。有机会时你去上台演说倒好！"

"可惜没人要我去演说。演说了其实也没有用。中国的军备、交通、卫生、文化、教育、工艺，那一件不是直接间接替外国人推销货色的玩意儿？"

"唉！——还是吃良乡栗子吧。——这是'良乡栗子大王'，你看，纸袋上就印着这个字。"

"这也是和从前不同的一点，从前是叫'良乡名栗'，'良乡奎栗'的，现改称'大王'了。外国有的是'钢铁大王'，'煤油大王'，'汽车大王'。我们中国有的是'瓜子大王'，'花生米大王'，'栗子大王'，再过几天，'湖蟹大王'又要来了。甚么都是'大王'，好多的'大王'呵！"。

"还有哩！'鸦片大王'，'马将大王'，'牛皮大王'……"

"现在不但大王多，皇后也多。什么'东宫皇后'咧，'西宫皇后'咧，名目很多；至于电影皇后、跳舞皇后，更不计其数。"

"这是很自然的，自古说'一阴一阳之为道'，有这许多'大王'，当然要有这许多'皇后'才相称。否则还成世界吗？"。

"哈哈！"

（原载《中学生》第 48 号，1934 年 10 月，署名：丏尊）

中年人的寂寞

我已是一个中年的人。一到中年，就有许多不愉快的现象，眼睛昏花了，记忆力减退了，头发开始秃脱而且变白了，意兴、体力甚么都不如年青的时候，常不禁会感觉到难以名言的寂寞的情味。尤其觉得难堪的是知友的逐渐减少和疏远，缺乏交际上的温暖的慰藉。

不消说，相识的人数，是随了年龄增加的，一个人年龄越大，走过的地方，当过的职务越多，相识的人理该越增加了。可是相识的人并不就是朋友，我们和许多人相识，或是因了事务关系，或是因了偶然的机缘，——如在别人请客的时候同席吃过饭之类。见面时点头或握手，有事时走访或通信，口头上彼此也称"朋友"，笔头上有时或称"仁兄"，诸如此类，其实只是一种社交上的客套，和"顿首""百拜"同是仪式的虚伪。这种交际可以说是社交，和真正的友谊，相差似乎很远。

真正的朋友，恐怕要算"总角之交"或"竹马之交"了。在小学和中学的时代容易结成真实的友谊，那时彼此尚不感到生活的压迫，入世未深，打算计较的念头也少，朋友的结成，全由于志趣相近或性情适合，差不多可以说是"无所为"的，性质比较地纯粹。二十岁以后结成的友谊，大概已不免搀有各种各样的颜色分子在内，至于三十岁四十岁以后的朋友中间，颜色分子愈多，友谊的真实成份也就不免因而愈少了，这并不一定是"人心不古"，实可以说是人生的悲剧。人到了成年以后，彼此都有生活的重担须负，入世既深，顾忌的方面也自然加多起来，在交际上不许你不计较，不许你不打算，结果彼此都"钩心斗角"，像七巧板似地只选定了某一方面和对方去接合，这样的接合当然是很不坚固的，尤其是现代这样甚么都到了尖锐化的时代。

在我自己的交游中，最值得系念的老是一些少年时代以来的朋友。这些朋友本来数目就不多，有些住在远地，连相会的机会也不可多得，他们有的年龄大过了我，有的小我几岁，都是中年以上的人了，平日各人所走的方向不同，思想趣味，境遇也都不免互异，大家晤谈起来，也常会遇到说不出的隔膜的情形。如大家话旧，旧事是彼此共喻的，而且大半都是少年时代的事，"旧游如梦"，把梦也似的过去的少年时代重提，因了谈话的进行，同时就会关联了想起许多当时的事情，许多当时的人的面影，这时好象自己仍回归少年时代去了。我常在这种时候感到一种快乐，同时也感到一种伤感，那情形好比老妇人突然在抽屉里或箱子里发现了她盛年时的影片。

逢到和旧友谈话，就不知不觉地把话题转到旧事上去，这是我的习惯，我在这上面无意识地会感到一种温暖的慰藉。可是这些旧友，一年比一年减少了，本来只是屈指可数的几个，少去一个，是无法弥补的，我每当听到一个旧友死去的消息时候，总要惆怅多时。

学校教育给我们的好处，不但只是灌输知识，最大的好处，恐怕还在给与我们求友的机会一点上。这好处我到了离学校以后才知道，这几年来更确切地体会到，深悔当时毫不自觉，马马虎虎地过去了。近来每日早晚在路上见到两两三三地携着书包、携了手或挽了肩膀走着的青年学生们，我总艳羡他们有朋友之乐，暗暗地要在心中替他们祝福。

（原载《中学生》第 49 号，1934 年 11 月，署名：丏尊）

两个家

"呀，你几时出来的？夫人和孩子们也都来了吗？前星期我打电话到公司去找你，才知道你因老太太的病，忽然变卦，又赶回去了，隔了一日，就接到你寄来的报丧条子。你今年总算够受苦了，从五月初上你老太太生病起，匆匆地回去，匆匆地出来，据我所知道的，就有四五次。这样大旱的天气，而且又带了家眷和小孩，光只川费一项也就可观了吧。"

"唉，真是一言难尽！这回赶得着送老太太的终，几次奔波还算是有意义的。"

"现在老太太的后事，想大致舒齐了吧。"

"那里！到了乡间，就有乡间的排场，回神咧，二七咧，五七咧，七七咧，都非有举动不可。我想不举动，亲戚本家都不答应。这次头七出殡，间壁的二伯父就不以为然，说不该如是草草。家里事情正多哩，公司里好几次写快信来催。我只好把家眷留在家里，独自先来，隔几天再赶回去。"

"那末还要奔波好几趟呢。唉！像我们这样在故乡有老家的人，不好吃都市饭，最好是回去捏锄头。我们现在都有两个家，一个家在都市里，是亭子间或是客堂楼，厢房间，住着的是自己夫妇和男女。一个家在故乡，是几开间几进的房子，住着的是年老的祖父祖母，父母和未成年弟妹。因为家有两个的缘故，就有许多无谓的苦痛要受到。像你这回的奔波，就是其中之一啊。"

"奔波还是小事，我心里最不安的，是没有好好地尽过服侍的责任。老太太病了这几个月，我在她床边的日子合计起来，不满一个星期。在公司里每日盼望家信,也何尝不刻刻把心放在她身上,可是于她有甚么用呢?"

"这就是家有两个的矛盾了。我们日常不知可因此发生多少的矛盾。譬如说:我和你是亲戚,照礼,老太太病了,我应该去探望,故了,应该去送殓送殡,可是我都无法去尽这种礼。又譬如说:上坟扫墓是我们中国的牢不可破的旧礼法,一个坟头,如果每年没有子孙去祭扫,就连坟头要被人看不起的。我已有好几年不去扫墓了。去年也曾想去,终于因为离不开身,没有去成。我把家眷搬到都市里已十多年了,最初搬家的原因是因为没有饭吃,办事的地方没有屋住。当时我父母还在世,也赞同我把妻儿带在身边住,不过背后不免有'养儿子是假的'的叹息。我也曾屡次想接老父老母出来同居,一则因为都市里房价太贵,负担不起,而且都市的房子也不适宜于老年人居住,一则因为家里有许多房子和东西,也不好弃了不管,终于没有实行。迁延复迁延,过了几年,本来有子有孙的老父老母先后都在寂寞的乡居生活中故世了。你现在的情形,和我当日一样。"

"老太太在日,我每年总要带了妻儿回去一次,她见我们回去,就非常快乐,足见我们不在她身边的时候,是寂寞不快的。现在老太太死了,我越想越觉得难过。"

"像我们这种人,原不是孝子,即使想做孝子,也不能够。如果用了'晨昏定省''汤药亲尝'等等的形式规矩来责备,我们都是犯了不孝之罪的。岂但孝呢,悌也无法实行。我常想,中国从前的一切习惯制度,都是农业社会的产物,我们生活在近代工商社会的人,要如法奉行,是很困难的。大家以农为业。父母子女兄弟天天在一处过活,对父母可以晨昏定省,可以汤药亲尝,对兄弟可以出入必同行,对长者可以有事服其劳,扫墓不必化川资,向公司告假。如果是士大夫,那末有一定的年俸,父母死了,还可以三年不做事,一心住在家里读礼守制。可是我们已经不能一一照做。一方面这种农业社会的习惯制度,还遗存着势力,如果不照做,别人可以责备,自己有时也觉得过不去。矛盾,苦痛,就从此发生了。"

"你说得对!我们现在有两个家,在都市里的家,是工商社会性质的,在故乡的家,是农业社会性质的。我在故乡的家还是新屋,是父亲去世前一年造的。父亲自己是个商人,我出了学校他又不叫我学种田,不知为甚么要花了许多钱在乡间造那么大的房子? 如果当时造在都市里,那末就是小小的一二间也好,至少我可以和老太太住在一处,不必再住那样狭隘的客堂楼了。"

"我家里的房子,是祖父造的,祖父也不曾种田。——过去的事,有甚么可说的呢? 现在不是还有许多人从都市里发了财,在故乡造大房子吗? 由社会的矛盾而来的苦痛,是各方面都受到的,并非一方受了苦痛,一方会得甚么利益。你因觉得到对老太太未曾尽孝养之道,心里不安,老太太病中见了你因她的病几次奔波回去,心里也不会爽快吧。你住在都市中的客堂楼上嫌憎不舒服,而老太太死后,那所巨大的空房子恐也处置很困难吧。这都是社会的矛盾。我们生在这过渡时代,恰如处在夹墙之中,到处都免不掉要碰壁的。"

"老太太死后,我一时颇想把房子出卖。一则恐怕乡间没有人会承受,凡是买得起这样房子的人,自己本有房子,而且也是空着在那里的。一则对于上代也觉得过意不去,父亲造这房子颇费了心血,老太太才故世,我就来把它卖了,似乎于心不忍。"

"这就是所谓矛盾了。要卖房子,没有人会买;想卖,又觉得于心不忍。这不是矛盾的是甚么?"

"那末你以为该怎么办?"

"我也不知道怎么办才好。你知道我自己也不曾把故乡的房子卖去,我只说这是矛盾而已。感到这种矛盾的苦痛的人,恐不止你我吧。"

(原载《中学生》第 50 号,1934 年 12 月,署名:丏尊)

送殡的归途

"唉！老王真死得可悲。——现在让他好好地独自困在会馆里吧。连日你我为了他的病，真累够了。该去散散才是。唅，一道到什么地方去看电影好吗？"

"……"

"怎么？"

"没有什么。我在想起陶渊明的诗了。'向来相送人，各自还其家。亲戚或余悲，他人亦已歌。'才送朋友的丧回来，就去看电影吗？"

"那末依你说，我们应该留在棺材旁流泪陪他，或者更进一步，生起和他同样的病来跟他死掉！"

"这是笑话了。老王有知，也决不愿我们如此的。你看，老王的夫人，这几天，虽然哭得很利害，再过几天，一定不会再哭了。何况我们是他的朋友。"

"人到了死的时候，父母妻儿朋友原都是无法帮助的。"

"岂但死的时候呢？活着的时候，旁人能帮助的也只是极浅薄极表面的一部分。真正担当着这一切的，还不是这孤另另的自己！人本来是一个个的东西。想到这里，我觉得人生是寂寞的。"

"你这寂寞和普通所谓寂寞不同，颇有些宗教气了哩。"

"呃，这是一种无可奈何的寂寞。宗教的起因，也许就为了人类有这种寂寞的缘故。我现在尚不信宗教，我只想把这寂寞来当做自爱自奋的出发点。反正人是要靠自己的,乐得独来独往地干一生。"

"好悲壮的气概!"

"……"

（《民国二十四年文艺日记》,生活书店,1934 年）

《杭州市指南》序❶

国内名胜之区对人最有吸引力的要算杭州了。没有到过杭州的人一听到杭州二字,就会不禁神往。

普通名胜往往有欺瞒性。听说某处地方怎样好,如何了不得,待到了那里,觉得也不过尔尔。这是我们游览时,常遇到的经验。可是杭州却决不会叫游客失望。杭州风景名区,聚为集团,游览便利,不若别处的各各孤立;产物丰富而多特色,自高贵的绸缎,龙井茶,以至廉价的天竺筷小胡桃,无不富于情趣,可作受人欢迎的礼物。杭州的风景产物与杭州人的生活情调,显然有密接的关系。杭州的情味,非到过杭州的人不能领略。

我是久住过杭州的,偶然忆及杭州,不无恋恋。每年逢春季香节与秋季观潮节,必有许多外省朋友来问我到杭州去的情形:杭州名胜那几处值得去? 旅馆那家最安适? 甚么东西值得买? 诸如此类的问询,我不知一年之中要回答多少次。前人诗里说,"与君约略说杭州",因为我曾到过杭州,所以就不觉负着了这样的义务。

现在好了,张叔容先生的《杭州市指南》出版了,这本书里面把杭州的各方面叙列得很详尽,可谓瞭如指掌。如果以后再有外省朋友来问我到杭州去的情形,我只把这本书介绍给他就是了。

二十三年三月　夏丏尊识于沪上寓楼

（《杭州市指南》,杭州市指南编辑社,1934 年）

---

❶　此文为夏丏尊为张光钊编著《杭州市指南》撰写的序言,题目为编者所加。

1935

钢铁假山

案头有一座钢铁的假山，得之不费一钱，可是在我室内的器物里面，要算是最有意味的东西。

它的成为假山，原由于我的利用，本身只是一块粗糙的钢铁片，非但不是甚么"吉金乐石"片，说出来一定会叫人发指，是一二八之役日人所掷的炸弹的裂块。

这已是三年前的事了。日军才退出，我到江湾立达学园去视察被害的实况，在满目凄怆的环境中徘徊了几小时，归途拾得这片钢铁块回来。这种钢铁片，据说就是炸弹的裂块，有大有小，那时在立达学园附近触目皆是，我所拾的只是小小的一块。阔约六寸，高约三寸，厚约二寸，重约一斤。一面还大体保存着圆筒式的弧形，从弧线的圆度推测起来，原来的直径应有一尺光景，不知是多少磅重的炸弹了。另一面是破裂面，巉削凹凸，有些部分像峭壁，有些部分像危岩，锋棱锐利得同刀口一样。

江湾一带曾因战事炸毁过许多房子，炸杀过许多人。仅就立达学园一处说，校舍被毁的过半数，那次我去时瓦砾场上还见到未被收殓的死尸。这小小的一块炸弹裂片，当然参与过残暴的工作，和刽子手所用的刀一样，有着血腥气的。论到证据的性质，这确是"铁证"了。

我把这铁证放在案头上作种种的联想，因了锋棱又锐利摆不平稳，每一转动，桌上就起擦损的痕迹。最初就想配了架子当作假山来摆。继而觉得把惨痛的历史的证物，变装为骨董性的东西，是不应该的。一向传来的骨董品中，有许多原是历史的遗迹，可是一经穿上了骨董的衣服，就减少了历史的刺激性，只当作骨董品被人玩耍了。

这块粗糙的钢铁,不久就被我从案头收起,藏在别处,忆起时才取出来看。新近搬家整理物件时被家人弃置在杂屑篓里,找寻了许久才发见。为永久保藏起见,颇费过些思量。摆在案头吧,不平稳,而且要擦伤桌面。藏在衣箱里吧,防铁锈沾惹坏衣服,并且拿取也不便。想来想去,还是去配了架子当作假山来摆在案头好。于是就托人到城隍庙一带红木铺去配架子。

现在,这块钢铁片,已安放在小小的红木架上当作假山摆在我的案头了。时间经过三年之久,全体盖满了黄褐色的铁锈,凹入处锈得更浓。碎裂的整块的,像沈石田的峭壁,细杂的一部分像黄子久的皴法,峰冈起伏的轮廓有些像倪云林。客人初见到这座假山的,都称赞它有画意,问我从什么地方获得。家里的人对它也重视起来,不会再投入杂屑篓里去了。

这块钢铁片现在总算已得到了一个处置和保存的方法了,可是同时却不幸地着上了一件骨董的衣裳,为减少骨董性显出历史性起见,我想写些文字上去,使它在人的眼中不仅是富有画意的假山。

写些甚么文字呢?诗歌或铭吗?我不愿在这严重的史迹上弄轻薄的文字游戏,宁愿老老实实地写几句记实的话。用甚么来写呢?墨色在铁上是显不出的,照理该用血来写,必不得已,就用血色的朱漆吧。今天已是二十四年的一月十日了,再过十八日,就是今年的"一二八",我打算在"一二八"那天来写。

(原载《中学生》第 52 号,1935 年 2 月,署名:丏尊)

试 炼

搬家到这里来以后，才知道附近有两所屠场。一所是大规模的西洋建筑，离我所住地方较远，据说所屠杀的大部分是牛。偶然经过那地方，除有时在近旁见到一车一车的血淋淋的牛肉或带毛的牛皮外，不听到什么恶声，也不闻到什么恶臭。还有一所是旧式的棚屋，所屠杀的大部分是猪。棚屋对河一条路是我出去回来常要经过的，白天看见一群群的猪被拷押着走过，闻着一股臭气，晚间听到凄惨的叫声。

我尚未戒肉食，平日吃牛肉，也吃猪肉，但见到血淋淋的整车的新从屠场运出来的牛体，听到一阵阵的猪的绝命时的惨叫，总觉得有些难当。牛肉车不是日日碰到的，有时远远地见到了就俯下了头管自己走路让它通过，至于猪的惨叫是所谓"夜半屠门声"，发作必在夜静人定以后。我日里有板定的工作，探访酬酢及私务处理都必在夜间，平均一星期有三四日不在家里吃夜饭，回家来往往要到十点至十一点模样。有时坐洋车，有时乘电车到附近下车再步行。总之都不免听到这夜半的屠门声。

在离那儿数十步的地方已隐隐听到猪叫了。同时有好几只猪在叫，突然来一个尖利的曳长的声音，这不消说这是一只猪绝命了的表出。不多时继续地又是这么尖利的一声。我坐在洋车上不禁要用手掩住耳朵，步行时总是疾速地快走，但愿这声音快些离开我的听觉范围，不敢再去联想什么，想像什么。到了听不见声音的地方才把心放下，那情形宛如从恶梦里醒来一样。

为要避免这苦痛，我曾想减少夜间外出的次数，或到九点钟模样就回家来，可是事实常不许这样。尤其是废历年关的几天，我的外出的机会更多了。屠场的屠杀也愈增加了,甚至于白天经过,也要听到悲惨的叫声。

"世界是这样,消极地逃避是不可能的。你方才不是吃猪肉的吗?那末为什么听到了杀猪就如此害怕?古来有志的名人为了要锻炼胆力,曾有故意到刑场去看行刑的事。现世到处有天灾人祸,世界大战又危机日迫,你如果连杀猪都要害怕,将来到了流血成河、杀人盈野的时候怎样?要改革现社会,就得先有和现社会罪恶对面的勇气,你如果能把猪的绝命的叫声老实谛听,或实地去参观杀猪的情形,也许因此会发起真正的慈悲心来,废止肉食。假惺惺的行为,毕竟只是对于自己的欺骗,不是好汉的气概!"有一天,在亲戚家里吃了年夜饭回来,我曾这样地在电车中自语。

下了电车,走近河边,照例就隐约地有猪叫声到耳朵里来了。棚屋中的灯光隔河望去特别地亮,还夹入着热蓬蓬的烟雾。我抱了方才的决心步行着故意去听,总觉得有些难耐。及接连听到那几声尖利的惨叫,不由自主地又把两耳掩住了。

(原载《中学生》第 53 号,1935 年 3 月,署名:丏尊)

一种默契

　　走到街上去,差不多每一条马路上可以见到"关店在即拍卖货底"的商店,这些商店之中,有的果然不久就关门了,有的老是不关门,隔几个月去看,玻璃窗上还是贴着"关店在即拍卖货底"的红纸,无线电收音机在嘈杂地响。

　　商店号召顾客的策略,向来是用"开幕""几周年纪念""春季""秋季"或"冬至"等的美名来做廉价的借口的,现在居然用"关店"的恶名来做幌子了。有的竟异想天开,并不关店,也假冒着关店的恶名。最近在报上看见一家皮货铺的"关店大贱卖"的大幅广告,后面还附登着某律师代表该皮货铺清算的启示。这大概因为恐怕别人不信他们的关店是真正的关店,所以再附一个律师代表清算的广告,表明他们真是要关店了,并不假冒。

　　在上海,关店门的话寻常叫做"打烊",如果你对某商店的人问"你们晚上几点钟关店门?"那店里的人就会怪你不识相,说不定会给你吃一纪耳光。凡是老上海,都懂得这规矩,不说"你们晚上几点钟关店门",改说"你们晚上几点钟打烊"。因为"关店"是不吉利的话。这一向讨人厌恶的"关店",现在居然时髦起来了,关店的坦白地自己声明"关店",不关店的也要借了"关店"来号召,甚至还有怕别人不肯相信,在"关店"广告上叫律师来代表清算,证明关店是实。商业上一向怕提的"关店"一语,到今日差不多已和废历除夕所贴的"关门大吉"一样,是吉祥的用语了。这一个月来,我们日日可以在报上看到关店的广告,有银行,有钱庄,有公司,有各式各样的店。他们所说的话,千篇一律地是"本店受市面不景气影响,以致周转不灵……"的一套,说的人态度很坦然,毫不难为情,我们看的人也认为很寻常,觉得并无甚么不该。似乎彼此之间,已自然而然地发生着一种的默契了。

这默契如果伸说起来,范围实在可以扩充得很广。大学生毕业了没事做,社会上认为当然,本人也不觉得有甚么可怪。工人商人突然失业了,亲友爱莫能助,本人也觉得无可如何,只好挨了饿来忍耐。房租好几个月付不出,住户及邻右都认为常事,房东虽不快,近来也只能迁就,到了公堂上,法官因市面不好,也竟无法作严厉的判断。穷困,走投无路,已成为现世的实况,彼此因了境况相似和事实明显,成就了一种默契。从来的道德、习惯等等,在这默契之下,恐将不能再维持它的本来面目了。

再过几时,也许"穷""苦"等可憎的话会转成时髦漂亮的称谓呢。

(原载《太白》第 2 卷第 1 期,1935 年 3 月,署名:丏尊)

阮玲玉的死

电影女伶阮玲玉的死,叫大众非常轰动。这一星期以来,报纸上连续用大幅记载着她的事,街谈巷语都以她为话题。据说:跑到殡仪馆去瞻观遗体的有几万人,其中有些人是特从远地赶来的。出殡的时候沿途有几万人看。甚至还有两个女子因她的死而自杀。轰动的范围之广为从来所未有。她死后的荣哀,老实说,超过于任何阔人,任何名流。至于那些死后要大发讣闻号召吊客,出材时要靠许多叫化子来绷场面的大丧事,更谈不上了。

一个电影女伶的死竟会如此轰动大众,这原因说起来原不简单。第一,她的死是自杀的,自杀比生病死自然更易动人;第二,她的死是为了恋爱的纠纷,桃色事件照例是容易引起大众的注意的;第三,她是一个电影伶人,大众虽和她无往来,但在银幕上对她有相当的认识,抱有相当的好感。这三种原因合在一起遂使她的死如此轰动大众。

如果把这三种原因分析比较起来,我以为第三个原因是主要的,第一第二并不是主要的原因。现今社会上自杀的人差不多日日都有,桃色事件更不计其数,因桃色事件而自杀的男女也不知有过多少,何以不曾如此轰动大众呢?阮玲玉的死所以如此使大众轰动,主要原因就在大众对她有认识,有好感,换句话说,她十年来体会大众的心理,在某程度上是曾能满足大众要求的。同是电影女伶,同是自杀的一年以前有过一个艾霞,社会人士虽也曾为之惋惜,却没有如此轰动,那是因她上银幕未久,作品不多,工力尚未能深入人心的缘故。

不论音乐绘画文学或是甚么,凡是真正的艺术,照理都该以大众为对象,努力和大众发生交涉的。艺术家的任务就在用了他的天分体会大众的心情,用了他的技巧满足大众的要求。好的艺术家,必和大众接近,同时为大众所认识所爱戴。普式庚出殡时啜泣而送的有几万人,陀思妥夫斯基的死,有许多人为之号哭,农民画家米莱的行事和作品,到今还在多数人心里活着不死。他们一向不忘记大众,一切作为都把大众放在心目中,所以大众也不忘记他,把他们放在心目中。这情形原不但艺术上如此,政治上、道德上、事业上、学问上都一样。凡是心目中没有大众的,任凭他议论怎样巧,地位怎样高,声势怎样盛,大众也不会把他放在心目中。

现在单就艺术来说,在各种艺术之中,最易有和大众接触的机会的要算戏剧和文学。因为戏剧天然有许多观众,文学靠了印刷的传布,随时随地可得到读者。

同是戏剧,电影比一向的京剧昆剧接近大众得多。这只要看京剧昆剧已观客渐少而电影院到处林立的现象,就可知道。在今日,旧剧的名伶——假定是梅兰芳氏吧,有一天如果死了,死因无论怎样,轰动大众的程度决不及这次的阮玲玉,这是可豫言的。电影伶人卓别林将来死时,必将大大地有一番轰动,这也是可豫言的。因了电影在性质上比歌剧接近着大众,它的艺术材料及演出方法,在对大众接触一点上有着种种旧剧所没有的便利。阮玲玉的表演技术原不能说已了不得,已好到了绝顶,她在电影上的工力,和从来名伶在旧剧上的工力,两相比较起来,也许不及。她的所以能因了相当的成就,收得较大的效果,可以说因了她是电影伶人的缘故。如果她以同样的工力投身在旧剧中,也许只是一个平常的女伶而已。这完全是艺术材料和方法进步不进步的关系。

同样的情形也可应用到文学上。文学是用文字做的艺术,它的和大众接近,本来就没有像电影的容易。电影只要有眼睛的就能看,文学却须以识得懂得文字为条件,文学对于文盲,其无交涉等于电影之对于瞎子。国内瞎子不多,文盲却自古以来占着大多数,到现在还是占着大多数。文学在中国根本是和大众绝缘的东西。救济的方法,一方面固然须普及教育,扫除文盲,一方面还得像旧剧改进到电影的样子,把文学的艺术材料和演出方法改进,使容易和大众接近,世间各种新文学运动,用意不外乎此。新文学运动,离成功尚远,并且还有各种各样的阻力在加以障碍。例如到现在还居然有人主张作古文读经。中国自古有过许多杰出的文人,现世也有不少好的文人,可是大众之中认识他们,爱戴他们的人有多少呢?长此下去,中国文人心目中没有大众的不必说了,即使心目中想有大众,也无法有大众吧。中国文人死的时候,像阮玲玉似地能使大众轰动的,过去固然不曾有过,最近的将来也决不会有吧。这是可使我们做文人的愧杀的。

（原载《太白》第 2 卷第 2 期,1935 年 4 月）

读诗偶感

数年前,经朱佩弦君的介绍,求到了黄晦闻(节)氏的字幅。黄氏是当代的诗家,我求他写字的目的,在想请他写些旧作,不料他所写的却不是自己的诗,是黄山谷的《戏赠米元章二首》。那诗如下:

> 万里风帆水着天,麝煤鼠尾过年年。
>
> 沧江静夜虹贯月,定是米家书画船。
>
> 我有元晖古印章,印刓不忍与诸郎。
>
> 虎儿笔力能扛鼎,教字元晖继阿章。

字是写得很苍劲古朴的,把它装裱好了挂在客堂间里,无事的时候,一个人看着读着玩。字看看倒有味,诗句读读却感到无意味,不久就厌倦了,把它收藏起来,换上别的画幅。

近来,听说黄氏逝世了,偶然念及,再把那张字幅拿出来挂上,重新来看着读着玩。黄氏的字仍是有味的,而山谷的诗句仍感到无意味。于是我就去追求这诗对我无意味的原因。第一步,把平日读过的诗来背诵,发现我所记得的诗里面,有许多也是对我意味很少或竟是无意味的;再去把唐宋人的集子来随便翻,觉得对我无意味的东西竟着实不少。

文艺作品的有意味与无意味,理由当然不很简单,说法也许可以各人不同吧。我现在所觉到的,只是一点,就是:对我的生活可以发生交涉的有意味,否则就无意味。让我随便举出一首认为有意味的诗来,如李白的《静夜思》:

> 床前明月光,疑是地上霜。
>
> 举头望明月,低头思故乡。

这首诗从小就记熟，觉得有意味，至今年纪大了，仍觉得有意味。第一，这里面没有用着一定的人名，任何人都可以做这首诗的主人公。"疑"，谁"疑"呢？你疑也好，我疑也好，他疑也好。"举头"，"望"，"低头"，"思"，这些动作，任凭张三李四来做都可以。诗句虽是千年以前的李白做的，至今任何人在类似的情景之下，都可以当作自己的创作来念。心中所感到的滋味，和作者李白当时所感到的可以差不多。第二，这里面用着不说煞的含蓄说法，只说"思故乡"，不加"恋念""悲哀"等等的限定语。为父母而思故乡也好，为恋人而思故乡也好，为战乱而思故乡也好，甚么都可以。犹之数学公式中的 x，任凭你代入甚么数字去，都可适用。如果前人的文学作品，可以当遗产的话，这类的作品的确可以叫做遗产的了。

再回头来读山谷的那两首诗：第一首是写米元章的船中书画生活的，米元章工书画，当时做着名叫"发运司"的官，长期在江淮间船上过活，船里带着许多书画，自称"米家书画船"。第二首是说要将自己所郑重珍藏的晋人谢元晖的印章赠与米元章的儿子虎儿（名友仁），说虎儿笔力好，可取字元晖，使用这印章，继承父业。这两首诗在山谷自己不消说是有意味的，因为发挥着对于友人的情感，在米元章父子也当然有意味，因为这诗为他们而作。但是对千年以后的我们发生甚么交涉呢？我们不住在船中，又不会书画，也没有古印章，也没有"笔力能扛鼎"的儿子，所以读来读去，除了些记得一件文人的故事和诗的本来平仄音节以外，毫不觉得有甚么了。如果用遗产来作譬喻，李白的《静夜思》是一张不记名的支票，谁拿到了都可支取使用，籴米买菜。山谷的《戏赠米元章二首》是一张记名的划线支票，非凭记着的那人不能支取，而这记着的那人却早已死去了的。于是这张支票捏在我们的手里，只好眼睛对它看看而已。

山谷的集子里当然也有对我们有意味的诗，李白的集子里也有对我们无意味的诗，上面所说的只是我个人现在的选择见解。依据这见解把从来汗牛充栋的诗集、文集、词集来检验估价，被淘汰的东西，将不知有若干。以前各种各样的选本，也不知该怎样翻案才好。这对于古人也许是一种忤逆,但为大众计,是应该的,我们对于前人留下来的文艺作品,要主张读的权利,同时要主张有不读的自由。

（原载《中学生》第 55 号,1935 年 5 月,署名:丏尊）

坪内逍遥

明治维新以后,日本的文化界现出长足的进步,这进步不能不归功于几个特志的先驱者。就文艺方面说,近代日本文艺史上,如果没有了高山樗牛、正冈子规、国木田独步、二叶亭四迷、坪内逍遥、夏目漱石、森鸥外等几个,日本的新文艺决没有今日的成果,可断言的。这几个人在各方面给与青年以新刺激,树立了文艺上的各种新基础,可以说是日本文艺界的恩人。

在这几个人里面,坪内逍遥是死得最后的一个。他名雄藏,号逍遥,又号小羊。生于安政六年(一八五九),本年二月二十八日逝世,享年近八十岁。他原是一个政治科的大学生,因为平日多与小说接近,遂把趣味倾向到文学上去。日本当时离维新不久,各方面都有崇尚欧化的倾向,这时代的青年,尤其是大学生,皆以新文化的建设者自待,坪内氏是文艺革新的先驱者。

坪内氏的功绩,第一步是对于小说界的贡献。明治初期的日本小说有着两种倾向,一是封建时代残余下来的劝善惩恶的主旨,二是政治主张的宣传,即所谓政治小说。前者是他们模仿汉学的遗影,后者是当时维新的政治上变革的影响。坪内氏于学生时代耽读司各德、莎士比亚等的西洋作品,一壁试行写作,于明治十八年(一八八五)发表《当世书生气质》。这是模仿了西洋小说写成的东西,和从来的日本小说大异其趣。里面所写的是八个求学的青年在首都东京过着奔放生活的情形,以维新后的新空气做着背景。这小说现在早已没人读了,技巧上也未脱旧小说的窠臼,可是在那时是划时代的作品。日本的写实风的小说,第一部就是这《当世书生气质》。

《当世书生气质》一时颇引起文坛的议论，同年，坪内氏又发表了一本《小说神髓》，主张小说的主眼在人情的描写，排斥从来劝善惩恶政治宣传的主义。并论及小说的起源、变迁及批评等等。这部书一方面是《当世书生气质》的解释，一方面又是指导小说的原理的东西。给后来的日本文坛，开了一条先路，在文学史上很是有名的。

坪内氏在《当世书生气质》以后，也曾写过好几篇小说，可是都不曾出名。把他的《小说神髓》里的主张应用在小说上而成功的，是二叶亭四迷。二叶亭四迷的《浮云》，出世比《小说神髓》稍后，是至今还有人喜读的小说。全体用现代语写，技巧远在《当世书生气质》以上。坪内氏见了《浮云》，就断念于小说的创作。说："有了二叶亭，我不必再从事于这方面了。"真可谓有自知之明的人。

他断念于小说以后，专心在戏剧上努力。他所作的剧本，第一部是明治二十九年出版的《桐一叶》，此外，如《孤城落日》《牧者》《义时的结局》《名残星月夜》《阿夏狂乱》《良宽与保姆》等都很有名。他所作的戏剧，大部分是所谓"新歌舞伎剧"。立脚于史实，用日本传统的"歌舞伎剧"的方法表演。他在戏剧上的功绩在历史剧的确立和悲剧的开拓。他的埋头于莎士比亚的研究，目的就在这上面。因为莎士比亚的作品中，有不少的史剧与悲剧。朗读法，言语术，是他最所关心的方面。据说，他在教室中对学生讲读莎士比亚剧本的时候，常常用戏子在舞台上说白的口吻；与人杂谈，也往往会模仿某剧中某角色的调子。他对于新派剧演员的不讲究言语的工夫，很是不满，曾说："戏剧是言语的艺术，言语的质、种类、调子都得选择。"他对于言语的苦心可见一斑了。

他被认为日本戏剧界的恩人。可是他所作的剧本，并没有全体上演。那最使他出名的《桐一叶》，排演也在发表后的十几年。因为新歌舞伎剧不比新剧，是需要特种的演员的。他的最可惊异的成功的工作，倒是莎士比亚剧本的翻译。他的对于莎士比亚的造诣，不但在日本没有第二个，在全世界也是有数的人。这次死去的时候，英国驻日本的公使，曾亲往吊唁，在吊辞中盛称他对于英国文献的劳绩。他的研究莎士比亚剧,差不多有五十年之久。翻译的剧本,几十年前早已陆续刊行了,只管订正,只管修改,到去年全部才有定本,由中央公论社出版。这与其说翻译,不如说是创作。原来,他是从事于新歌舞伎剧的,莎士比亚的剧本,经他翻译,言语的调子已毫无英语色彩,全部成了日本新歌舞伎剧中的说白了。他所译的莎士比亚剧,可以由新歌舞伎的戏子演出,而于原文的意义却要力求不差。这是何等艰苦的事!

坪内氏不但是文学上有功的人,在教育上也值得记忆。他最初做过塾师,执过中学的教鞭,后来任早稻田大学教授数十年。他的塾徒,有丘浅次郎、长谷川如是闲等的名人。早稻田大学出身的学生里更有不少在各方面杰出的分子。

坪内氏在剧本以外还有几种著作,《小羊漫言》,《文学这时那时》,《英文学史》等较有名。最近出版的还有随笔集《柿的蒂》,他在热海有一个别庄,名叫双柿舍,《柿的蒂》盖由此命名的。

(原载《中学生》第 56 号,1935 年 6 月,署名:丏尊)

我们对于文化运动的意见

在帝国主义间利害冲突日益加甚的今日,处在被侵略的地位的我们自不能不打算自救。而自救运动发生的当儿,议论纷纷是必然的。不过,不问病人的症候如何,只是胡乱用药,其结果不但不能把病减轻,甚且会招来更大的危险。近来弥漫各地的复古的呼声,我们以为是并不对症的一味药。

我们相信复古运动是不会有前途的。假如读经可以救国,那末,"戊戌维新""辛亥革命"全是多事了,假如"中学为体西学为用"主张可以救国,那末,李鸿章和张之洞早已成了大功了。时势已推演到这个地步,而突然有这种反动现象发生,我们虽然明白其原因并不简单,但不能不对这种庸妄的呼号,指出问题的症结所在而促其反省。不错,中国民族必须有自信心,信赖我们的自立的能力;我们不愿作帝国主义的奴隶,我们要从现在的次殖民地的政治局面挣扎出来,我们要完成民族解放的功业。但这一切,并不是憧憬于过去的光荣就可以成功的。一切破落户捧着废址上的残砖碎瓦,以为这就可以重建楼台,谁都知道只是一个愚妄的梦想!

我们以为民族的自救,除了向"维新"的路上走去,再没有别的办法了!

一切建设事业,军事设备,都需要最进步的物质文明的帮助,惟有文化工作,却固步自封,不愿受外来的影响,这岂是可能之事?

凡伟大的民族差不多都吸收外来的文化。罗马帝国是全盘的承受了希腊文明的。中国的文化到底有几分之几是纯粹的"国粹",也大是疑问。国乐器的胡"琴"便是疆"胡"物；所谓长袍马褂的礼服也是"胡"服；最初的床，被称为"胡"床；民间最流行的"烧饼"就是"胡"饼。如果除去外来的成分，样样都要国粹，就非恢复"席地""鼎食""车战""汉衣冠"不可。这是谁都知道的。那末，为什么对于"文化"生活，却非要求读经作"古文"不可呢？

我们相信救国不必读经，读经和救国没有关系。这并不是说"经"书绝对的不可读；如果在大学里，研究古文史而读《书经》《春秋》，研究诗歌而读《诗经》，那是没有人反对的。可是，把读经作为"救国"的一种方术，那就浅妄得可笑。"经"是什么呢？我们只要分析一下，便知道所谓十三经只是古代一部分著作的结集。抱着二千多年前古人的著作，以为熟读了便可以救国。若不是相信那经书有通天的魔术的作用，便无法解释这可笑的举动了。

假如以为从群"经"里可以取得许多道德的教训，作为立身处世的标准，那也只是妄想。二千多年前的道德教训能够范围现代的人么？而且，道德教训之类果能改造一个人的人生观么？

近世的伦理是进步得很快的。奉二千多年前的伦理观念为金科玉律，恐怕只有退化的人群才会这样办。我们相信民族的自救，贵乎知新而不贵乎温故；我们知道我们的传统的弱点，我们必须勇敢的去补救。

同时，我们相信民族自救的责任不是少数人所能担负的，必须大众来通力合作。怎样普及知识于大众，是今日最重要的问题。所以我们对于改革汉字的运动觉得是必要的。

我们相信文字和文化运动有极密切的关系，文言文或古文早已走上了末路，那些僵硬了的文章组织，实在不足以表现现代的生活；依照口头语写成的"国语文"，在修辞学上看来，其精密详审的程度，比较文言文进步得多，绝不是浅陋苟简的东西。

要提高一般学生的国文程度，只有提高"国语文"，如果专教"古文"，便是阻止了他们的进步，在课堂上作诗词赋，更是反时代的愚蠢的举动。

通一经一史，能作诗词的人物，不是现代中国所需要的；我们需要现代的人，我们也需要能够表白现代人的情思的现代文。

所谓经史以及诸子百家都只该让专门家去研究,而不是一般学生所必读的。

我们相信,从提倡读经到鼓吹以经史百家为"挽救"学生国文程度的主张,全都是不明白文化运动是什么的,全都是不明白危急的中国需要什么的;他们虽然未必是"王道"政治论者的同群,而其结果却是一致的。

所以复古运动发展的结果,将是一服毒药,对于民族前途,绝对没有起死回生的功效!

我们不忍坐视这愚妄运动日渐发展,故敢竭其微忱,宣言如上,希望国人注意!

发表意见人

(团体)

文学社　文学季刊社　文艺画报社　中学生杂志社　太白社
世界知识社　芒种社　青年界社　东京杂文社　东京诗歌社
东流文艺社　现代杂志社　新小说社　新生周刊社　论语社
译文社　读书生活社

(个人)

大 戈	王伯祥	王志瑞	王承志	王特夫	王 琳	王集丛
王淑明	王鲁彦	王文川	王西微	方之中	方光焘	白 丁
史国纲	艾思奇	艾寒松	伍蠡甫	任白戈	江天蔚	老 舍
向觉明	伯 韩	沈起予	沈志远	沈百英	辛 人	何家槐
沙 丁	宋 安	吕监平	汪虚若	汪静之	汪馥泉	余楠秋
李公朴	李青崖	李炳焕	李华卿	李辉英	杜 衡	金仲华
吴研因	吴俞岚	吴文祺	吴组缃	吴清友	林 庚	林焕平
孟 克	孟式钧	邵宗汉	周建人	周曙山	周木斋	周予同
郎鲁逊	袁 冰	姚雪垠	姚名达	姚非厂	柳亚子	柳 湜
郁达夫	胡仲持	胡 绳	施蛰存	孙俍工	孙 用	孙起孟
孙克定	翁同书	韦 休	马千里	马国亮	马宗融	奚 如

殷佩斯　徐调孚　徐工美　徐懋庸　徐应昶　徐霞村　夏丏尊
夏征农　倪文宙　高滔　张明养　张天泽　张仲实　张天翼
曹聚仁　曹宇君　曹养吾　陈望道　陈子展　陈大悲　陈端志
陈康白　章靳以　康嗣群　毕云程　陶亢德　郭建英　陆衣言
陆上之　庶谦　符竹因　叶圣陶　叶灵凤　叶作舟　叶籁士
叶青　焦凤　黄芝冈　黄觉民　傅东华　贺昌群　万家宝
葛乔　杨东莼　杨霁云　赵景深　赵景源　赵家璧　黎锦明
漆琪生　潘光廻　潘震亚　郑振铎　郑伯奇　樊仲云　蒋建白
乐嗣炳　欧阳凡海　刘大杰　钱歌川　钱子矜　谢六逸　应人
塞先艾　聂绀弩　谭勤余　萧乾　顾君义　顾均正　顾仲彝
顾燧

（原载《芒种》第 7 期，1935 年 6 月）

早老者的忏悔

　　朋友间谈话,近来最多谈及的是关于身体的事。不管是三十岁的朋友,四十左右的朋友,都说身体应付不过各自的工作,自己照起镜子来,看到年龄以上的老态。彼此感慨万分。

　　我今年五十,在朋友中原比较老大。可是自己觉得体力减退,已好多年了。三十五六岁以后,我就感到身体一年不如一年,工作起不得劲,只是恹恹地勉强挨,几乎无时不觉到疲劳,甚么都觉得厌倦,这情形一直到如今。十年以前,我还只四十岁,不知道我年龄的都说我是五十岁光景的人,近来居然有许多人叫我"老先生"。论年龄,五十岁的人应该还大有可为,古今中外,尽有活到了七十八十,元气很盛的。可是我却已经老了,而且早已老了。

　　因为身体不好,关心到一般体育上的事情,对于早年自己的学校生活发见一个重大的罪过。现在的身体不好,可以说是当然的应报。这罪过是甚么?就是看不起体操教师。

　　体操教师的被蔑视,似乎在现在也是普通现象。这是有着历史关系的。我自己就是一个历史的人物。三十年前,中国初兴学校,学校制度不像现在的完整。我是弃了八股文进学校的,所进的学校,先后有好几个,程度等于现在的中学。当时学生都是所谓"读书人",童生、秀才都有,年龄大的可三十岁,小的可十五六岁,我算是比较年青的一个。那时学校教育虽号称"德育、知育、体育并重,"可是学生所注重的是"知育",学校所注重的也是"知育","德育"和"体育"只居附属的地位。在全校的教师之中,最被重视的是英文教师,次之是算学教师,格致(理化博物之总名)教师,最被蔑视的是修身教师,体操教师。大家把修身教师认作迂腐的道学家,把体操教师认作卖艺打拳的江湖家。修身教师大概是国文教师兼的,体操教师的薪水在教师中最低,往往不及英文教师的半数。

那时学校新设,各科教师都并无一定的资格,不像现在的有大学或专门科毕业生。国文教师,历史教师,由秀才、举人中挑选,英文教师大概向上海聘请,圣约翰书院(现在改称大学当时也叫梵王渡)出身的曾大出过风头,算学、格致教师也都是把教会学校的未毕业生拉来充数。论起资格来,实在薄弱得很。尤其是体操教师,他们不是三个月或半年的速成科出身,就是曾经在任何学校住过几年的三脚猫。那时一面有学校,一面还有科举,大家把学校教育当作科举的准备。体操一科,对于科举是全然无关的,又不像现在学校的有竞技选手之类的名目,谁也不去加以注重。在体操时间,有的请假,有的立在操场上看教师玩把戏,自己敷衍了事。体操教师对于所教的功课,似乎也并无何等的自信与理论,只是今日球类,明日棍棒,轮番着变换花样,想以趣味来维系人心。可是学生老不去睬他。

蔑视体操科,看不起体操教师,是那时的习惯。这习惯在我竟一直延长下去,我敢自己报告,我在以后近十年的学生生活中,不曾用了心操过一次的体操,也不曾对于某一位体操教师抱过尊敬之念。换一句话说,我在学生时代,不信"一二三四"等类的动作和习惯会有益于自己后来的健康。我只觉得"一二三四"等类的动作干燥无味。

朋友之中,有每日早晨在床上作二十分钟操的,有每日临睡操八段锦的,据说持久着做,会有效果,劝我也试试。他们的身体虽比我好得多,我也已经从种种体验上知道运动的要义不在趣味而在继续持久,养成习惯。可是因为一向对于这些上面厌憎,终于立不住自己的决心,起不成头,一任身体一日不如一日。

我们所过的是都市的工商生活,房子是鸽笼,业务头绪纷烦,走路得刻刻留心,酬应上饮食容易过度,感官日夜不绝地受到刺激,睡眠是长年不足的,事业上的忧虑,生活上的烦闷是没有一刻忘怀的,这样的生活当然会使人早老早死。除了捏锄头的农夫以外,却无法不营这样的生活,这是事实,积极的自救法,唯有补充体力,及早豫备好了身体来。

"如果我在学生时代不那样蔑视体操科,对于体操教师不那样看他们不起,多少听受他们的教诲,也许……"我每当顾念自己的身体现状时常这样暗暗叹息。

(原载《中学生》第 58 号,1935 年 10 月,署名:丏尊)

整理好了的箱子

　　他旁晚从办事的地方回家，见马路上逃难的情形较前几日更厉害了，满载着铺盖箱子的黄包车，汽车，搬场车，衔头接尾地齐向租界方面跑，人行道上一群一群地立着看的人，有的在交头接耳谈着甚么，神情慌张得很。

　　他自己的里门口，也有许多人在忙乱地进出，里里面还停放着好几辆搬场车子。

　　她已在房内整理好了箱子。

　　"看来非搬不可了，里里的人家差不多快要搬空，本来留剩的已没几家，今天上午搬的有十三号、十六号，下午搬的有三号、十九号，方才又有两部车子开进里面来，不知道又是那几家要搬。你看我们怎样？"

　　"搬到那里去呢？听说黄包车要一块钱一部，汽车要隔夜豫定，旅馆又家家客满。倒不如依我的话，听其自然吧。我不相信真个会打仗。"

　　"半点钟前王先生特来关照，说他本来也和你一样，不豫备搬的，昨天已搬到法租界去了。他有一个亲戚在南京做官，据说这次真要打仗了。他又说，闸北一带今天晚上十二点钟就要开火，叫我们把箱子先搬出几只，人等炮声响了再说。"

　　"所以你在整理箱子？我和你没有甚么好衣服，这几只箱子值得多少钱呢？"

　　"你又来了，'一二八'那回也是你不肯先搬，后来光身逃出，弄得替换衫裤都没有，件件要重做，到现在还没添配舒齐。难道又要……"

　　"如果中国政府真个会和人家打仗，我们甚么都该牺牲，区区不值钱的几只箱子算甚么？恐怕都是些谣言吧。"

"……"

几只整理好了的箱子胡乱地叠在屋角，她悄然对了这几只箱子看。

搬场汽车啵啵地接连开出以后，弄里面赖以打破黄昏的寂寞的只是晚报的叫卖声，晚报用了枣子样的大字列着"×××不日飞京，共赴国难，精诚团结有望""五全大会开会"等等的标题。

他旁晚从办事的地方回家，带来了几种报纸，里面有许多平安的消息，甚么"军政部长何应钦声明对日亲善外交决不变更"，甚么"窦乐安路日兵撤退"，甚么"日本总领事声明决无战事"，甚么"市政府禁止搬场"。她见了这些大字标题，一星期来的愁眉为之一松。

"我的话不错吧，终究是谣言。那里会打甚么仗！"

"我们幸而不搬，隔壁张家这次搬场，听说花了两三百块钱呢。还有宝山路李家，听说一家在旅馆里困地板，连吃连住要十多块钱一天的开销，家里昨天晚上还着了贼偷。李太太今天到这里，说起来要下泪。都是造谣言的害人。"

"总之，中国人难做是真的。——这几只箱子不知道要到甚么时候才有牺牲的机会呢？"

几只整理好了的箱子胡乱地叠在屋角，他悄然对了这几只箱子看。

打破里内黄昏的寂寞的仍旧还只有晚报的叫卖声，晚报上用枣子样的大字列着的标题是"日兵云集榆关"。

（原载《中学生》第 60 号，1935 年 12 月，署名：丏尊）

《平屋杂文》自序❶

把所写的文字收集了一部分付印成书，叫做《平屋杂文》。

自从祖宅出卖以后，我就没有自己的屋住。白马湖几间小平屋的造成，在我要算是一生值得纪念的大事。集中所收的文字，大多数并不是在平屋里写的，却差不多都是平屋造成以后的东西，最早的在民国十年，正是平屋造成的那一年。就文字的性质看，有评论，有小说，有随笔，每种分量既少，而且都不三不四得可以，评论不像评论，小说不像小说，随笔不像随笔。近来有人新造一个杂文的名辞，把不三不四的东西叫做杂文，我觉得我的文字正配叫杂文，所以就定了这个书名。

我对于文学，的确如赵景深先生在《立报·言林》上所说"不大努力"。我自认不配做文人，写的东西既不多，而且并不自己记忆保存。这回的结集起来付印，全出于几个朋友的怂恿，朋友之中怂恿最力的要算郑振铎先生，他在这一年来，几乎每次见到就谈起出集子的事。

长女吉子，是平日关心我的文字的。她曾豫备替我做收集的工作，不幸今年夏天竟病亡，不及从她父亲的文集里再读她父亲的文字了！

二十五年❷十二月，夏丏尊

（《平屋杂文》，开明书店，1935 年）

---

❶ 题目为编者所加。

❷ 应为二十四年——编者注

怎样叫做世界文学的两大思潮?

在古代的历史上,有两种民族,他们的思想显著地是处于相反的。这相反的两种思想,完全基于相反的两种人类的本性。这两种思潮,一盛一衰,一胜一败,循环往复的斗争着,形成了世界文明光华的历史。安诺德说得好:"在这两种相反的伟大思潮的势力间,我们的世界在进行着。"

其一是希伯莱民族,他们信仰唯一的上帝,绝对服从神明,尊重灵魂,厉行禁欲,未来的天国重于现实的世界,因此轻视现在的享乐而相信未来的幸福,他们的生活以神为中心。——总之是崇尚灵的,基督教所代表的正是这种思想。

其二是希腊民族,他们和前一民族正相反,他们热爱智识,执着于地上的现实,谋肉的解放,先求自我的满足与个人生活的充实——总之是尊重肉的,所谓异教思想者就是。

世界上一切的文学,从往古到现在,完全受着代表基督教思想的希伯莱主义和代表异教思想的希腊主义所支配,希腊主义由希腊民族所创始而传给罗马民族。因基督教的勃兴而消灭,到十六世纪文艺复兴而重新出现。从十七八世纪以至十九世纪,其间希腊思想与希伯莱思想是混合错综着,可以称之为二思潮交流的复杂时代,及至十九世纪末叶至二十世纪初头所谓"现代"这时期中,希腊思潮突占绝对优越的地位。

兹将日本厨川白村氏的对照表抄录在下面,以作参考:

基督教思潮
（希伯莱思想）

灵的,禁欲的……………………肉的,本能的
要知道神……………………知道自己
绝对的服从……………………个人的自觉
教权主义……………………自由主义
天国,神本位……………………现世,人间本位
利他主义……………………自我的满足
超自然主义……………………自然主义
宗教的道德的……………………智识的艺术的
信仰的独断的……………………科学的实验的
主观的倾向……………………客观的倾向

异教思潮
（希腊思想）

（傅东华主编《文学百题》,生活书店,1935 年）

《世界文库》题词❶

　　系统地把世界文学名著来结集流通，这事在别国早经有人做过，在国内还是破天荒。

　　《世界文库》包罗本国外国重要文学典籍，按月分配刊行。从此，读书的可不费搜求之劳，不出高价，读到重要的中外名著了。这的确是一种功德！

---

❶　这是夏丏尊为郑振铎发起编纂的大型丛书《世界文库》所写的题词，题目为编者所加。

新年恭喜

又到了叫"新年恭喜"的时候了。

每到新年,彼此互相祝福叫"新年恭喜"! 这是社交上的规矩,其实也是大家内心的希望。"但愿今年比去年更幸福",唯其有这希望,才会一年一年地把长长的三百六十五日生活下去。至于碰到不幸,叹苦叫"这个年头",那是叫过了"新年恭喜"以后的事。

在去年这时候,我不知向别人叫过几次"新年恭喜",也不知从别人听到过几次"新年恭喜"。可是后来都无"喜"可"恭",亲友之中有许多人失了业,有许多人破了产,有的生了大病,有的离了婚,有的入了狱,有的因事业失败弄到要自杀。我自己也遭到许多的不幸,最不幸的一件事是女儿的病死。至于做到好官的,中到航空券头彩的,想来也不乏其人,可惜我不认识他们。在我不认识的人之中,去年一年,因水灾,兵事,不景气以及其他种种原因而遭到不幸的不知还有多少。

去年已过去了,新年怎样? 如果照因果法则看来,前途也不难猜测的。话虽如此,当这新年的时候,我们还得仍旧大家叫"新年恭喜"。如果彼此不存这希望,将怎过这长长的一年呢?

"新年恭喜"!

（《民国二十五年文艺日记》,生活书店,1935 年）

1936

元旦书怀

——赠《中学生》杂志读者

击楫澄清志未伸，
时艰依旧岁华新。
闻鸡起舞莫长叹，
忧患还须惜好春。

（原载《中学生》第 61 号，1936 年 1 月）

我的畏友弘一和尚

弘一和尚是我的畏友。他出家前和我相交者近十年,他的一言一行,随在都给我以启诱。出家后对我督教期望尤殷,屡次来信,都劝我勿自放逸,归心向善。

佛学于我向有兴味,可是信仰的根基,迄今还没有建筑成就。平日对于说理的经典,有时感到融会贯通之乐,至于实行修持,未能一一遵行。例如说,我也相信惟心净土,可是对于西方的种种客观的庄严,尚未能深信。我也相信因果报应是有的,但对于修道者所宣传的隔世的奇异的果报,还认为近于迷信。关于这事,在和尚初出家的时候,曾和他经遇一番讨论,和尚说我执着于"理",忽略了"事"的一方面,为我说过"事理不二"的法门。我依了他的谆嘱读了好几部经论,仍是格格难入。从此以后,和尚行脚无定,我不敢向他谈及我的心境,他也不来苦相追究,只在他给我的通信上时常见到"衰老浸至,宜及时努力"珍重等泛劝的话而已。

自从白马湖有了晚晴山房以后,和尚曾来小住过几次,多年来阔别的旧友复得聚晤的机会。和尚的心境,已达到了甚么地步,我当然不知道,我的心境,却仍是十年前的老样子,牢牢地在故步中封止着。和尚住在山房的时候,我虽曾虔诚地尽护法之劳,送素菜,送饭,对于佛法本身,却从未说到。

有一次,和尚将离开山房到温州去了。记得是秋季,天气很好,我邀他乘小舟一览白马湖风景。在船中大家闲谈。话题忽然触到蕅益大师。蕅益名智旭,是和莲池,紫柏,憨山同被称为明代四大师的。和尚于当代僧人则推崇印光,于前代则佩仰智旭,一时曾颜其住室曰旭光室。我对于蕅益,也曾读过他不少的著作。据《灵峰宗论》上所附的传记,他二十岁以前原是一个竭力谤佛的儒者,后来发心重注《论语》,到《颜渊问仁》一章,不能下笔,于是就出家为僧了。在传下来的书目中,他做和尚以后,曾有一部著作叫《四书蕅益解》的,我搜求了多年,终于没有见到。这回和和尚谈来谈去,终于说到了这部书上面。

"《四书蕅益解》前几个月已出版了。有人送我一部,我也曾快读过一次。"和尚说。

"蕅益的出家,据说就为了注四书,他注到《颜渊问仁》一章据说不能下笔,这才出家的。《四书蕅益解》里对《颜渊问仁》章不知注着甚么话呢? 倒要想看看"。我好奇地问。

"我曾翻过一翻,似乎还记得个大概。"

"大意怎样?"我急问。

"你近来怎样,还是惟心净土吗?"和尚笑问。

"……"我不敢说甚么,只是点头。

"《颜渊问仁》一章,可分两截看,孔子对于颜渊说:'克己复礼只要"克己复礼"本来具有的,不必外求为仁,'这是说'仁'是就够了。这和你所见到的惟心净土说一样。但是颜渊还要'请问其目',孔子告诉他'非礼勿视,非礼勿听,非礼勿言,非礼勿动'这是实行的项目。'克己复礼'是理,'非礼勿视'等等是事。所以颜回下面有'请事斯语矣'的话。理是可以顿悟的,事非脚踏实地去做不行。理和事相应,才是真实工夫,事理本来是不二的。——蕅益注《颜渊问仁》章大概如此吧,我恍惚记得是如此。"和尚含笑滔滔地说。

"啊,原来如此,既然书已出版了,我想去买来看看。"

"不必,我此次到温州去,就把我那部寄给你吧。"

和尚离白马湖不到一星期,就把《四书蕅益解》寄来了。书面上仍用端楷写着"寄赠丐尊居士""弘一"的款识,我急去翻《颜渊问仁》一章。不看犹可,看了不禁呀地自叫起来。

原来蕅益在那章书里只在"回虽不敏请事斯语矣"下面注着"僧再

拜"三个字,其余只录白文,并没有说甚么。出家前不能下笔的地方,出家后也似乎还是不能下笔。所谓"事理不二"等等的说法,全是和尚针对了我的病根临时为我编的讲义!

和尚对我的劝诱,在我是终身不忘的,尤其不能忘怀的是这一段故事。这事离现在已六七年了,至今还深深地记忆着,偶然念到,感着说不出的怅惘。

(原载《越风》第 9 期,1936 年 3 月)

中国文艺家协会宣言[1]

　　光明与黑暗正在争斗。

　　世界是在战争与革命的前夜。

　　中华民族到了生死存亡的关头！

　　去年十二月普遍于全国的救国运动的壮潮展开了中华民族解放运动的新阶段。从去年十二月起，全民族一致的救国阵线的建立，成为中华民族迫切的要求！

　　从去年十二月起，中华民族目前最主要的敌人加紧它的强暴的侵略：增兵，走私，干涉我们的小学教科书讲到"国耻"。最近他们的外交官已经公开宣言：中国可走的只有两条路，不是对他们作战，便是向他们屈服！

　　是的，我们目前可走的只有两条路！

　　从去年十二月起，事实已经告诉我们：尽管汉奸们如何欺骗蒙蔽，尽管有些神经麻木的同胞，还在幻想敌人的"适可而止"，然而广大的民众早已认识了只有武力抵抗才能够不做亡国奴！广大的民众坚决地不愿做亡国奴！

　　文艺作家有他特殊的武器。文艺作家在全民族一致的救国阵线中有他自己的岗位。中国文艺家协会在今日宣告成立，自有它伟大的历史的使命。

---

　　❶　此宣言为夏丏尊等多人合署。

是全民族救国运动中的一环,中国文艺家协会坚决拥护民族救国阵线的最低限度的基本的要求:团结一致抵抗侵略,停止内战,言论出版自由,民众组织救国团体的自由!

是文艺家的集团,中国文艺家协会要求作家们切身权利的保障,要求同一目标的作家们的集体的创造和集团的研究。

中国文艺家协会特别要提议:在全民族一致救国的大目标下,文艺上主张不同的作家们可以是一条战线上的战友。文艺上主张的不同,并不妨碍我们为了民族利益而团结一致;同时,为了民族利益而团结一致,并不拘束了我们各自的文艺主张向广大民众声诉而听取最后的判词。

是全民族一致救国的要求使我们站在一条线上,同时,亦将是民族解放斗争的更开展与更深入,无情地淘汰了一些动摇的畏缩的,而使我们这集团锻炼成钢铁一般的壁垒!

中国文艺家协会要求更多的作家们来共同负起历史决定了的使命。

把我们的笔集中于民族解放的斗争吧!

中华民族自由解放万岁!

(原载《光明》第 1 卷第 2 号,1936 年 6 月)

青年与"老人"

　　我曾赞成文艺家协会的组织，在发起人单子上签过名，可是接连几次的筹备会都没有参与，一次是人不在上海，还有一次是别有要事。

　　成立会在星期日下午二时，我到会已二时半，会员到的约莫五六十人，有许多是认识的，有许多还是初见。坐定以后就有人告诉我筹备会已把我列入了主席团，主席团共有五个人，今天成立会的临时主席就豫备推我。理由是因为年龄最大。我去找其余四位朋友，请他们在开会时改推别人。他们不答应，说我年龄最大应该做主席。于是证据确凿，理由充分，在开会以后，我就被宣告为临时主席。不得已老了脸皮，戴起了老光眼镜来读章程读宣言，执行会务到下午六时光景才止。

　　"老先生"的称呼是我近来常常受到的，我每听到这称呼，总觉得有些难堪。今天到会的六七十个会员，任何人都比我年青，"我年龄最大"，这是千真万确的事实。直到散会以后，我还不能忘却这五个字——"我年龄最大！"

　　我今年才满五十岁。论理还不算迟暮。可是在别人眼里，已是老人，连自己也觉得不是青年了。这是值得惭愧的。当代文人如罗曼罗兰如萧·伯讷如高尔基都是高龄的人物，他们却不曾老，在一般人的心目中还是青年。

　　（原载《光明》第 1 卷第 2 号，1936 年 6 月）

中国文艺家协会组织缘起

我们要过集体的生活,这已是一句老话,但这句老话,在目前却有它的新意义。我们的文坛,一向是个纷乱的,混沌的局面。这种纷乱与混沌,不知减弱了多少影响,浪费了多少精力。但在这样严重的局面之下,实在不能再让我们继续这种可怕的损失。

我们时常"杞忧"我们的文坛如果长此散漫下去,没有集体的生活和精神,讨论和研究,那末前途怕是非常黯淡的。不但不能负起为时代先驱的任务,就是要防止"文化"上的压迫和摧残,保全苟延残喘的生命,也显然是不可能的。在美国,已经成立了包含安德生,德莱赛等百余作家的美国作家大会。西欧作家如赫胥黎,亨利希曼等,也都参加了巴黎的保卫文化大会,和反战的进步作家纪德,罗曼罗兰等携手。我们尤其需要团结和亲爱的合作,因为我们的环境比之他们可以说是要坏过百倍。

当然,现在是个苦难的,非常的时代,我们所处的,尤其是一个窒闷的环境。国土的沦丧,主权的损失,经济的破产,一切生活的日趋贫穷化,这些条件都使得我们的前途更形惨澹,更没有光彩,我们已经感到同样的威胁,受到同样的痛苦。

犹预不决是不能解决问题的;退避畏缩,也是无出路的。

为了保卫文学和我们民族的生存,为了负起为时代先驱的任务,我们有积极的起来组织文艺家协会的必要。我们极恳切的希望赞成我们这主张的作家签名,一同来进行这个有意义的工作。

发起人

王任叔	王统照	方光焘	白 薇	立 波	艾 芜	沙 汀
李健吾	李 兰	沈去彬	何家槐	吴景崧	邱韵铎	周楞枷
林淡秋	邵询美	茅 盾	洪 深	夏丏尊	荒 煤	徐调孚
徐蔚南	徐懋庸	马宗融	马国亮	许 杰	曹聚仁	张梦麟
傅东华	杨 骚	郑伯奇	郑振铎	赵家璧	赵景深	叶圣陶
钱歌川	谢六逸	戴平万	丽 尼			

（原载《青年习作》创刊号，1936 年 8 月）

开明书店创业十周年箴❶

开明创设，于兹十年。

书林托始，仅寄一廛。

譬之为山，如石盈拳。

譬之导水，如泉涓涓。

遵时迈进，当仁着鞭。

中道而驰，无陂无偏。

以有今日，事非偶然。

时艰方亟，风雨一船。

黾勉同心，庶几寡愆。

愿共矢诚，凛此冰渊。

（原载《申报·开明书店创业十周年纪念特刊》1936 年 8 月 1 日）

---

❶ 题目为编者所加。

《十年》小说集序

开明创立于一九二六，到今年十周年了，打算出一种书，一方面对读者界作有一点儿意义的贡献，另一方面也给自己作个纪念。这部小说集刊就是从这样打算之下产生的。给它题个名字，谁也会想到又现成又醒目的"十年"。于是它有了名字。

据一般批评家说，我国的新文学运动起来以后，小说方面的成就比较可观。开明自从创立的那一年起，就把刊行新体小说作为出版方针之一。到现在，大家都承认开明这一类的出版物中间，很有一些在现代文学史上占有地位的佳作。这是开明的荣誉。开明要永远保持它的荣誉，就约当代作家各替开明特写一篇新作，用来纪念开明，同时也给我国小说界留个鸟瞰的摄影。发育了将近二十年的新体小说成为什么样子了，虽然不能全般地看出，但是总可以从这里看出一大部分。在这一点上，这部书似乎有着不少的意义。

所约作家共有二三十位。到了集稿的期限，有些作家因为事情忙，有些作家因为要慎重推敲，尚未把稿子寄到，而存稿的篇幅却已不少了。我们不愿意叫许多作家失掉参与我们纪念的机会，乃改为分册出版，先将已收到的发表，不久再出"十年"续集。

末了，对于特地为本集撰稿的各位作家谨致真诚的感谢。

二十五年八月夏丏尊

（原载《申报·开明书店创业十周年纪念特刊》1936 年 8 月 1 日）

日本的障子

编者要我写些关于日本的东西,题材听我自找所喜欢的。我对于日本的东西,有不喜欢的,如"下驮"之类,也有喜欢的,如"障子"之类。既然说喜欢甚么就写甚么,那末让我来写障子吧。

所谓"障子"就是方格子的糊纸的窗户,纸窗是中国旧式家屋中常见到的,纸户纸门却不多见。中国家屋受了洋房的影响,即不是洋房,窗户也用玻璃了。日本则除真正的洋房以外,窗户还是用纸,不用玻璃。障子在日本建筑中是重要的特征之一。

据近来西洋学者的研究,太阳的紫外线在纸上通过较通过玻璃容易,纸窗在健康上比玻璃窗好得多。我的喜欢日本的障子,并非立脚于最近的科学上的研究,只是因为它富于情趣的缘故。

纸窗在我国向是诗的题材,东坡的"岁云尽矣,风雨凄然。纸窗竹屋,灯火荧荧。时于此中,得稍佳趣。"是能道出纸窗的情味的。姜白石的"等恁时重觅幽香,已入小窗横幅。"当然也是纸窗特有的情味。这种情味是在玻璃窗下的人所不能领略的,尤其是玻璃窗外附装着铁杆子的家屋的住民。

日本的障子,比中国的纸窗范围用得更广,不但窗子用纸糊,门户也用纸糊。日本人是席地而坐的,室内并无桌椅床坑等类的家具。空空的房子,除了天花板,墙壁,席子以外,就是障子了。障子通常是关着的,住在室内,不像玻璃窗户的内外通见,比较安静得多。阳光射到室内,灯光映到室外,都柔和可爱。至于那剪影似的轮廓鲜明的人影,更饶情趣,除了日本,任何地方都难得看到。

　　日本障子的所以特别可爱,似乎有几个原因。第一是格孔大,木杆细,看去简单明瞭。中国现在的纸窗,格孔小,木杆又粗,有的还要拼出种种的花样图案,结果所显出的纸的部分太少了。第二是不施髹漆,日本家屋凡遇木材的部分,不论柱子,天花板,廊下地板,扶梯,都保存原来的自然颜色,不涂髹彩。障子也是原色的,木材过了若干时,呈楠木似的浅褐色,和糊上去的白纸,色很调和。第三是制作完密,拉移轻便。日本家屋的门户,用不着铰链,通常都是左右拉移。制作障子,有专门工匠,用的是轻木材,合笋斗缝,非常正确。不必多费气力,就能"嘶"地拉开,"嘶"地拉拢。第四是纸质的良好。日本的皮纸,洁白而薄,本是讨人欢喜的。中国从前所用的糊窗纸,俗名"东洋皮纸",也是从日本输入的,可是质料很差,不及日本人自己所用的"障子纸"好。障子纸洁白匀净,他们糊上格子去又顶真,拼接的地方一定在窗楗上,看不出接合的痕迹。日常拂拭甚勤,纸上不留纤尘,每年改糊二三次,所以总是干净洁白的。

　　日本趣味的可爱的一端是淡雅。日本很有许多淡雅的东西,如盆栽,如花卉屏插,如茶具,如庭园布置,如风景点缀,都是大家所赞许的。我以为最足代表的是障子,如果没有障子,恐怕一切都会改换情调,不但庭院、风景要失去日本的固有的情味,屏插,茶具等等的原来的雅趣也将难以调和了吧。

　　日本的文化,在未与西洋接触以前,十之八九是中国文化的摹仿。他们的雅趣,不消说是从中国学去的。即就盆栽一种而论,就很明白。现在各地花肆中所售的盆栽,恶俗难耐,古代的盆栽一定不至恶俗如此。前人图画中所写的盆栽,都是很有雅趣的,《浮生六记》里关于盆栽与屏插尚留有许多方法。因此,我又想到了障子,中国内地还有许多用纸窗的家屋,可是据我所见所闻,那构造与情味远不如日本的障子,也许东坡白石所歌咏的纸窗,不像现在的样子吧。我们在前人绘画中,偶然也见到式样像日本障子的纸窗。

　　我喜欢日本的障子。

（原载《宇宙风》第 25 期,1936 年 9 月）

文艺界同人为团结御侮
与言论自由宣言

　　××(日本——编者注)帝国主义之侵略,日甚一日,亡国之祸,迫在眉睫,东北四省既早已沦陷,华北五省与福建又危在旦夕。然而我国各派当局,至今犹未能顺应全国民众之要求从事实上表示团结御侮之决心。

　　在此时会,我们所愿掬诚为国人告者:对时局,我们要求政府当局加紧全国的缉私运动,竭力援助东北义勇军,严命冀绥当局坚决保持华北各项主权,并尽量资助华北国军物质的缺乏。我们要求政府对北海事件与成都事件之交涉,不作妥协之让步,对绥东伪军之侵扰与北海×(日——编者注,下同)舰之威胁,迅速以实力应援各该地方之爱国军事长官。

　　我们希望全国民众尽力参加并辅助政府的缉私工作,援助东北义勇军,加紧一切救国运动。

　　我们是文学者,因此亦主张全国文学界同人应不分新旧派别,为抗×救国而联合。文学是生活的反映,而生活是复杂多方面的,各阶层的,其在作家各人或集团,平时对文学之见解,趣味,与作风,新派与旧派不同,左派与右派亦各异,然而无论新旧左右,其为中国人则一,其不愿为亡国奴则一;各人抗×之动机,或有不同,抗×的立场亦许各异,然而同为抗×则一,同为抗×的力量则一。在文学上,我们不强求其相同,但在抗×救国上,我们应团结一致以求行动之更有力。我们不必强求抗×立场之划一,但主张抗×的力量即刻统一起来!

为民族利益计,我们又甚盼民族解放的文学或爱国文学在全国各处风起云涌,以鼓励民气,我们固甚盼全国从事文学者能急当前之所应急,但救亡之道初非一端,其在作家亦然。故在文学上我们宁主张各人各派之自由发展,与自由创作。

其次,我们主张言论的自由,急应争得。言论自由与文艺活动的自由,不但是文化发展的关键,而在今日更为民族生存之所系。国民自由发表其救国意见,文学者自由发表其救国文艺,在今日已不仅为人民之权利,亦且为人民应尽之天职。除非不要人民爱国,否则,予人民发表救国意见之自由,在今日实属天经地义,无可怀疑。因此我们要求政府当局,即刻开放人民言论自由,凡足以阻碍人民言论自由之法规,如报纸检查刊物禁扣等,应立即概予废止。我们深信,唯有言论自由,然后能收全国上下一致救国的效果。我们敢吁请全国的学者,新闻记者,作者与读者,一致起而力争言论自由,促其早日实现。

签名者(依姓氏笔画多寡为序)

巴　金　王统照　包天笑　沈起予　林语堂　洪　深　周瘦鹃

茅　盾　陈望道　郭沫若　夏丏尊　张天翼　傅东华　叶绍钧

郑振铎　郑伯奇　赵家璧　黎烈文　鲁　迅　谢冰心　丰子恺

(原载《文学》第 7 卷第 4 号,1936 年 10 月)

鲁迅翁杂忆

我认识鲁迅翁,还在他没有鲁迅的笔名以前。我和他在杭州两级师范学校相识,晨夕相共者好几年,时候是前清宣统年间。那时他名叫周树人,字豫才,学校里大家叫他周先生。

那时两级师范学校有许多功课是聘用日本人为教师的,教师所编的讲义要人翻译一遍,上课的时候也要有人在旁边翻译。我和周先生在那里所担任的就是这翻译的职务。我担任教育学科方面的翻译,周先生担任生物学科方面的翻译。此外,他还兼任着几点钟的生理卫生的教课。

翻译的职务是劳苦而且难以表现自己的,除了用文字语言传达他人的意思以外,并无任何可以显出才能的地方。周先生在学校里,却很受学生尊敬,他所译的讲义,就很被人称赞。那时白话文尚未流行,古文的风气尚盛,周先生对于古文的造诣,在当时出版不久的《域外小说》里已经显出。以那样的精美的文字来译动物植物的讲义,在现在看来似乎是浪费,可是在三十年前重视文章的时代,是很受欢迎的。

周先生教生理卫生,曾有一次,答应了学生的要求,加讲生殖系统。这事在今日学校里似乎也成问题,何况在三十年以前的前清时代。全校师生们都为惊讶,他却坦然地去教了。他只对学生提出一个条件,就是在他讲的时候,不许笑。他曾向我们说:"在这些时候,不许笑是个重要条件。因为讲的人的态度是严肃的,如果有人笑,严肃的空气就破坏了。"大家都佩服他的卓见。据说那回教授的情形,果然很好。别班的学生因为没有听到,纷纷向他来讨油印讲义看,他指着剩余的油印讲义对他们说:"恐防你们看不懂的,要末,就拿去。"原来他的讲义写得很简,而且还故意用着许多古语,用"也"字表示女阴,用"了"字表示男阴,用"幺"字表示精子,诸如此类,在无文字学素养未曾亲听过讲的人看来,好比一部天书了。这是当时一段珍闻。

周先生那时虽尚年青,丰采和晚年所见者差不多。衣服是向不讲究的,一件廉价的羽纱——当年叫洋官纱——长衫,从端午前就着起,一直要着到重阳。一年之中,足足有半年看见他着洋官纱。这洋官纱在我记忆很深。民国十五年初秋他从北京到厦门教书去,路过上海,上海的朋友们请他吃饭,他着的依旧是洋官纱。我对了这二十年不见的老朋友,握手以后,不禁提出"洋官纱"的话来。"依旧是洋官纱吗?"我笑说。"呃,还是洋官纱!"他苦笑着回答我。

周先生的吸卷烟,是那时已有名的。据我所知,他平日吸的都是廉价卷烟,这几年来,我在内山书店时常碰到他,见他所吸的总是金牌,品海牌一类的卷烟。他在杭州的时候,所吸的记得是强盗牌。那时他晚上总睡得很迟,强盗牌香烟,条头糕,这两件是他每夜必须的粮。服侍他的斋夫叫陈福,陈福对于他的任务,有一件就是每晚摇寝铃以前替他买好强盗牌香烟和条头糕。我每夜到他那里去闲谈,到寝铃的时候,总见陈福拿进强盗牌和条头糕来,星期六的夜里备得更富足。

周先生每夜看书,是同事中最会熬夜的一个。他那时不做小说,文学书是喜欢读的。我那时初读小说,读的以日本人的东西为多,他赠了我一部《域外小说集》,使我眼界为之一广。我在二十岁以前曾也读过西洋小说的译本,如小仲马,狄更斯诸家的作品,都是从林琴南的译本读到过的。《域外小说集》里所收的是比较近代的作品,而且都是短篇,翻译的态度,文章的风格,都和我以前所读过的不同。这在我是一种新鲜味。自此以后,我于读日本人的东西以外,又搜罗了许多日本人所译的欧美作品来读,知道的方面比较多起来了。他从五四以来,在文学上,思想上,大大地尽过启蒙的努力。我可以说在三十年前就受他启蒙的一个人,至少在小说的阅读方面。

周先生曾学过医学。当时一般人对于医药的见解,还没有现在的明瞭,尤其关于尸体解剖等类的话,是很新奇的。闲谈的时候,常有人提到这尸体解剖的题目,请他讲讲"海外奇谈"。他都一一说给他们听。据他说,他曾经解剖过不少的尸体,有老年的,壮年的,男的,女的。依他的经验,最初也曾感到不安,后来就不觉得甚么了,不过对于年青的妇人和小孩的尸体,当开始去破坏的时候,常会感到一种可怜不忍的心情。尤其是小孩的尸体,更觉得不好下手,非鼓起了勇气,拿不起解剖刀来。我曾在这些谈话上领略到他的人间味。

周先生很严肃,平时是不大露笑容的,他的笑必在诙谐的时候。他对于官吏似乎特别憎恶,常摹拟官场的习气,引人发笑。现在大家知道的"今天天气……哈哈"一类的摹拟谐谑,那时从他口头已常听到。他在学校里是一个幽默者。

(原载《文学》第 7 卷第 6 号,1936 年 12 月)

《清凉歌集》序

　　弘一和尚未出家时，于艺事无所不精，自书法、绘画、音乐、文艺乃至演剧、篆刻，皆卓然有独到处。尝为余言：平生于音乐用力最苦，盖乐律与演奏皆非长期炼修无由适度，不若他种艺事之可凭借天才也。和尚先后在杭州、南京以乐施教者凡十年，迄今全国为音乐教师者十九皆其薪传。所制一曲、一歌风行海内，推为名作。入山以后，从前种种胥成梦影。一日，刘生质平偕余往访和尚于山寺，饭罢清谈，偶及当世乐教。质平叹息于作歌者之难得，一任靡靡俗曲流行闾阎，深惜和尚入山之太蚤。和尚亦为怃然，允再作歌若干首付之，余与质平皆惊喜。此七年前事也。七年以来，质平及某学友根据和尚所作歌辞，分别谱曲，反复推敲，必得和尚印可而后定。复经上海新华艺术专科学校、浙江宁波中学等处实地演奏，始携稿诣余，谋为刊行。作曲者五人：质平为和尚之弟子，学咏、希一、伯英为质平之弟子，绂棠为质平之再传弟子，皆音乐教育界之铮铮者。歌曲仅五首，乃经音乐界师弟累叶之合作，费七年光阴之试练，亦中国音乐史上之佳话矣！歌名清凉，和尚之所命也。和尚俗姓李，名息，字叔同，又字惜霜，浙之平湖人。

二十五年八月，夏丏尊

（《清凉歌集》，开明书店，1936 年）

流　弹

　　兰芳姑娘跟了我弟妇四太太到上海来,正是我长女吉子将迁柩归葬的前一个月。她是四太太亲戚家的女儿,四太太有时回故乡小住,常来走动,四太太自己没有儿女,也欢迎她作伴,因此和我家吉子满子成了很熟的朋友。尤其是吉子,和她年龄相仿,彼此更莫逆。吉子到上海以后.常常和她通信。她是早没有父亲的,家里有老祖父老祖母,母亲,还有一个弟弟,一家所靠的就是老祖父。今年她老祖父病故的时候,吉子自己还没有生病,接到她的报丧信,曾为她叹息:

　　"兰芳的祖父死了,兰芳将怎么好啊! 一家有四五个人吃饭,叫她怎么负担得起!"

　　这次四太太到故乡去,回来的时候兰芳就同来了。我在四弟家里看见她。据她告诉我,打算在上海小住几日,于冬至前后吉子迁柩的时候跟我们家里的人回去,顺便送吉子的葬。从四太太的谈话里知道她家的窘况,求职业的迫切,看情形,似乎她的母亲还托四太太代觅配偶的。

　　"三伯伯,可有法子替兰芳荐个事情? 兰芳写写据说还不差,吉子平日常称赞她。在你书局里做校对是很相宜的。"四太太当了兰芳的面对我说。

　　"女子在上海做事情是很不上算的。我们公司即使荐得进去,也只是起码小职员,二十块大洋一月,要自己吃饭,自己住房子,还要每天来去的电车钱,结果是赔本。对于兰芳有甚么益处呢?"我设身处地地说。

　　"那末,依你说怎样?"四太太皱起眉头来了。

　　"兰芳已二十岁了吧,请你替她找个对手啊! 做了太太,甚么都解决了。哈哈!"我对了兰芳半打趣地说。

"三伯伯还要拿我寻开心。"兰芳平常也叫我三伯伯。"我的志愿,吉子姐最明白,可惜她现在死去了。我情愿辛苦些,自己独立,只要有饭吃,甚么工作都愿干,到工场去当女工也不怕。"

"她的亲事,我也在替她留意,但这不是一时可以成功的,还是请你替她荐个事情吧。她如果做事情了,食住由我担任,赔本不赔本,不要你替她担心。"四太太说。

"事情并不这样简单,从这里到老三的店里,电车钱要二十一个铜板,每日来回两趟,一个月就可观了;还有一顿中饭,要另想法子。——况且商店都在裁员减薪,荐得进荐不进,也还没有把握。"这次是老四开口了。

四太太和兰芳面面相觑,空气忽然严重起来。

"且再想法吧,天无绝人之路。"我临走时虽然这样说,却感到沈重的负担。近年来早不关心了的妇女问题,家庭问题,女子职业问题等等一齐在我胸中浮上。坐在电车里,分外留意去看女人,把车中每个女人的生活来源来试加打量,在心里瞎猜度。

吉子迁葬的前一日,家里的人正要到会馆去作祭,兰芳跑来说,四太太想过一个热闹的年,留她在上海过了年再回去。她明天不豫备跟我们家里的人同回去送葬了,特来通知,顺便同到会馆里去祭奠吉子一次,见一见吉子的棺材。

从会馆回来,时候已不早,妻留她宿在这里。第二天,家里的人要回乡去料理葬事,只我和满子留在上海,满子怕寂寞,邀她再作伴几天。她勉强多留了一夜。第三天早晨我起来的时候,已不见她,原来她已冒雨雇车回四太太那里去了。吃饭桌上摆着一封贴好了邮票的信,据说是因为天雨,又不知道这一带附近的邮筒在那里,所以留着叫满子代为投入邮筒的。

"在这里作了一天半的客,也要破工夫来写信?"我望着信封上娟秀的字迹,不禁这样想。信是寄到杭州去的,受信人姓张,照名字的字面看去,似乎是一个男子。

隔了一二天，我有事去找老四，一进门，就听见老四和四太太在谈着甚么"电报"的话。桌子上还摆着电报局的发报收条。

"打电报给谁？为了甚么事？"我问。

"我们自己不打电报，是兰芳的。"四太太说。

"兰芳家里有了甚么事？"我不安地向兰芳看。老四和四太太却都带着笑容。

"三伯伯，你看，昨天有人来了这样一个电报，不知是谁开的玩笑？"兰芳从衣袋里摸出一张电报来，电文是"上海×××路××号刘兰芳，母病，速转杭州回家"，不具发电人的名字。

"母亲没有生病吗？"我问兰芳。

"前天她母亲刚有信来，说家里都好，并且还说如果喜欢在上海过年，新年回来也可以，昨天忽然接到了这样的电报，问她她说不知道是甚么人打的。叫她从杭州转，不是绕远路吗？我不让她去，不好，让她去也不放心。后来老四主张打一个电报到她家里去问个明白。回电来了，说家里并没有人生病。你道蹊跷不蹊跷？"素来急性的四太太滔滔地把经过说明。

"一个电报，变成三个电报了。电报局真是好生意。"老四笑着说。

"那末打电报来的究竟是谁呢？"我问兰芳。

"不知道。"兰芳说时头向着地。

"电报上的地址门牌一些不错，如果你不告诉人家，人家会知道吗？你到此地以后天天要写信，现在写信写出花样来了，幸而那个人在杭州，只打电报来，如果在上海的话，还要钉梢上门呢。我劝你以后少写信了。"四太太几乎把兰芳认作自己的亲生女，忘记了她是寄住着的客人了。

兰芳赧然不作声。

"兰芳做了被人追逐的目标了。这打电报的人前几天一定还在杭州车站等着呢，等一班车，不来，等一班车，不来，不知道怎样失望啊。这样冷的天气空跑车站也够受用了。"我故意把话头岔开同时记起前几天看见的信封上的名字来。"杭州，姓张，一定是他了。"这样想时，暗暗感到读侦探小说的兴味。

第二天吃饭的时候和满子谈起电报的故事。从满子的口头知道兰芳和那姓张的过去几年来的关系，知道姓张的已经是有妻有女儿的人了。

"这电报一定是他打来的。兰芳前回住在这里，曾和我谈到夜深，甚么要和妻离婚咧，和她结婚咧，都是关于他的话。"满子说。

我从事件的大略轮廓上，豫想这一对青年男女将有严重的纠纷，无心再去追求细节，作侦探的游戏了。深悔前几次说话态度的轻浮。

星期日上午，满子和邻居的女朋友同到街上去了，家里除了娘姨以外只我一个人。九时以后陆续来了好几个客，闲谈，小酌，到饭后还未散尽。忽然又听见门铃急响，似乎那来客是一个有着非常要紧的事务的。

"今天的门铃为甚么这样忙。"娘姨急忙出去开门。

我和几位朋友在窗内张望，见来的是一个二十多岁的青年，光滑的头发，苍白的脸孔，围了围巾，携着一个手提皮箱。看样子，似乎是才从火车上下来的。

"说是来看二小姐的。"娘姨把来客引进门来。

"你是夏先生吗？我姓张，今天从杭州来，来找满子的。"

"满子出去了，可有甚么要事？"我一壁请他就坐，一壁说。其实心里已猜到一半。

"真不凑巧！"他搔着头皮，似乎很局促不安。"夏先生的令弟家里不是有个姓刘的客人住着吗？我这次特地从杭州来就是为了想找她。"

"哦，就是兰芳吗？在那里。尊姓是张，哦……那末找满子有甚么事？"

"我想到令弟家里去找兰芳。听说令弟的太太很古板，直接去有些不便，所以想托满子叫出兰芳来会面。我们的关系，满子是很明白的。今天她不在家，真不凑巧。"

"那末请等一等，满子说不定就可回来的。"我假作甚么都不知道。

别的客人都走了，客堂间里只我和新来的客人相对坐着。据他自说，曾在白马湖念过书，和吉子是同学，也曾到过我白马湖的家里几次。

现在杭州某机关里当书记。

"据说吉子的灵柩已运回去了,她真死得可惜!"他望着壁间吉子的照相说。

我苦于无话可对付,只是默然地向着客人看。小钟的短针已快将走到二点的地方,满子还不回来。

"满子不知甚么时候才回来,——我只好直接去了。"客人立起身来去提那放在坐椅旁的皮箧。

"戏剧快要开幕了,不知怎样开场,怎样收场?"我送客到门口。望着他的后影这样私忖。

为了有事和别人接洽,我不久也就出去了,黄昏回来,按了好几次门铃,才见满子来开门。

"爸爸,张××来找你好几次了,他到了四妈那里,要叫兰芳一淘出去,被四妈大骂,不准他进去,他在门外立了三个钟头,四妈在里面骂了三个钟头。他来找你好几次了,现在住在隔壁弄堂的小旅馆里,脸孔青青地,似乎要发狂。我和娘姨都怕起来。所以把门关得牢牢地。——今天我幸而出去了,不然他要我去叫兰芳,去叫呢还是不去叫?"

"他来找我做甚么?"

"他说要托你帮忙。他说要自杀,兰芳也要自杀,真怕煞人!"

才捧起饭碗,门铃又狂鸣了,娘姨跑出来露着惊惶的神气。

"一定又是他。让他进来吗?"

"让他进来。"我拂着筷子叫娘姨去开门。

来的果然是张××,那神情和方才大两样了,本来苍白的脸色,加添了灰色的成分,从金丝边的眼镜里,闪出可怕的光。我请他一淘吃夜饭,他说已在外面吃过,就坐下来气喘喘地向我诉说今天下午的经过。

"我出世以来,不曾受到这样的侮辱过。恋爱是神圣的,为甚么可以妨害我们。我总算读过几年书,是知识阶级,受到这样的侮辱,只好自杀了。我豫先声明,我要为恋爱奋斗到底,自杀以前,必定要用手枪把骂我的人先打杀!还有兰芳,看那情形也要自杀的,说不定就在今天晚上。……"

他越说越兴奋,仿佛手枪就在怀中,又仿佛自杀的惨变即在目前的样子。我默然地听他说,看他装手势,一壁赶快吃完了饭。

"请问,你现在到我这里来,为了甚么?"我坐在他旁边,重新改变了态度从头问。

他似乎有些清醒了。

"一来是想报告今天的经过,二来是想请先生帮忙。"说时气焰已减退了许多。

"这经过于我无关,用不着向我报告。至于帮忙,更无从谈起。我不知道你和兰芳的情谊,兰芳又不是我的亲戚。我连做媒人的资格都没有。何况你们是恋爱!"我冷淡地说。

"先生是我们的老前辈,关于恋爱,曾翻译过好几种书,又曾发表过许多篇文章。我们对于这些著作,平日里当作经典读着的。在先生看来,我们青年应该恋爱吗?"

"我决不反对恋爱。可是惭愧得很,自己却未曾有过恋爱的经验。关于这点,我倒应该向你受教的。听说,你已结过婚,而且有了儿女了。你恋爱兰芳,本身当然有许多荆棘。你居然不怕,我真佩服你有勇气。"

他默然了一会。似乎在沈思。

"我已决定回家去离婚了。"

"那末,兰芳和你的情谊到了如何程度了呢? 今天你到我弟弟家里去的时候,曾见到她吗? 她曾出来招呼,向女主人介绍吗?"

"没有。我去敲门,把名片从门孔里递给女佣人,立了一刻多钟不见来开门,那位太太的骂声就起来了。兰芳不出来,也许是怕羞,说不定从中有人在阻挠,破坏我们的恋爱。我和兰芳相识已四年了,我为了她,曾奋斗到现在。"说到这里他郑重地从衣袋里地摸出一个纸包来,"喏,这里面有她和我合拍的照相,许多封给我的信。爱情这东西培养很难,破坏是很容易的。如果有人来破坏我们的爱情,我一定要和他拼命。"他又兴奋起来了。

纸包摊开在桌子上,露出着粉红色和淡蓝色的许多信封。我叫满子替他包好,不去看它。

"据你说来，今天的事情，关系还在兰芳身上。她如果肯直直爽爽地把你当作未婚夫来介绍，就甚么问题都没有了。我们的那位弟太太待兰芳并不坏，至于你们的关系如何，当然未曾明瞭。你知道上海的情形吗？在上海，陌生的男人上门去追逐女人叫"钉梢"，是要被打——'吃生活'的，你只受骂，还算便宜呢。哈哈！"

我不想再说甚么了。拿起吃饭前已看过的晚报，无聊地来再看，把眼光放在"学生占住北站车辆，沪宁沪杭夜车停开"的标题上。客人仍是"指导"咧"帮忙"咧，说了一大套。

"你要我帮忙些甚么呢？"我打着呵欠问他。"你的目的，是要兰芳爱你吧。她究竟爱你不爱你，权在她自己，我有甚么方法可想？至于说有人妨害你们的结合，更没有这回事。兰芳是在亲戚家里作客的，那里并没有你的情敌。你尽可放心。"

客人还没有就去的意思，低了头悄然地坐着。

"怎样？我不是已对你说得很明白了吗？你还有甚么事？"

"我想叫兰芳不住在上海。兰芳这次出来原和我有约，冬至节边就回家去的，忽然说要在上海过年了，我曾打过一个电报，还是不回去，所以特地跑到上海来找她。她如果一天不回去，我也一天不回杭州，情愿死在这里。"他说到"死"字，又兴奋起来。

我对于这狂热而粘韧的青年，想不出适当对付的方法来了。

"兰芳的回去不回去，照理有她的自由。你既这样说，我明天就去关照舍弟家里，叫他们不要留她，送她回去吧。好了，话说到这里为止，你可放心回旅馆去睡觉，明天也不必再来了。"

我立起身来替客人开门，他这才出门去。

第二天早晨，我还睡着，又听得门铃响。那姓张的客人又来了。据娘姨说，她起来扫地的时候就见他在我家前后荡来荡去好几次了的。

我披了衣服下楼去，见他已坐在客堂里，眼睛红红地，似乎昨晚不曾睡着过的样子。

"不是昨天已答应过你了吗？由我去劝四太太，叫她不再留兰芳在上海。我打算今天吃了夜饭就去说。日里是没有功夫的。——此外还有甚么事?"我问他的来意。

"我怕兰芳要自杀,也许昨晚已经……"

"决不会吧,你似乎有些神经异常了,据我的意见,你在上海已没有事,可以就回杭州去了,兰芳不日也就可回到自己家里去,此后的事情,完全看你们的情形怎样。"我抑住了厌憎的情绪,这样劝说。

"我有一封信在这里,想托满子替我代为送去给兰芳,安慰安慰她。"他说着从衣袋里摸出一封厚厚的信来。

"又是信!"我在心里说。我对于这种粘缠扭捏的青年男女间的文字游戏,是向所不快的。为了逃避当面的包围起见,就答应照办。笑着说:

"阿满,就替他做一回秘密邮差吧。——去去就回来,不要多讲话。"

打发满子去后,我就去穿大衣,戴帽子。客人见这样子,也就告辞而去。

正午回来吃中饭,满子尚未回转,从娘姨口里,知道那姓张的又来捺过好几次门铃,有一次从后门闯进来,独身在厨房里站了一回,拿起娘姨所用的镜子来照了又照,自叹面容的憔悴。

"这位客人样子有些痴。"娘姨毫不客气地下起诊断来。

黄昏回到家里,满子早已转来了。据说,兰芳也有回信给姓张的。他下午又来守候过几次,最后一回拿了信去。兰芳在那里,仍是有说有笑的,并不怪四太太。看样子似乎他们之间问题还很多,或者竟是张××的单相思。

晚饭后我冒了雪到老四那里,正在和老四、四太太、兰芳围了炉谈说日来的经过,忽听见有人敲门。

"一定又是那个痴子!别去理他!"四太太说。

"还是让他进来吧,好当面讲个明白。"我主张说。

老四和我去开门,来的果然就是他。老四和他是初见,"尊姓台甫",一番寒暄之后,就表示日来怠慢的抱歉,且声明即日送兰芳回去,劝他放心。

"兰芳,这是你的客人,你也出来当面谈谈,免得我们做旁人的为难。"老四笑着叫兰芳。

　　兰芳经了好几次催迫才出来，彼此相对，也不说甚么。四太太在后房和娘姨在说话，"痴子""痴子"的声音，时时传到耳里来。

　　"现在好了。他们已声明就送兰芳回去，我答应你的事情，总算办到。今晚我还要到别的朋友那里去，你也可以放心回去了。"我这样三面交代，结束了这会见的场面。

　　接连下了好几天的雨夹雪，姓张的到第二天还没有回去，几次来捺门铃，我却都没有见到他。

　　过了三天，我又到老四那里，老四一个人在灯下打五关。据说四太太昨天下午亲自送兰芳回去了，豫备在兰芳家里留一夜，明天可以回到上海。本来打算等天晴了才走的，因为那姓张的只管上门来嘈杂，所以就冒着雨雪动身了。

　　"这样冷的天气！太太真心坚，……都是那个痴子不好。"娘姨送出茶来，这样说。

　　国事，家事，杂谈已到了十点多钟，雪依然在落着，正想从炉旁立起身来回家，忽听得四太太叫娘姨开后门的声音。

　　"回来了，好像充了一次军！"四太太扑着大衣上的雪花进来。

　　"为甚么这样快？不是豫备在兰芳家里宿一夜的吗？"老四问。

　　据四太太说，她和兰芳才从轿子下来，就看见那姓张的，原来他已比她们早到了那里了。四太太匆匆地把经过告诉了兰芳的母亲，看时间尚早，来得及赶乘火车，就原轿动身，在兰芳家里不过留了半个钟头。

　　"我们都是瞎着急，睡在鼓里。兰芳的母亲既知道女儿已有情人，为甚么还要托我管这样，管那样，幸而我还没有替兰芳做媒人。兰芳也不好，为甚么不明明白白告诉我们。那个痴子，在她们家里似乎已是熟客，俨然是个姑爷了，还要我们来瞎淘气。"四太太很有些愤愤。

　　因为四太太在车子里未曾吃过晚饭，娘姨赶忙烧起点心来。我也不管夜深留在那里吃点心。大家又谈到姓张的和兰芳。

　　"照情理想来，这对男女的结合，并不容易。男的家里已有妻和小孩，女的家境又不好，暂时要靠人帮助，为兰芳计，最好能嫁个有钱的丈夫。唉，天下真多不凑巧的事。"老四感慨地说。

"男女间的事情,不能用情理来判断,恋爱本是盲目的东西。在西洋的神话里,管恋爱的神道,眼睛永不张开,只是把箭向青年男女的心胸乱放。据说这箭是用药煮过的,中在心上又舒服又苦痛,说不出的难熬,要经爱人的手才拔得出呢。"我的话引得老四和四太太都笑了。

"依你说来兰芳和那痴子都中了那位神道的箭了。那末,我们的为他们淘气,算是甚么呢?"四太太笑说。

"只可说是流弹了。哈哈。"我觉得"流弹"二字用得恰好。

"真是流弹。哦,电报费,来回的船钱,火车钱,轿钱,汽车钱,计算起来,很不少呢。这颗流弹也不算小了。"老四说。

"还要外加烦恼哩。前几天多少嘈杂淘气! 这样大雪天,要我去充军!"四太太又愤愤了。

"总之是流弹,如数上在流弹的账上就是了。"老四笑着说。

(《十年续集》,开明书店,1936 年)

1937

新年献辞

过了冬至,接着就是新年。

在冬至一天的夜里,民间向有祈梦的风俗,冬至夜的梦,相传特别可靠。

一年四季之中,最容易做梦的似乎要算春天,"春梦"是大家都知道的成语。夏秋冬三季,我们虽也会做梦,可是"夏梦""秋梦""冬梦"的话却向没有人说,说来也决不及"春梦"的顺口。

梦似乎与春有着密切的关系。冬至是一年的冬的顶点,也就是春的回复的开始,自古有"冬至一阳生"的话。冬至夜的梦,所以被人重视,恐怕就因为它是最先到的春梦的缘故吧。

在我们人的一生中,少年是向和春相比喻的,壮年像夏,中年像秋,老年像冬。少年有着远大的憧憬,有着无限的希望。这所谓憧憬,希望,情形和梦相似,说得爽直些,老实也就是梦。

关于梦,学者间有许多学说。照普通的说法,梦是"心之所志"的结果。我们日里渴念期求的事情,往往会在梦中发见或者获得。孔子因为佩服周公,想效法他,时常在梦中见到周公,这是很有名的故事。一心想着获得头奖的,常会做中头奖的梦。

梦是未来的境界,多少带着虚幻的性质,它是人生的鼓励者。我们对于任何一件事情,要想求其实现如愿,自然会用全心全力去执着不放,除了夜里做梦遇到以外,日里也会刻刻关心,常常做所谓青天梦,白日梦。梦是理想的别名,希望的化身。一个人活在世界上,如果连梦都没有,就一切都完了。

　　　　天遥地远，万水千山，知他故宫何处。怎不思量，除梦里有时曾
　　去。无据，和梦也新来不做。

这是宋徽宗的词句，他被金人劫去，在异国思念故土，词意非常悲哀，最
悲哀的就是结末一句。连梦都没有，这真是绝望的难堪的境界。后来宋
朝终于不能恢复失地，徽宗也终于死在敌国。

　　梦是非有不可的，尤其是青天梦，白日梦。梦之中尽有许多荒唐不
可靠的，但有梦总比没有梦好。

　　少年诸君，冬至已过，春天快来，正是大家做梦的时候了。你们正当
人生之春，对于自己，对于国家，对于社会正做着怎样的梦？

　　今日是元旦，我对了青天白日的国旗，替全国少年诸君祝福，但愿少
年诸君对于自己，对于国家，对于社会，各自有一个好好的青天梦，白
日梦！

　　　　　　　　　　　　　（原载《新少年》第 3 卷第 1 期，1937 年 1 月）

二十五年我的爱读书

（一）文艺心理学　朱光潜著　开明书店出版

美学在学问的性质上是艰涩的。著者用轻快的文笔，利用中国固有的例证，使读者毫不费力地收得许多根本知识，可谓能深入浅出了。

（二）一个日本人的中国观　内山完造著　尤炳圻译　开明书店出版

著者居华多年，对于我国社会诸相，颇有深刻锐敏之观察。

（三）海上述林（上卷）　不署撰人名　诸夏怀霜社出版

内容为关于文艺理论的翻译，多未经见之作。装帧之美，排印之精，为近年来出版物中所难得者。

（原载《宇宙风》第 32 期，1937 年 1 月）

夏丏尊启事

　　近有某文学社推丏尊为该社社长，友朋以此见询，闻之不胜骇异。丏尊服务开明书店编译所，除兼任月报社、中学生社、新少年社社长事务外，别无其他任务。不但该社如何组织茫无所闻，并其地址何在亦所未悉。深恐引起误会，特此声明。

（原载《月报》第 1 卷第 4 期，1937 年 4 月）

1938

介绍几个日本文艺界的恩人

明治维新以后，日本的文艺界真可说是蒸蒸日上了，某杂志上说：日本的文艺方面已和德，俄，法并驾齐驱了，而中国还和日本差有半世纪，在后面紧赶着呢。这种长足的进步不能不归功于几个特志的先驱者，近代日本文艺史上，如果没有了国木田独步，夏目漱石，二叶亭四迷，坪内逍遥，谷崎润一郎几个，日本的新文艺决没有如此惊人的成绩，可断言的，这几个人在各方面给予青年以新刺激，树立了文坛上的新基础，真可以说是日本文艺界的恩人。

这几个人里面，以坪内逍遥和谷崎润一郎死得最晚，这里就单来介绍这两位吧！

坪内氏又名雄藏，字逍遥，号小羊，生于安政六年，去年二月二十八日逝世，享年八十岁，他原是政治科的大学生，因为平日多与小说接近，遂把趣味倾向到文学上去。

坪内氏的功绩第一步是对于小说界的贡献，明治初期的日本小说有两种倾向，一是封建时代遗留下来的劝善惩恶的主旨，一是政治主张的宣传，即所谓政治小说。坪内氏却是独具一格，于学生时代即耽读司各德及莎士比亚的西洋作品，读后崇拜钦羡之至，于是乃试行写作，于明治十八年时，发表一部《当世书生气质》，这是模仿西洋作品所写出来的，和以往的日本小说大异其趣，里面的大意是叙述八个学生在首都东京过着奔放的生活情形，以维新后的新空气做背景，这部《当世书生气质》，便是当时时代化的作品，是日本的第一部写实派小说！

《当世书生气质》发表后，颇引起文坛的议论，同年又发表一本《小说神髓》,主张小说的主眼在人情的描写,并论及小说之起源,变迁及批评等,这一部指导小说原理的东西,给日本文坛上开了一条先河,在文学史上很有名的!

能利用《小说神髓》所指导的便是后起之秀的二叶亭四迷,二叶氏于读《小说神髓》之后,颇有心得,亦试行写作,结果写出一部小说《浮云》,至今还有人们所喜读的,全体用现代语写,技巧高于坪氏所作,坪氏见《浮云》一出,就断念于小说之创作,而从事于戏剧上了。

他断念于小说的创作以后,就埋首于戏剧上努力,终日研究莎士比亚的作品,明治二十九年以后,出版一部极闻名的《桐一叶》,此外如《孤城落日》《牧者》《阿夏狂乱》……等都很有名的,他在戏剧中的工绩是悲剧的开拓,他所以埋首于莎士比亚作品的目的就在这上面。因为莎士比亚的作品中,有不少的史剧与悲剧,朗读法,全是他所最关心的方面,据说,他在教室中对学生讲读莎士比亚剧本的时候,常用戏子在舞台上说白的口吻,与人杂谈,也往往会模仿某剧中某角色的调子,由此可知他对于戏剧上的热忱与沈醉了。

他最可惊异的成功工作,倒是莎士比亚剧本的翻译,他对于莎士比亚的造诣,非但在日本没有第二个,即在全世界也是有数的人,这次他死去的时候,英国驻日本的公使,曾亲往吊唁,在吊辞中盛称他对于英国文献的劳绩,他的研究莎士比亚剧本,差不多有五十年之久,所翻译的剧本已毫无英语的色彩,全部成了日本歌剧的说白了。

下面,再来介绍介绍谷崎润一郎氏吧!

谷崎润一郎也是日本的有名文学家,长于性欲的描写,日本文学上多称其为病态的描写小说家,所著有《犯罪小说集》《近代情痴集》《AB对话》等,都是很出名的!

谷崎氏在文坛上的声誉,凡爱好文艺者无不知道的,即其作品亦已布满全国了,今笔者愿露布其作品二三,读者诸君读之,亦可想见其一斑矣!

《牧童诗》:"牧笛声中春日斜,青山一半入红霞。行人借问归何处,笑指梅家溪上家。"(此谷崎氏于学生时代投于学友会杂志者。)

又有《残菊诗》:"十月江南霜露稠,书商呼梦雁声流。西风此夜无情甚,吹破东篱一半秋!"(十五岁时,投稿于学友会杂志者。)

又有一绝作,其词如下:"烂缦之樱花,而狂风散其美,皎洁之秋月,而痴云妒其明,柳腰花颜之佳人,遗白骨于墓中,目空一世之贤豪,老蓬蒿于牖下,潮州之风云,徒令志士销魂,太宰府之明月,空使忠臣断肠,或饿死于首阳,或投身于汨罗,兹世无常,至足慨叹! 此所以蒲团佛火,飘然于浊世之外者也。"

观以上作品后,以一十五岁之幼童,竟能搜集如许典故,词皆滔滔而出,滚滚而来,非有超卓之天才其胡能臻此。

谷崎氏之作品多厌世观,于中学时,即已露其端始,但并未混入西洋之思想,其后造诣益精,以致为现代思想之怪杰。

明治三十五年,著有《道德观念与美的观念》,刊出后,大受一般人之赏识,嗣后又著有《春风秋雨录》,系以自己身世及思想写成,文成二千页余,字句流丽可佳,描写初年之悲运,无微不至,此书出版后,即风行全国,因而成名矣!

其余的如国木田独步,夏目漱石,二叶亭四迷等,也是日本文学上有数的健将,作品亦多细腻可喜,这里,限于篇幅,恕不多写了。

灯下草

(原载《东方文化月刊》第 1 卷第 4 期,1938 年 5 月,署名:丏尊)

中国飞机

八一三以来，"中国飞机"的名词天天挂在上海人的心上和口头。开战最初几个月，只要一听到敌方高射炮的声响，不论深夜已睡着，大家总是喊着"中国飞机！中国飞机！"挤到晒台上去看，依了日舰发出的探照灯光以及红红白白的照明信号，找寻中国飞机的踪影。及听到远远的机音或是炸弹落地的轰声，更兴奋得了不得。后来，战区愈打愈远，敌方的高射炮声也不大听到了，但每当早晨在报上见到"中国飞机昨夜来沪"或"中国飞机炸沉日舰"等等的标题，"中国飞机"的名词，又浮到大家的心上或口头了。

就我个人说，"中国飞机"四个字叫我兴奋，不仅在八一三以后，已是七年以来的事了。

一二八的战事了结不多久，我因事到宁波去。记得乘的是招商局的新江天轮船，时节是初夏。船下午五点钟开，我为了想看看当时受战祸最烈的蕴藻浜吴淞一带的残毁情形，开船以后，就到最顶层甲板上立着。船到公大纱厂，就见有许多只日本飞机从纱厂后面飞出。大概是所谓演习吧，有的钉着我们的船直飞，保留着不接不离的距离，有的在半空中尽自打圈子。

甲板上立着许多乘客，也有外国人，大家都对着飞机看。既而蕴藻浜到了，吴淞也到了，残破的建筑，凄凉的风景，在夕阳光中一段一段地向船后快速移过，惟有几只日本飞机，老是跟在我们头上。

"闸北吴淞一代的破坏，完全吃了这些飞机的亏。中国就苦在没有飞机啊！"有人望望远远的吴淞一带，又望望头上的日本飞机，这样叹息。

船开出吴淞口,天色快暗,我们头上的飞机也忽然不见了。这时海面上突然来了大批的水鸥,一群一群地傍船高低飞翔。

乘客各自回舱去了。

"看呀! 中国飞机!"一个外国人指点水鸥,笑着用中国话这样说,一壁衔了烟斗回进大菜间去。

我深深地感到一种民族的侮辱。从此以后,"中国飞机"四个字老是粘着在我的心上,好像一个会笑会哭的幽灵。八一三开战以来,碰到中国空军消息好时,我就在心里高叫"中国飞机!"碰到战局紧迫,中国空军寂无消息时,我也必在心里高叫"中国飞机!"

从一二八到八一三,中间相隔至六年。一二八那回中国尚无可以应战的飞机。八一三这回,中国这不能不说是进步。我希望有这么一天,中国飞机多得像水鸥,到处成群地飞翔,逢到外国人,我就指给他看,说:

"看呀! 中国飞机!"

(原载《学生时代》第 1 卷第 5 期,1938 年 8 月)

怀晚晴老人

壁间挂着一张和尚的照片，这是弘一法师。

自从八一三前夕，全家六七口从上海华界迁避租界以来，老是挤居在一间客堂里，除了随身带出的一点衣被以外，什么都没有，家具尚是向朋友家借凑来的，装饰当然谈不到，真可谓家徒四壁，挂这张照片也还是过了好几个月以后的事。

弘一法师的照片我曾有好几张，迁避时都未曾带出。现在挂着的一张，是他去年从青岛回厦门，路过上海时请他重拍的。

他去年春间从厦门往青岛湛山寺讲律，原约中秋后返厦门。"八一三"以后不多久，我接到他的信，说要回上海来再到厦门去。那时上海正是炮火喧天，炸弹如雨，青岛还很平静。我劝他暂住青岛，并报告他我个人损失和困顿的情形。他来信似乎非回厦门不可，叫我不必替他过虑。且安慰我说："湛门寺居僧近百人，每月食物至少需三百元，现在住持者不生忧虑，因依佛法自有灵感，不致绝粮也。"

在大场陷落的前几天，他果然到上海来了。从新北门某寓馆打电话到开明书店找我，我不在店，雪村先生代我先去看他。据说，他向章先生详问我的一切，逃难的情形，儿女的情形，事业和财产的情形，甚么都问到。章先生每项报告他，他听到一项就念一句佛。我赶去看他已在夜间，他却没有细问什么。几年不见，彼此都觉得老了。他见我有愁苦的神情，笑对我说道："世间一切，本来都是假的，不可认真，前回我不是替你写过一幅金刚经的四句偈了吗？'一切有为法，如梦幻泡影，如露亦如电，应作如是观。'你现在正可觉悟这真理了。"

　　他说三天后有船开厦门，在上海可住二日。第二天又去看他，那旅馆是一面靠近民国路，一面靠近外滩的，日本飞机正狂炸浦东市和南市一带，在房间里坐着，每几分钟就要受震惊一次。我有些挡不住，他却镇静如常，只微动着嘴唇，这一定又在念佛了。和几位朋友拉他同到觉林蔬食处午餐，以后要求他到附近照相馆留一摄影——就是这张相片。

　　他回到厦门以后，依旧忙于讲经说法，厦门沦陷时，我们很记念他。后来知道他已早到了漳州了。来信说："近来在漳州城区弘扬佛法，十分顺利。当此国难之时，人多发心归信佛法也。"今年夏间，我丢了一个孙儿，他知道了，写信来劝我念佛。秋间，老友经子渊先生病笃了，他也写信来叫我转交，劝他念佛。因为战时邮件缓慢，这信到时，子渊先生已逝去，不及见了。

　　厦门陷落后，丰子恺君从桂林来信，说想迎接他到桂林去。我当时就猜测他不会答应的。果然，子恺前几天来信说，他不愿到桂林去。据子恺来信，他复子恺的信说："朽人年来老态日增，不久即往生极乐。故于今春在泉州及惠安尽力宏法，近在漳州亦尔。犹如夕阳，殷红绚彩，随即西沈，吾生亦尔，世寿将尽，聊作最后之纪念耳。……缘是不克他往，谨谢厚谊。"这几句话非常积极雄壮，毫没有感伤气。

　　他自题白马湖的庵居叫"晚晴山房"，有时也自称"晚晴老人"。据他和我说，他从儿时就欢喜唐人"人间爱晚晴"（李义山句）的诗句，所以有此称号。"犹如夕阳，殷红绚彩，随即西沈"这几句话，恰好就是晚晴二字的注脚，可以道出他的心事。

　　他今年五十九岁，再过几天就六十岁了。去年在上海别离时，曾对我说："后年我六十岁，若果有缘，当重来江浙，顺便到白马湖晚晴山房小住一回，且看罢。"他的话原是毫不执着的，凡事随缘，要看"缘"的有无，但我总希望有这个"缘"。

二十七年十二月十三日早

（原载《众生半月刊》第 2 卷第 5 号，1938 年 12 月）

1939

感赋四绝

　　二十八年六月四日,女儿满子与叶君小墨在四川乐山结婚,感赋四绝呈沪上诸贺客,并寄示亲翁圣陶及新夫妇。

夏叶从来文字侣,三年僦屋隔楼居。
两家儿女秾桃李,为系红丝顾与徐。

文心合写费研磋,敢以雕龙拟彦和。
属稿未成先戏许,愿以墨沈灌丝萝。

添妆本乏珠千斛,贻子何须金满籯。
却藉一编谋嫁娶,两翁毕竟是书生。

此是艰贞报国时,漫矜比翼与齐眉。
青庐窗外峨嵋在,雄峻能湔儿女私。

（原载《宇宙风(乙刊)》第 9 期,1939 年 7 月）

《十五小英雄》序❶

　　儿童读物的重要,在今日已是不成问题的事。同是儿童读物,幼年用的和少年用的又有分别。幼年用的读物似乎已渐有人在注意,好坏不去管它,坊间出版的总算不少了。至于专给少年人读的东西,却还不多见。如果有一个十三四岁的孩子来问我"读些甚么书好?"我简直难以回答。寻常童话故事这类的东西,在他们已不感兴味了,一般的所谓小说原是为大人写作的,于青年人已不甚相宜,何况少年人呢?

　　在这青黄不接的当儿,似乎暂时只好以翻译的外国作品来救急,一方面更利用外国作品来刺激国内教育界,著作界,出版界,叫大家注意到这一阶段的需要,有真正合乎自己国情,适乎读者年龄的东西产生出来。翻译的少年读物,国内已出版的也有好几种,可是还嫌太少,引不起大家的注意,这工作值得再继续做。

　　朋友章士佼君翻译本书,我觉得很有意义。原书为法国布诺名著,译者却是依据日本森田思轩的译本重译的。森田氏的译本,是日本最有名的翻译文学之一。日本的少年文学也是受了外来作品的刺激而萌芽发达起来,森田的本书译本,据说就是最初的一个刺激。

　　我在三十多年前,曾在《新民丛报》上读过梁启超氏的《十五小豪杰》,记得是用章回体写的,也就是本书的翻译,可惜没有译完,中途停止

---

❶　此文为夏丏尊为法国布诺著、章士佼译《十五小英雄》所作的序言,题目为编者所加。

了。现在读章君的译文,十七八岁时在斯书所得到过的感兴,重新从模糊中唤起,为之一新。

中华民国二十八年十一月　夏丏尊

(《十五小英雄》,激流书店,1939 年)

1940

弘一法师之出家

今年旧历九月二十日,是弘一法师满六十岁诞辰。佛学书局因为我是他的老友,嘱写些文字以为纪念,我就把他出家的经过加以追叙。他是三十九岁那年夏间披剃的,到现在已整整作了二十一年的僧侣生涯。我这里所述的,也都是二十一年前的旧事。

说起来也许会教大家不相信,弘一法师的出家,可以说和我有关,没有我,也许不至于出家。关于这层,弘一法师自己也承认。有一次,记得是他出家二三年后的事,他要到新城掩关去了,杭州知友们在银洞巷虎跑寺下院替他饯行,有白衣,有僧人。斋后,他在座间指了我向大家道:

"我的出家,大半由于这位夏居士的助缘。此恩永不能忘!"

我听了不禁面红耳赤,惭悚无以自容。因为(一)我当时自己尚无信仰,以为出家是不幸的事情,至少是受苦的事情,弘一法师出家以后即修种种苦行,我见了常不忍。(二)他因我之助缘而出家修行去了,我却竖不起肩膀,仍浮沉在醉生梦死的凡俗之中。所以深深地感到对于他的责任,很是难过。

我和弘一法师(俗姓李,名字屡易,为世熟知者名曰息,字曰叔同)相识,是在杭州浙江两级师范学校(后改名浙江第一师范学校)任教的时候。这个学校有一个特别的地方,不轻易更换教职员。我前后担任了十三年,他担任了七年。在这七年中,我们晨夕一堂,相处得很好。他比我长六岁,当时我们已是三十左右的人,少年名士气息,忏除将尽,想在教育上做些实际工夫。我担任舍监职务,兼教修身课,时时感觉对于学生感化力不足。他教的是图画音乐二科,这两种科目,在他未来以前,是学生所忽视的。自他任教以后，就忽然被重视起来，几乎把全校学生的注意力都牵引过去了。课余但闻琴声歌声，假日常见学生出外写生，这原因一半当然是他对于这二科实力充足，一半也由于他的感化力大。只要提起他的名字，全校师生以及工役没有人不起敬的。他的力量，全由诚敬中发出，我只好佩服他，不能学他。举一个实例来说，有一次寄宿舍里学生失少了财物了，大家猜测是某一个学生偷的，检查起来，却没有得到证据。我身为舍监，深觉惭愧苦闷，向他求教。他所指教我的方法，说也怕人，教我自杀！说：

"你肯自杀吗？你若出一张布告，说作贼者速来自首。如三日内无自首者，足见舍监诚信未孚，誓一死以殉教育。果能这样，一定可以感动人，一定会有人来自首。——这话须说得诚实，三日后如没有人自首，真非自杀不可。否则便无效力。"

这话在一般人看来是过分之辞，他提出来的时候，却是真心的流露，并无虚伪之意。我自愧不能照行，向他笑谢，他当然也不责备我。我们那时颇有些道学气，俨然以教育者自任，一方面又痛感到自己力量不够。可是所想努力的，还是儒家式的修养，至于宗教方面简直毫不关心的。

有一次，我从一本日本的杂志上见到一篇关于断食的文章，说断食是身心"更新"的修养方法。自古宗教上的伟人，如释迦，如耶稣，都曾断过食。断食能使人除旧换新，改去恶德，生出伟大的精神力量。并且还列举实行的方法及应注意的事项，又介绍了一本专讲断食的参考书。我对于这篇文章很有兴味，便和他谈及，他就好奇地向我要了杂志去看。以后我们也常谈到这事，彼此都有"有机会时最好把断食来试试"的话，可是并没有作过具体的决定，至少在我自己是说过就算了的。约莫经过了一年，他竟独自去实行断食了。这是他出家前一年阳历年假的事。他有家眷在上海，平日每月回上海二次，年假暑假当然都回上海的。阳历年假只十天，放假以后我也就回家去了，总以为他仍照例回到上海了的。假满返校，不见到他，过了二个星期他才回来，据说假期中没有回上海，在虎跑寺断食。我问他："为甚么不告诉我？"他笑说："你是能说不能行的，并且这事豫先教别人知道也不好，旁人大惊小怪起来，容易发生波折。"他的断食，共三星期。第一星期逐渐减食至尽，第二星期除水以外完全不食，第三星期起由粥汤逐渐增加至常量。据说经过很顺利，不但并无苦痛，而且身心反觉轻快，有飘飘欲仙之象。他平日是每日早晨写字的，在断食期间，仍以写字为常课，三星期所写的字，有魏碑，有篆文，有隶书，笔力比平日并不减弱。他说断食时心比平时灵敏，颇有文思，恐出毛病，终于不敢作文。他断食以后食量大增，且能吃整块的肉（平日虽不茹素，不多食肥腻肉类）。自己觉得脱胎换骨过了，用老子"能婴儿乎"之意，改名李婴。依然教课，依然替人写字，并没有甚么和前不同的情形。据我知道，这时他只看些宋元人的理学书和道家的书类，佛学尚未谈到。

转瞬阴历年假到了，大家又离校。那知他不回上海，又到虎跑寺去了。因为他在那里住过三星期，喜其地方清静，所以又到那里去过年。他的皈依三宝，可以说由这时候开始的。据说：他自虎跑寺断食回来，曾去访过马一浮先生，说虎跑寺如何清静，僧人招待如何殷勤。阴历新年，马先生有一个朋友彭先生，求马先生介绍一个幽静的寓处，马先生忆起弘一法师前几天曾提起虎跑寺，就把这位彭先生陪送到虎跑寺去住。恰好弘一法师正在那里，经马先生之介绍，就认识了这位彭先生。同住了不多几天，到正月初八日，彭先生忽然发心出家了，由虎跑寺当家为他剃度。弘一法师目击当时的一切，大大感动。可是还不就想出家，仅皈依三宝，拜老和尚了悟法师为皈依师。演音的名，弘一的号，就是那时取定的。假期满后仍回到学校里来。

从此以后，他茹素了，有念珠了，看佛经，室中供佛像了。宋元理学书偶然仍看，道家书似已疏远。他对我说明一切经过及未来志愿，说出家有种种难处，以后打算暂以居士资格修行，在虎跑寺寄住，暑假后不再担任教师职务。我当时非常难堪，平素所敬爱的这样的好友，将弃我遁入空门去了，不胜寂寞之感。在这七年之中，他想离开杭州一师，有三四次之多，有时是因对于学校当局有不快，有时是因为别处来请他。他几次要走，都是经我苦劝而作罢的。甚至于有一时期，南京高师苦苦求他任课，他已接受聘书了，因我恳留他，他不忍拂我之意，于是杭州南京两处跑,一个月中要坐夜车奔波好几次。他的爱我,可谓已超出寻常友谊之外,眼看这样的好友,因信仰的变化,要离我而去,而信仰上的事,不比寻常名利关系,可以迁就。料想这次恐已无法留得他住,深悔从前不该留他。他若早离开杭州,也许不会遇到这样复杂的因缘的。暑假渐近,我的苦闷也愈加甚。他虽常用佛法好言安慰我,我总熬不住苦闷。有一次,我对他说过这样的一番狂言:

"这样做居士究竟不澈底。索性作了和尚,倒爽快!"

我这话原是愤激之谈,因为心里难过得熬不住了,不觉脱口而出。说出以后,自己也就后悔。他却是仍是笑颜对我,毫不介意。

暑假到了。他把一切书籍字画衣服等等,分赠朋友学生及校工们,我所得的是他历年所写的字,他所有折扇及金表等。自己带到虎跑寺去的,只是些布衣及几件日常用品。我送他出校门,他不许再送了,约期后会,黯然而别。暑假后,我就想去看他,忽然我父亲病了,到半个月以后才到虎跑寺去。相见时我吃了一惊,他已剃去短须,头皮光光,着起海青,赫然是个和尚了!笑说:

"昨天受剃度的。日子很好,恰巧是大势至菩萨生日。"

"不是说暂时做居士,在这里住住修行,不出家的吗?"我问。

"这也是你的意思,你说索性作了和尚……"

我无话可说,心中真是感慨万分。他问过我父亲的病况,留我小坐,说要写一幅字,叫我带回去,作他出家的纪念。回进房去写字,半小时后才出来,写的是《楞严大势至念佛圆通章》,且加跋语,详记当时因缘,末有"愿他年同生安养共圆种智"的话。临别时我和他作约,尽力护法,吃素一年。他含笑点头,念一句"阿弥陀佛"。

自从他出家以后,我已不敢再谤毁佛法,可是对于佛法见闻不多,对于他的出家,最初总由俗人的见地,感到一种责任。以为如果不苦留他在杭州,如果我不提出断食的话头,也许不会有虎跑寺马先生彭先生等因缘,他不会出家。如果最后我不因惜别而发狂言,他即使要出家,也许不会那么快速。我一向为这责任之感所苦,尤其在见到他作苦修行或听到他有疾病的时候。近几年以来,我因他的督励,也常亲近佛典,略识因缘之不可思议,知道像他那样的人,是于过去无量数劫种了善根的。他的出家,他的弘法度生,都是夙愿使然,而且都是希有的福德,正应代他欢喜,代众生欢喜,觉得以前的对他不安,对他负责任,不但是自寻烦恼,而且是一种僭妄了。

（原载《佛学半月刊》第 9 卷第 20 号,1940 年 10 月）

《续护生画集》序

　　弘一和尚五十岁时，子恺绘护生画五十幅，和尚亲为题词流通，即所谓护生画集者是也。今岁和尚六十之年，斯世正杀机炽盛，弱肉强食，阎浮提大半，沦入劫灰，子恺于颠沛流离之中，依前例续绘护生画六十幅为寿，和尚仍为书写题词，使流通人间，名曰续护生画集。二集相距十年，子恺作风，渐近自然，和尚亦人书俱老。至其内容旨趣，前后更大有不同。初集取境，多有令人触目惊心不忍卒睹者。续集则一扫凄惨罪过之场面，所表现者，皆万物自得之趣，与彼我之感应同情，开卷诗趣盎然，几不信此乃劝善之书。盖初集多着眼于斥妄即戒杀，续集多着眼于显正即护生。戒杀与护生，乃一善行之两面。戒杀是方便，护生始为究竟也。犹忆十年前和尚偶过上海，向坊间购请仿宋活字印经典，病其字体参差，行列不匀，因发愿特写字模一通，制成大小活字，以印佛籍。还山依字典部首逐一书写，聚精会神，日作数十字，偏正肥瘦大小稍不当意，即易之。期月后书至刀部，忽中止。问其故，则曰：刀部之字，多有杀伤意，不忍下笔耳。其悲悯恻隐，有如此者。今续集选材，纯取慈祥境界，正合此意。题词或取前人成语，或为画者及其友朋所作。间有杀字，和尚书写至此，蹙頞不忍之态，可以想像得之。和尚在俗时体素弱，自信无寿征。日者谓丙辰有大厄，因刻一印章，曰丙辰息翁归寂之年。是岁为人作书常用之。余所藏有一纸即盖此印章者。戊午出家以后，行弥苦而体愈健，自言蒙佛加被。今已花甲一周。曰仁者寿，此其验欤。和尚近与子恺约，护生画当续绘。七十岁绘七十幅刊第三集，八十岁绘八十幅刊第四集，乃至百岁绘百幅刊第六集。护生之愿，宏远如斯。斯世众生正在枪林弹雨之中备受苦厄,续护生画集之出现,可谓契理契机,因缘殊胜。封面于莲华间画兵仗,扉画作莲池沸腾状,沸汤长莲华,兵仗化红莲。呜呼!此足以象征和尚之悲愿矣。中华民国二十九年双十节夏丏尊合十序。

（原载《觉有情》半月刊第 27 期,1940 年 11 月）

1942

弘一大师的遗书

　　十月三十一日星期六上午，依例到开明书店去办事。才坐下，管庶务的余先生笑嘻嘻地交给我一封信，说"弘一法师又有挂号信来了"。师与开明书店向有缘，他给我的信，差不多封封同人公看，遇到有结缘的字寄来，最先得到的也就是开明同人。所以他有信给我，不但我欢喜，大家也欢喜的。

　　信是相当厚的一封，正信以外还有附件。我抽出一纸来看，读到"朽人已于九月初四日迁化"云云，为之大惊大怪。惊的是噩耗来得突然，本星期一曾接到过他阳历十月一日发的信，告诉我双十节后要闭关著作，不能通信，且附了佛号和去秋九月所摄的照片来，好好地怎么就会"迁化"。怪的是"迁化"的消息，怎么会由"迁化"者自己报道。既而我又自己解释，他的圆寂谣言，在报上差不多每年有一次的，"海外东坡"在他是寻常之事。这次也许因为要闭关，怕有人再去扰他，所以自报"迁化"的吧。信上"九""初四"三字用红笔写，似乎不是他的亲笔，是另外一个人填上去的，算起来农历九月初四恰是双十节后三日，也许就在这日闭关吧。我捧着一张信纸，呆了许久，竟忘了这封信中还有附件。

　　大概同人见我脸色有异了。有人过来把信封中的附件抽出来看，大叫说"弘一法师圆寂了"。这才提醒了我，急急去看附件，见一张是大开元寺性常法师的信，说弘一老人已于九月初四日下午八时生西，遗书是由他代寄的。还有一张是剪下的泉州当地报纸，其中关于弘一法师的示疾临终经过有详细的长篇记载，连这封信遗书也钞登上面。证据摆在眼前，无法再加否认，唉，方外挚友弘一法师真已迁化，这封信是来与我诀别的,真是遗书了,不禁万感交进,为之泫然。

据报上记载:师于旧历八月廿三日感到不适,连日写字,把人家托写的书件了讫,至廿七日已不进食物。廿八日下午还写遗嘱与妙莲法师,以临命终时的事相托,至九月一日上午还替黄居士写记念册二种。下午又写悲欣交集四字与妙莲法师,直到初二才不再执笔,算起来不写字的日子只有初三初四两天。这封遗书似乎是卧病以前早写好在那里的,笔势挺拔,偈语隽美,印章打得位置适当,一切决不像病中所能做到。前一封信是阳历十月一日发来的,和阴历对照起来,那日是八月廿二,恰好是他感到不适的前一天。信中所说,如"将于双十节后闭关","以后于尊处亦未能通信",且特地把一张照片寄赠,谆谆嘱嗣后和诸善知识亲近,从现在看来,已俨然对我作了暗示了。豫知时至,这两封信都可作为铁证,不过后一封是取着遗书的形式罢了。

师的要在逝世时写遗书给我,是十多年前早有成约的,当白马湖山房落成之初,他独自住在其中,一切由我招呼。有一天我和他戏谈,问他说"万一你有不讳,临终咧,入龛咧,荼毗咧,我是全外行,怎么办?"他笑说:"我已写好了一封遗书在这里,到必要时会交给你。如果你在别地,我会嘱你家里发电报叫你回来,你看了遗书,一切照办就是了。"后来他离开白马湖云游四方,那封早已写好的遗书,一定会带在身边,不知今犹在否。猜想起来,其内容当与这次妙莲法师所得到的差不多吧。同是遗书,我未曾得到那封,却得到了这样的一封,足见万事全是个缘。

这封信不但在我个人是一个珍贵的纪念品,在佛教史上也是非常重要的文献,值得郑重保存的。

本文方写好,友人某君以三十年二月澳门觉音社所出《弘一法师六十纪念专刊》见示,在李芳远先生所作送别晚晴老人一文中,有这样一段:"去秋赠余偈云,'问余何适,廓尔亡言,华枝春满,天心月圆。'下署晚晴老人遗偈",如此则遗书中第二偈是师早已撰就,豫备用以作谢世之辞的了。又记。

（原载《觉有情》第 4 卷第 6—8 号,1942 年 12 月）

挽 联

垂涅槃赋偈相诀,旧雨难忘,多情应啸溪虎;
许娑婆乘愿再来,伊人宛在,长空但观夕阳。

（原载《弘化月刊》第 18 期"弘一大师纪念专号",1942 年 12 月）

1943

"大师遗画"之更正

　　无我先生,弘一大师纪念号三辑中载有枇杷一幅,目为"遗画",此画为李苦李氏所作,非师笔也。李名祯,字苦李,与师友善。弟在杭时曾亲见其人,且得其小品数纸,今不知渠在何处矣。因印章中有"李"字,阅者不察误以为师,其实与师是两人也。师虽精绘事,所作皆西洋画,于国画鉴别力甚高,然从不着笔,此则弟所深知者。乞将此函登入下期贵刊,以昭信实。专布即颂道安。弟夏丏尊和南

　　　　　　　　（原载《觉有情》第 4 卷第 17、18 号,1943 年 5 月）

《中诗外形律详说》跋

已是十几年前的事了，记得是一个初夏的下午，大白挟了一大包东西到我这里来，说有一部稿子，叫我给他出版。打开来一看，共计二十本，就是这部《中诗外形律详说》。

大白对于诗的声律，研究有素，有许多意见，也曾和我谈论过。平日相见，偶然谈到诗词或是漫吟前人名句，常把话头牵涉到韵律的法则上面去。我常见他写这类的稿子，有几篇曾在《小说月报》上发表，不料居然积成了这么大的篇幅。

我当然答应替他出版。那时大白已卸去教育部次长的职务，在杭州静养肺病。这回从上海回杭州去以后，病日加重，病中来信，颇念念于斯书出版的事。出版不成问题，成问题的是稿中所用符号的繁多。这种符号须一一特制模型，其中有几种，形体根本和铅字的形体不相称，即使特制了模型，浇铸出来也无法容纳在铅字旁边，结果发见了排版不可能的困难。关于这事，曾和他通信商量过好几次，大家都想不出方法，只好把稿子暂搁下来。曾有一次想叫人抄写一遍，以石印出版，可是他不喜欢写体字，一定要铅印。

入秋以后，大白的病愈弄愈重。"一二八"上海事变发生，我避难在故乡，就在故乡接到他在杭州去世的凶耗。

大白是去世了，他交给我的稿子还无法给他付排。每次想到，觉得有负宿诺，很是难堪。中间曾一度转过用原稿石印的念头，叫我的女儿吉子将原稿拆开，剪去空行，拚贴成一律的版式。拚帖完成以后，拿了一页去打样，结果不佳。原来大白的原稿是用青莲水写的，和用墨写的不同,不能摄影。于是仍把稿子留在稿箱里,不过以前是订好的二十本,经过吉子剪贴以后,已变成几尺高的一叠散叶。后来吉子也病故了,这部稿子在我又增加了一重伤感的回忆。

迁延复迁延,总算天无绝人之路,有一次,忽然念头转到长体仿宋字。长体仿宋字身特别长,在普通方块铅字旁容纳不下的符号,在长体仿宋铅字旁也许可以容纳。于是和专排仿宋字的印刷所商量,把本来成为问题的几种符号特制起来试排了看,果然妥贴。这部稿子至此才算有了成书的把握。

大白生前希望朱佩弦君撰序,佩弦也曾答允。本书排校到一半的时候,我就把清样订了厚厚的一本,寄给在北平的佩弦,请他先看一遍,约定一个月后再寄后半部清样,希望他写一篇长序。其时正是二十六年的暑假之初,"七七"事变快要起来的当儿。接着是"八一三"事变,上海战事爆发,我的书籍器物都付劫火,此书原稿初校已毕,留存我处,也一同化为灰烬。幸佩弦从北平辗转到了云南,居然没有把半部清样遗失,寄还给我。又从印刷所搜得了排样及不全之纸型,拼凑起来,全书一千一百七十面之中,所缺者计七十面,虽已不完整,大体面目尚存,于是郑重地把他保藏起来。

中国自古不乏诗的研究者,关于这一方面的研究,大白可谓破天荒第一人。斯书在他一生著作中实占重要的地位,值得重视。屡次想替他出版,可是战时百物昂腾,力不从心。今承联合出版公司接受印行,真是再好没有的事。只可惜目下交通多阻,初版来不及刊入佩弦的序文了。

大白多才而数奇,斯书自成稿以至成书,也经许多的厄运,仿佛象征着他的一生,可为叹息。

中华民国三十二年六月夏丏尊书于上海

(原载《学术界》第 1 卷第 1 期,1943 年 8 月)

羊毛婚倡和诗
夏丏尊和作

壬午腊月十六日,为余与老妻结缡四十载纪念。知友伉俪酿肴欢宴寓舍。席间雪村唱吟,叠韵再四,和者群起,余亦踵成此章。

如幻前尘似水年,佳期见月卌回圆。
悲欢磨得人偕老,福寿敢求天予全。
故物都随烽火尽,家山时入梦魂妍。
良宵且忘乱离苦,珍重亲朋此醵筵。

（原载《万象》第 3 卷第 3 期,1943 年 9 月）

《弘一大师永怀录》序 ❶

　　弘一大师示寂之周年，上海记念会同人搜辑各方记述懿行及哀诔之作，编为一集，以寄追怀，名曰弘一大师永怀录。师之芳轨盛德，于此可见梗概焉。四方多难，邮书阻梗，兵燹以后，旧刊荡然，兹之所收，容有未尽，搜遗补阙，期诸方来。综师一生，为翩翩之佳公子，为激昂之志士，为多才之艺人，为严肃之教育者，为戒律精严之头陀，而卒以倾心西极，吉祥善逝。其行迹如真而幻，不可捉摸，殆所谓游戏人间，为一大事因缘而出世者。现种种身，以种种方便而作佛事，生平不畜徒众，而摄受之范围甚广。集中作者不尽为佛徒，其所仰慕者，或为师之气宇，或为师之才艺，或为师之德行。其与师之关系，或为故旧，或为师弟，或则竟无一面之缘，徒以景仰师之高风亮节致其私淑之忱于不自知者。凡所论述，皆各抒所感，伸其敬慕，不必悉合佛法，亦不必一一以寻常佛法绳之。一月当空，千潭齐印，澄湉定荡，各应其机。读斯编者作如是观可也。癸未九月，夏丏尊序。

（《弘一大师永怀录》，弘一大师纪念会，1943 年）

---

❶ 题目为编者所加

《晚晴老人讲演录》题记

　　弘一大师涅槃后,沪上之景仰大师者,有纪念会之组织。共议搜辑遗著,以垂将来。蔡丏因居士,首以《养正院亲闻记》见寄。记中所载,为《青年佛徒应注意的四项》《南闽十年之梦影》《最后之□□》三篇,均已制成纸型,蔡居士为之序,并附录师手记于后。原版用三号字排植,迩来纸价腾贵,为节省物力计,改植五号字,并加入《人生之最后》等九篇,题为《晚晴老人讲演录》。作为全集之一种,先流通之。附录蔡居士原序及师手记于后,以志因缘。三十二年三月夏丏尊敬记。

　　　　　　　　　　(《晚晴老人讲演录》,弘一大师纪念会,1943 年)

1944

《晚晴山房书简》序

弘一大师入灭后,福建永春李芳远君辑师书牍若干通,寄稿至沪,嘱
为刊行。顾所收不多,未足成集。年来多方征求搜罗,益以己所旧藏,其
量已远倍于李君所辑。世方多难,散失堪虞,因排百难而使之成书。斯
编所收,皆师出家后所作。师为一代僧宝,梵行卓绝,以身体道,不为戏
论。书简即其生活之实录,举凡师之风格及待人接物之状况,可于此仿
佛得之。故有见必录,虽事涉琐屑者,亦不忍割爱焉。师别署甚多,五十
以后,喜用晚晴称号,常自署曰晚晴院沙门或晚晴老人,颜其白马湖之精
舍曰晚晴山房。乱后乡村不宁,山房无人居宁,门窗砖瓦被盗垂尽,闻将
成废墟矣。斯编名曰晚晴山房书简,不特从师夙好,亦将藉以为胜迹留
一纪念也。编中书简,除余所藏者外,来自各方。助为缮写者同事丰君
沧祥,郭沈君澄,朱君子如,及门窦德清宗性姊弟,付刊者同事徐君调孚,
校对者同事周君振甫,例得备书,以志功德。中华民国三十三年中秋夏
丏尊识于上海寓舍师之画像前。

（《晚晴山房书简》第 1 辑,弘一大师纪念会,1944 年）

---

❶ 题目为编者所加。

1945

读日本松方公爵遗札

——日本对华政策史料

　　卧病无聊,常以书籍消遣。某友以日本旧书多种见假,从一书中见到《松方公对支政策意见》,谓从《公爵松方正义传》转录者。松方为日本贵族元老,不满当时日本之对华政策;适寺内新为首相,乃上书申述所见,痛论日本对华政策之失当与危险。时为大正五年,松方尚为侯爵,距今已三十年矣。三十年来,直至投降以前,日本对华政策,与松方所指摘者丝毫无改,结果至于一败涂地,松方可谓有先见之明者。斯书在日本并不广泛流行,吾国知之者更少,因为择要摘译介绍。

　　原札首述第一次大战后在东亚之小康的地位:“今虽得似沾战乱之余庆,然若细察真相,则实岌岌可危,如棹破舟而下激湍,其前途有不胜寒心者。而对华政策之失败,尤当首列为第一端。”

　　次述日本对外政策所应取之方针与对华政策之现状:“我国对外政策之方针,维新以来,炳焉昭著。其要旨在基于天地之公道,尊重国际信义,措国家于磐石之安,辉耀皇威于八纮。盖逢刚不吐,遇柔不茹,凭据条理,主张正义,此为我帝国五十年来之政策,亦列国所均承认者也。我帝国之所以能与种族习惯宗教生活思想各殊之列国协和,而在国际政局上占洁白健全之位置,实由于此。然近来我帝国之对华,竟抛却此根本之大方针,徒弄一时的权术诡谋,酿国家百年之祸机而不之顾。此不但驱屏障帝国之中华,使为帝国之敌,且帝国对世界不知因而失坠信用几许。其事不一而足,如当对华谈判之际,以其要项通知同盟国,故意将其中之第五项隐匿不提,致招意外之误解,仅其一例耳。"日本之"王道"论,当时早已有之;所谓"第五项"盖即所谓二十一条中之末项,共包括七条,皆干涉中华内政者。次又申述当时国际大势:

"世界各国,关于对华政策已有协定。领土保全,机会均等,为世界公认之原则。我帝国之对华,亦自不可不遵奉此原则,顾及日本对世界列强之势力关系,不应仅着眼于自己一国与中华之小局面。近年来我之对华政策,由世界大局面观之,已可谓陷入绝对的过谬,实堪痛叹。"

次又就黄色人种问题说,有云:"日本为黄色人种之先导者;欲尽此先导之天职,其途径厥唯华日亲善。华日亲善,不但可支撑东亚之危局,不但可救济中华,实亦为我帝国屹立于世界狂澜中之自卫良策。我帝国以先导者之资格诱掖中华,更进而渐次推及于其他之方面,使东亚由东亚人自治,不容白种人来干涉压迫。必如此,东亚始能保持其平和、文明、与幸福。"足见大东亚共存同荣之理论,唱道早已有人矣。

"但我近年来之对华政策,徒恃己之强,凌华之弱,施以威胁恫吓,忽而弄小计诡谋,忽而作强硬要求,使中华怨望厌离,以我为不共戴天之仇雠,作为子子孙孙永远诅咒之对象;而我反自信以为得计。谚曰:百巧不如一诚。我之对华政策,巧拙交互,不但增中华之怨,反招其轻侮。维新以来,我帝国之国际地位,经两次之战役,有多大之进展。而对于咫尺相接,理应易于承受感化之中华,威信反堕至零点以下者,实由我违背此根本的大方针之故。"此为作者主旨所在;入后论锋益锐:

"且也,我之对华政策,无主义,无方针。左手所建设者,以右手破坏之;前所拥护者,后则排斥之;毫无统一秩序可言。中华近年之扰乱,及叠发之事件,似皆非华人所自知,而全由日人互相策动者。日本帝国不但对华无正善之意志,亦且未有求使自己统一之意志。自明治四十四年南方蜂起之革命,直至现今满洲宗社党之纠纷,一切事件,日本政府与日本人无不干与;而其结果,无不成为日本人相互之自己冲突。不但日本官民间然也。即在同一政府中,甲部之对华政策如此,乙部之对华政策则如彼。各部官衙在东京同隶属于一首脑之下,而于在华之各方面则有互相克削之观。如是而欲行使东亚之霸权,非不思之甚耶。"民国成立以来,我国内乱频仍,显有在背后作祟者;此为日人所吐露之明白招供。

"因此之故,日华间遇有问题,我政府欲向华贯澈其主张时,不免遭到困难。我所提出之要求,彼不但不承认,且必举反对之事实来与我对抗。我帝国对华之交涉谈判,缘是动辄左右牴牾,逡巡不能进展,有前如奔兔后如处女之观。(中略)夫我帝国在满蒙有特殊关系,列国亦承认之。至对于中华本部,将削弱之而兼并之乎?抑将视为弟友,诱掖扶植,以东亚自治之一要素待遇之乎?此对华政策上之根本问题也。而我帝国之政策,有时则取前者,有时则取后者:自己打消其所行。乘除结果,徒使中华与我为敌,使我为世界列强之怨府而已。如再不速加猛省,则帝国不但在华失坠威信,势将危及自己之世界的地位。如实言之,今日已呈此征兆。履霜坚冰至,非今日之形势耶?"

甲午以后,日本在教育等种种方面灌输侮华思想,诬蔑诋毁中华之国民性;将华人视作下劣民族,以为侵略之准备。作者力为辩护:"或曰:华人乃忘恩之国民,须以威镇压,不可与狃。或曰:华人无诚意,向彼表示诚意,等于为娼妇守贞节。或曰:华人惯用远交近攻之手段,欲得其欢心,究属徒劳。所评或不无一理。然试问何国之国民真是感恩者?吾人曾有损己而利华之行为否?国际关系,唯利害休戚与共,方得紧密。如真欲获取中华人心,莫善于讲协利两益之道。利我损彼,非彼所能堪。日本之失中华人心,故即在此。至华人有无诚意,判断以前,先须省察帝国之诚意如何。将帝国之对华政策,认作仅是对华一国之事,实为管中窥天之见。帝国之对华,即所以对世界。姑不论中华之背后,中华之周围有列强在。帝国不能使列强悦服,至少应使列强甘心。否则帝国在华之地位,决不能谓为安全。吾人以诚意对华,非为华人对我有诚意,亦非为望彼以诚意报我;乃为扶植我帝国对外政策之大主义,建筑帝国在世界之永久的地位。换言之,即为帝国之自卫而已。中华之诚意有无与否,对此根本问题,殊无何等之关系也。至于华人之远交近攻政策,乃弱国之常。或联美而抵日,或亲德而与日疏远,实皆弱国所表现之症候。吾人非但不应怨怒,且应加以怜悯。吾人欲使华人无隙弄如斯之手段,唯有固守信义,对彼施恩威并济宽猛兼顾之政策。要之,使中华在如斯之径路彷徨,实为我外交上之耻辱,其咎不在中华。"

"我国当南北朝及足利氏之乱世,曾有所谓倭寇之一群,在中华闽浙山东沿岸肆行劫掠。当今大正圣代,满蒙及华南各地亦有许多变装的倭寇,扰乱中华之治安,毁损帝国之面目。祸患所及,将使我帝国为世界之孤立国,为列强怨恨之集中点。而在彼等背后,居然有当局嗾使之、援护之,至少有容忍之者:诚咄咄怪事也。若不及今速加斧钺,根本改善,帝国将来之危险有不堪臆测者矣。予怀此隐忧已久,屡言而未蒙垂听。然区区微衷,不能自默。敢披沥赤诚于阁下,冀明察焉。"原札就此结束,下署:

"寺内伯爵阁下 大正五年十月 侯爵松方义正。"

据云,松方此文,草就后曾先呈山县公爵。山县以满腔同感,令上诸寺内首相。其言态度正大光明,忠诚可掬,不幸日本历来当局不能听受此元老之谠论,致在三十年后遭逢如许之失败。然亦幸而其言不见用,否则日本不致倾覆,我民族或将受"王道"之统治,永无自拔之一日矣。噫,可危哉!

三十四年九月

(原载《新语》第 1 期,1945 年 10 月)

上海文艺界覆中华全国文艺界
抗敌协会书

中华全国文艺界抗敌协会诸位先生公鉴：

惠函九月二十三日由夏衍先生带到了。感谢诸位先生的慰问，我们在这遥远的八年当中，彼此非常之疏隔，有时连通信也不可能。在这期间，真像被浓雾遮迷了双方的视线，被无情的炮声掩盖了两地的听闻，我们是多么希望早些得到你们的音讯呀，就是快上一分一刻也好。

胜利带来了喜音，我们两地文艺界人士有重行畅谈的机会，我们的欢喜，没有言语可以形容。

诸位先生这些年来在大后方团结各方面爱国人士，坚持抗敌，争取自由，直至胜利完成，为我全中国文艺工作者的指路明灯，这是我们困守在沦陷区的人们非常钦佩的。我们对诸位先生的艰苦工作，谨致无上敬意！

现在敌人虽然表示投降，但这些年的破坏工作，正待复兴，艰苦的缔造，还在面前，中华全国文艺界抗敌协会过去领导全国文艺工作者走着正确的道路，获致举国无比的拥护，这正是中国团结的象征，以后建设民主新中国，尤望诸位先生勇敢地负起责任。文协既已取得合法地位，只要省去"抗敌"二字，继续领导全国文艺界，从事建国工作，名正言顺。此间友好，必当竭尽棉薄，加以声援。

至于调查文化汉奸，我们正在设法进行，并在各刊物中发动言论，严正检举。我们相信，只要全中国人民不忘记这八年的苦战，创巨痛深，绝不会轻易饶恕汉奸的,尤其文化汉奸,以其歪曲言论,毒害国民思想,强颜事敌,卑鄙恶劣,无所不用其极,此间文艺界同人深明除恶务尽之理,摘奸发伏,不敢后人,誓当为中华民国洗涤这一奇耻大辱。知承关注,并以奉闻。西望云天,曷胜翘企,匆匆布意,并致

敬礼!

郑振铎　辛　笛　杨　绛　李健吾　陈西禾　许　杰　满　涛
周建人　钱钟书　佐　临　蒋天佐　张芝联　师　陀　徐调孚
柯　灵　郭绍虞　吴岩　唐　弢　王以中　陈麟瑞　许广平
夏丏尊　董秋斯　罗稷南

（原载《周报》第 7 期,1945 年 10 月）

文化界发表宣言
要求言论及出版自由

上海文化界新闻界为要求言论出版自由请求撤销检查制度昨日共同发表宣言云：

言论出版的自由是天赋的人权，是民主国国民应有的权利。近八年中，我们在上海的民众，起初为了抗战，牺牲若干权利，绝无怨言。后来上海沦陷，我们的权利完全被剥夺了，为的是政府与民众不能保护国家，在敌人的铁蹄之下不得不忍气吞声。

胜利来临，濒死的我们重见了天日，既见天日，我们便要求重享人权。

现代国家在战争期间合理的检查新闻与限制言论，是为了国防上的需要，并非政府怕人民批评，更非政府不许人民谈论政治或其他。现在日本投降了，蒋主席九月三日的讲演中声明"决定克期取销新闻检查制度，使人民有言论的自由。"九月廿九日中央常务委员会决议并经国防最高委员会通令"废除出版检查制度"，规定：一，自民国卅四年十月一日起，废止战时出版品审查办法，禁载标准，战时书刊审查规划，及战时违检惩罚办法；二，新闻检查除军事戒严区外，一律废止。是则书刊审查，固已不应存在，至新闻检查，像受降事宜业已结束，复员工作也经完成的上海等区，同样的应该予以撤销了。

我们现在迫切呼吁政府，认清上海受降事宜早已完成的事实，即日废止新闻检查制度，并禁止一切非法没收取缔书刊行为，恢复我们的言论出版的完全自由。

丁　聪　　于　伶　　于　友　　毛羽心　　什之　　方晓白　　王伯祥
王以中　　王纪华　　王半笛　　平心　　白蚀　　朱端钧　　朱维基
佐　临　　宋　奇　　吴㓜之　　吴师贤　　吴文棋　　吴朗西　　吴　岩
李之华　　李健吾　　汪偶然　　沈毓明　　何为　　金　枫　　金仲华
周予同　　周建人　　周瘦鹃　　周煦良　　秉志　　姚蓬子　　姚苏凤
胡曲园　　柯　灵　　柳无垢　　杭　舟　　徐怀沙　　范　泉　　柳　枝
徐调孚　　徐伯昕　　徐　伟　　马御风　　马国亮　　马叙伦　　陈西禾
陈叔通　　陈麟瑞　　袁希洛　　袁　俊　　夏丏尊　　索　非　　陆　诒
梁纯失　　唐　弢　　师　陀　　孙祖庚　　郭绍虞　　章锡琛　　莫文垠
许广平　　崔万秋　　曹聚仁　　冯仲足　　黄嘉音　　黄嘉德　　黄邦和
张一凡　　张若达　　张风举　　程造之　　董秋斯　　贾开基　　葛一虹
杨　绛　　杨衡玉　　傅　雷　　赵景深　　费　明　　郑森禹　　郑振铎
郑效洵　　黎　树　　刘人坚　　刘哲民　　蒋天佐　　钱钟书　　钱家圭
谢旦如　　魏于潜　　魏金枝　　罗稷南　　严景耀　　严谔声　　严复周
严独鹤　　顾均正　　静　川　　穆　骏　　萧　岱

　　　　　　　　　　　　　　　　　　（原载《大公报》,1945 年 11 月 22 日）

内山完造夫妇墓碑碑文❶

以书肆为津梁，
期文化之交互，
生为中华友，
殁作华中土。
吁嗟乎，
如此夫妇。

---

❶ 题目为编者所加

1946

寄　意

　　我是本志创办人之一，从创刊号至七十六期止，始终主持着编辑等社务。所以在我，本志好比一个亲自生育、亲手养大的儿女。

　　廿六年八一三战事起后不多日，在校印中的本志七十七期随同上海梧州路开明书店总厂化为灰烬。嗣后社中同人流离星散，本志也就在上海失去了踪影。

　　两年以后，我在上海闻知开明同人已在内地取得联络，获有据点，本志也由原编辑人叶圣陶先生主持复刊了。这消息很使我快慰，好比闻知战乱中失散的儿女在他乡无恙一般。——实际上，我真有一个女儿随叶圣陶先生一家辗转流亡到了内地的。从此以后，遇到从内地来的人，就打听本志在内地的情形。两地相隔遥远，邮信或断或续，印刷品寄递尤不容易。偶然从来信中得到剪寄的本志文字一二篇，就同远人的照片一样，形影虽然模糊，也值得珍重相看。

　　直至胜利到来，才见到整册的复刊本志若干期。嗣后逐期将在上海重印出版。上海不见本志，已有八个多年头，一般在上海的老读者见了不知将怎样高兴。

　　我曾为本志写过许多稿子。可是在内地复刊以后，因为邮递不便，和个人生活不安，心情苦闷等种种原因，效力之处很少。记得只寄过一篇译稿。我的名字已和读者生疏了。从今以后，愿继续为本志执笔。近来我正病着，如果健康允许的话，一定要多写些值得给读者看的东西。

　　　　　　　　　　　　　　　（原载《中学生》第 171 期，1946 年 1 月）

读《清明前后》

不见茅盾氏已九年了。胜利以后，消息传来，说他的近作剧本《清明前后》在重庆上演，轰动一时。而十月十六日中央广播电台也设特别节目来介绍这剧本，说内容有毒素，叫看过的人自己反省一下，不要受愚，没有看过的不要去看。我被这些消息引起了趣味，纵不能亲眼看到舞台上的演出，至少想把剧本来读一下。这期望抱得许久。等到上海版发行，就去买来，化了半日工夫把他一气读完。

故事并不复杂。本年清明前后，重庆发生了一件于国家不大名誉的事件，就是所谓黄金案。作者就以这哄动山城的事件为背景，来描写若干人物的行动。据他在"后记"中自己说明，是把当时某一天报上的新闻剪下来排列成一个记录，然后依据了这记录来动笔的。其中有青年失踪或被捕的事，有灾民涌到重庆来的事，工厂将倒闭的情形，小公务人员因挪用公款，买黄金投机被罚办的情形，一般薪水阶级因物价上涨而挣扎受苦的情形，高利贷盛行的情形，闻人要人在各方面活跃的情形，官商界互相勾结的情形。作者把这许多形形色色的事件写成一部剧本，将主题放在工业的现状与出路上面，叫工业家林永清夫妇做了剧中的男女主人公，暴露出本年清明前后重庆的政治经济及社会民生各方面的状况。如果说这剧本有毒素的话，那么就在暴露一点上，此外似乎并没有甚么。

剧本的主题是工业的现状与出路。而作者对于出路，只在末幕用寥寥几句话表出，认为"政治不民主，工业就没有出路"，其全部气力，倒倾注于现状的描写上。更新铁工厂主总经理林永清，于八一三战时依照政府国策辛辛苦苦把全部工厂设备与工人搬到重庆,经营了许多年,结果落了亏空,借重利债款至二千万元之多。为要苟延工厂的命脉,不惜牺牲了平生洁白的工业志愿,竟想向某财阀借一笔新借款来试作黄金投机,结果偷鸡不着,损了一把米。这里所表现的是金融资本压倒实业资本的情形。中国有金融资本家而没有实业资本家,工业的不能繁荣,关键全在于此。战前这样,战时越加这样。中国资本家不肯让资本呆在一处,他们有时虽也将资金投在实业机关中,但只是借款,不愿作为股本。他们宁愿买黄金、外汇、公债、地产、货物或热门股票,因为这些东西日日有市面,可以获利了就脱手,把资金卷而怀之,不像工厂中的机器、设备、原料、制品与未成品等,脱手不易,搬动困难。用十万万元的资金来办工厂,可以有出品,可以养活几百个职工,然而他们不肯这样做。他们宁愿保持流动资金,藉此来盘放做买卖,一间写字间,一只电话,用几个亲戚私人办理业务,无罢工的威胁,政府无从向他们收捐税,多么自由干脆。他们的放款都是高利短期,六个月一比,或三个月一比。在战时甚至一日一比,即所谓"几角钱过夜"的就是。工业界为了要发展事业,需要流动资金是必然的。为了求得流动资金之故,办工业者不得不分心于人事关系上,不得不屈伏于拥资者的苛刻条件。结果把全部工厂的管理权交到金融资本家手中去。金融资本家,在中国一向是经济界的骄子。此中情形,作者看得很明白,过去的作品如《子夜》中就写过这内幕,《子夜》中所写的是平时的状况,而这剧本中所写的是战时的状况。比较起来,后者酷虐的情形愈明显愈加凶罢了。

剧本中有一个特点,每幕于登场人物的姓名下都附有一段详细叙述,好像一篇小传。作者在"后记"中说:"正像人家把散文分行写了便以为是诗一样,我把小说的对话部分加强了便亦自以为是剧本了。而'说明'之多,亦充分指示了我之没有办法。"作者写小说是老手,写剧本还是初试,本剧是他的处女作。他这句话是老老实实的自白,并非自谦之词。他自嫌"说明"太多,替每个登场人物叙述身世,当然也是"说明"之一种。我觉得对于读者,这种小传式的叙述大有用处,我于阅读时曾得到许多帮助。那素性刚强而有决断的女主人公赵自芳怎样会变成胸襟狭仄、敏感而神经质的人,精明强干的林永清,怎样会销损志气,落到诱惑的陷阱中去,一向老实谨慎的李维勤,怎样会在某种诱惑之下去冒险,走错了路,他的妻唐文君,素性容易和人亲近,怎样在残酷的磨折之下变成了孤僻畏蒽而忧郁的性格,富有热情的黄梦英,怎样会把热情潜藏起来,用笑声来发挥玩世的态度,睥睨一切,小传中都有理由可寻。环境决定性格,看了剧中几个好人在目前的现实环境之中被转变的情形,真堪浩叹。

剧中对话句句经过锤炼,无一句草率。有几处似乎因为锤炼得太过度,反使读者不易理会。至少上演时会叫观众听了不懂。例如第四幕中严干臣宅宴会时,黄梦英把本可赢钱的一副纸牌丢弃了,反自认为输与财阀金淡庵,跑出客厅来与其尊敬的陈克明教授(黄梦英的爱人乔张之师)谈话里有一段道:(删去动作与表情的说明)

黄:嗳,陈教授,有一句古老话,赌钱的时候,一个人会露出本相来。您觉得这句话怎样……也许您有点儿诧异罢,刚才那付牌明明是我赢的,干么我反倒自认为输了?

陈:有一点。然而程度上还不及那个方科长。

黄:哦,怎么,那个——方科长之类猜到了该是我赢的牌么?

陈:不是猜到。您把您的牌给我看的时候,他就站在我背后。可是梦英,我记得也还有一句古老话:不义之财,取之不伤廉。

黄:那么,陈先生,照您看来,我这一手,难道有什么深刻的意义么?……没有。好玩儿罢了。

这几行是容易看懂听懂的,没有甚么。试再看下面:

陈:梦英!你不应当对我这样不坦白?……梦英!我好像到了一个阴森森的山谷,夕阳的最后一抹红光还留在最高的山峰上,可是乌黑的云阵也从四面八方围拢来了!……我有预感,一个可怕的大风暴,就要封锁了那山谷,我好像已经听见了呼呼的风声,隆隆的雷响!……我还想起了不多几天前我得的一个梦:从汪洋大海,万顷碧波中,飞出来了一条龙,对,一条龙,飞到半空,忽然跌下,掉在泥潭里,不能翻身,蚊子苍蝇都来嘲笑它,泥鳅也来戏弄它,而它呢,除非一天天变小,变得跟泥鳅一般,就只有牺牲了性命。梦英!我当真替它担心！

黄：陈先生，您那个梦，不能成为现实！……您自然也不会不了解，有一种人，自己没有病，倒是天天在那里发愁，看见了真有病的人反以为没关系。另外有一种人可巧完全相反。——他不担心自己。因为自己的健康如何，他知道的更清楚些。

陈：可是，您也不要忘记那句格言：旁观者清。

黄：教授，您是一位很现实的人，请您忘记了什么龙，——对，龙是因在泥潭中，可是，只要它还没变小，还有一口气，龙之所以为龙，也还不可知呢。陈教授，让我请您记起一个人！一个青年，大眼睛的青年，血气太旺，心太好的一个年青人！

陈：啊，乔张！有了下落么？三天四天前有人告诉我——可是，梦英，您没有得到恶劣的消息罢？

黄：不太坏，也不太好。要是只从一边儿想呵，甚至可以说，有这么七分希望。然而，乔张要是知道了如何取得这七分的希望，他一定要不理我了。

陈：（指室内）是不是他——

黄：当然他这妄想，搁在心里，并不是一朝一夕的事了。可是为了乔张，倒给他一个正面表示的机会。刚才他对我说，下落，已经打听到了，办法，也不是没有，不过，万事俱全，单要一样药引子——

陈：哼，乘机要挟，太无耻了！

黄：陈教授，你没有听见过说竟想用龙肉来做药引子罢。即使是困在泥潭里的一条龙呵！陈教授，您现在也许要说，即使像刚才那付牌这样的不义之财，我干脆一脚踢开，也是十二分应该的罢？

这段对话非常含蓄，富有暗示性，细心的读者，可以从这里面得到种种的事情，黄梦英为了营救失踪或被捕的乔张，怎样在交际场中厮混，虚与委蛇，金淡庵追逐她至怎样程度，而陈克明教授怎样爱护期待她，怎样替她担心，作者都用譬喻来表达。锤炼之工，真可佩服。但在舞台上演出时，一般并未读过登场人物的小传的观众，听了这些暗示性譬喻式的对话，是否能懂得其所以然，就大大地是一个疑问了。我以为，这部剧本,是一部好的读物,犹之乎一部好的小说。观众在看剧以前,最好先把剧本阅读一过。

　　本剧是作者的处女作,以剧的技巧论,当然有可指摘之处,至于主旨的正确与反映现实的手腕,是值得敬服的。作者今年五十岁,叶圣陶氏作七律一首为寿,腹联二句是:

　　　　待旦何时嗟子夜,驻春有愿惜清明

把"子夜"与本剧相对。《子夜》是作者小说中的大作,我们也希望作者从五十岁来划一个时期,于小说以外兼写剧本,有更完成的巨著出现。

（原载《文坛月报》创刊号,1946 年 1 月）